劇院

毛姆

THEATRE

李斯毅——譯

這本小說所有的角色都是虛構的。作者試著以自行編造的名字為角色命名，倘若不巧與他人姓名相同，作者願意為這種意外致上歉意，畢竟無論多麼小心謹慎，這樣的巧合有時候還是會發生。

目次

自序

為自己很久以前撰寫的小說寫一篇序言並不困難，匆匆經過的歲月能夠把我變成一個完全不同的人，讓我以陌生人的眼光來檢視這本書。我可以指出這本書的缺點，而且為了取悅讀者，我還可以依隨自己的性格，以寬容或沮喪的心情回想書中角色的缺點，因為那些缺點構成這本書的缺失；我也可以回顧過去，懷著時間賦予往事的樂趣，回想自己寫這本小說時的種種情況；我可以替自己的小世界勾勒出一幅美麗的圖畫，或者以謙虛的方式表達自滿，表情淡然但嘴角上揚。為了誘使讀者購買這本已經不再具有新奇感的小說，我必須著手為自己兩三年前創作的小說撰寫一篇序言，然而要寫出我想說的話並不容易，我早就在這本書裡說完了這個主題的所有想法，已無話可說。正如這世上最死氣沉沉的東西莫過於自行燃燒殆盡的愛情，對作家而言，這世上最枯燥乏味的主題莫過於他已發表過的言論。當然，我也可以與書評們唇槍舌戰，但是這麼做完全沒有意義。只有在作家對這個跌宕起伏的古怪世界過於敏感的時候，才會介意書評們前幾年對於某本小說的看法。其實那些評論家早已忘了那本書和自己發表過的評論，大多數的讀者也根本不在乎那些評論。

我剛成為專業作家時，總是把書評們對我的評論貼在一本大大的剪貼簿裡，以為我將來有一天重讀這些評論時會覺得有趣。我還仔細地在每篇評論上註明刊登的報紙名稱與發表日期。

然而隨著時間經過，那些龐大的剪貼簿變得非常笨重，加上種種因素，我很少長住在同一個地方，因此到了最後我必須請清潔工將那些剪貼簿全部拿去丟掉。從那時候起，我才開始自在地閱讀批評我作品的文章，而且時間賦予我平靜的心靈，使我不會因負評過度心煩，也不會因讚譽過度開心。我讀完那些評論就會直接扔進廢紙簍裡。根據我個人的記憶，《劇院》這本小說獲得的總體評價相當不錯，但有一些評論家覺得故事中的女主角茱莉亞．蘭伯特缺乏高尚的品德、智慧及靈魂，因此認為她只是平庸的女演員。據說還有許多重要的女演員對此也抱持相同看法。事實上，某位資深女演員就以十分尖刻的言論批評我這本小說。那位女演員從我孩提時期就以演技聞名，現在的中年人也都還記得她經常發表的一些有趣但討人厭的言論，多半是批評與她同台演出的演員。不過我覺得她那些辛辣的批評只是出於誤解，其實我在這本小說裡已煞費苦心地表示，無論女主角茱莉亞具有哪些缺點，她並不是傲慢自負的人，而這一點自然會使前述那位資深女演員認為茱莉亞不是好演員。人們都傾向於認為：除非別人擁有我們的缺點，才有可能擁有我們的優點。

偉大的演員相當少見。過去五十年來，大多數享有盛名的女演員我都見過。許多女性擁有傑出的天賦，在自己的領域有出色表現。她們擁有魅力、美貌與知識，但是我無法因此稱她們為偉大的女演員，唯一的例外是埃萊奧諾拉．杜斯[1]。西登斯夫人[2]可能很了不起，芮秋[3]可能很了不起，我不清楚，至於莎拉．伯恩哈特[4]，我在她過了巔峰時期之後才看到她的戲，她的光榮事蹟與過度誇張的傳說，使我無法平和地評論她的演技。她演得十分做作，有時候還會戲劇性地大聲咆哮。雖然她在巔峰時期的表現可能很了不起，不過我只看到她的附屬品：王冠、權杖和貂皮斗篷——我只見皇帝的新衣，卻不見皇帝。除了我剛才提到的埃萊奧諾拉．杜斯，其他女演員只有在飾演特定角色時表現良好或優異。因此我有一種想法：人們對於女演員演技良莠的評價，取決於她在舞台上散發的魅力對觀眾產生多大的影響。許多經常觀戲的人心中都有一種無法磨滅的熱情，戲劇對他們而言是神祕又歡樂的世界，讓他們得以進入充滿想像的空間，增加他們人生中的樂趣。戲劇的如夢似幻為他們的日常生活添加了浪漫的金色光芒。當他們看著有名的女演員時，她們的美貌因化妝而更加突出，她們的地位因燈光而更顯重要。她們口中說出優美的台詞，宛如那些台詞是出自她的腦海，也宛如她的人生經歷過不凡的遭遇與痛苦的戀情，這些都會使觀眾會覺得自己的生活變得更加充實，當觀眾試著描述出演技精湛的女演員帶給他們的感受時，自然會使用稍微誇張的語句，並且忽略一項事實：那些讓他們狂喜狂悲的戲劇演出，起碼有一部分的功勞來自服裝造型師、布景畫家、燈光師和劇作家。

我年輕時不曾對舞台劇入迷，不知道是因為我天生抱持懷疑論，還是由於我腦中已經充滿了能夠滿足我個人浪漫渴望的夢想。當我創作的劇本開始搬上舞台後，我甚至失去了我所擁有的少數幻想。當我知悉女演員為了演出看似發自內心的動作必須付出多少努力、當我明白令觀眾感動落淚的完美語調往往不是來自女演員的感性而是製作人的經驗、當我在劇場裡學到將一

1 埃萊奧諾拉．杜斯（Eleonora Duse，一八五八—一九二四）：義大利女演員，被認為是有史以來演技最出色的女演員之一，以演技出神入化而聞名。
2 莎拉．西登斯（Sarah Siddons，一七五五—一八三一）：英國女演員，在十八世紀以演出悲劇角色而聞名。
3 芮秋（Rachel，一八二一—一八五八）：法國女演員，原名伊莉莎白．費利克斯（Elisabeth Félix）。
4 莎拉．伯恩哈特（Sarah Bernhardt，一八四四—一九二三）：法國女演員。

齣戲呈現在觀眾面前的過程有多麼複雜，這些都讓我發現，即使見到這個行業最傑出的演員，我也無法像一般觀眾那樣對他們充滿敬畏與欽佩。然而在另一方面，我也了解演員具備著一般觀眾不太相信他們擁有的特質。比方說，我知道大部分的演員工作勤奮、充滿勇氣、富有耐心且謹慎誠懇，只有少數人例外。我看見他們在工作一整天之後，雖然已疲憊不堪，不過依然樂意再排練一次難度較高的場景，儘管他們當天已彩排過六次；我也看見他們在生病時，在幾乎已經無法站立的情況下，繼續把戲演完，只因不想讓劇團的人失望；我還知道儘管他們可能經常擺出各種浮誇的姿態，但為了讓戲劇更精采且讓自己演技更出色，他們會像任何人一樣通情達理。他們被外人看到的「喜怒無常」，往往是一種故意突顯的自我意識與神經質，因為他們誤以為這種表現是具有藝術敏感性的證明，背後隱藏著一般大眾難以想像但基於算計和實用性的繁雜因素。我從來沒有看過不愛炫耀的孩子，而每一位演員身上都保有孩子氣，正因如此，演員才能擁有各種迷人的魅力。演員比一般人更有表現欲，具有表現欲對演員來說很正常，一般人則極少具備這種欲望。如果沒有表現欲，就不會想要成為演員。我們應該聰明地以幽默而非鄙視的態度來看待他們這種特質。在我從事劇本創作的這段漫長歲月中，倘若要我用一句話來形容我對演員們的印象，我會說他們所具備的美德遠比表面上看起來的更加堅實，至於他們的缺點則是從事這種危險又嚴格的行業所無可避免的附帶結果。

自從我的第一部劇本搬上舞台到最後一部，時間經歷了三十年之久。在這段時間裡，我曾與許多出色的女演員密切接觸，但茱莉亞·蘭伯特這個角色並非直接以其中一位當成藍本。我是從這個女演員身上擷取一種特質，再從那個女演員身上擷取另一種特質，然後再試著創造出一個活生生的人。由於我沒有被我認識的那些優秀女演員所迷倒，因此可以憑自己的想像力創造出我的女主角。我敢說，我這麼做必須具有一定程度的理性，但或許正因如此，那些無法將女演員與聚光燈分開的讀者會對此感到倉皇失措，那些被聚光燈搞得目眩神迷的女演員也會對此感到怒火中燒，因為她們真心認為聚光燈造就了她們的一切。其實她們對自己的看法並不公平。藝術家的品格取決於人的品格，品格不正的人無法在藝術領域出類拔萃，除非真的擁有特殊天賦。然而我並不否認，品格會以令人驚訝且難以置信的形式呈現出來。我認為茱莉亞・蘭伯特對人生的態度十分真實，並且希望讀者注意到一件事：儘管崇拜茱莉亞的觀眾認為她非常了不起、儘管茱莉亞貪婪地接受別人的奉承，但就我個人的立場而言，我沒有因此就宣稱她相當成功、相當有才華、相當認真勤奮。我還應該要再補充一點：就我而言，我非常欣賞她，所以我不會因她的淘氣而震驚，也不會因她的荒唐而憤慨。無論她做什麼事，我只會深情地縱容她。

在我結束這篇序言之前，我必須向讀者們坦白：我此刻邀請你們閱讀的這本書，其實裡面有兩個錯誤。小說家一定會試著讓每個細節都精確無誤，但有時候可能還是會出錯，而且讀者一定會迫不及待地向小說家指出錯誤。有一次我寫了一本小說，書中我偶然提到一個叫曼利（Manly）的海灘，那裡是雪梨居民在游泳季節最喜歡去的度假勝地，不幸的是，我將這個地名拼寫為「Manley」。這個小小的錯誤使我收到數百封來自澳洲新南威爾斯州的讀者帶著憤怒與嘲笑的糾正信件。也許你會覺得這個無傷大雅、可能只是印刷廠商出錯（但罪魁禍首當然是由於我粗心大意）的錯誤，是我故意想要侮辱澳洲。有一位女士向我表示，我的錯誤再次證明英國人對英國殖民地的傲慢無知。下次如果英國又捲入歐陸戰爭，澳洲年輕人絕對不會飛去救英國，寧可安安靜靜地待在家中，這樣後果就是我這種人造成的。她的來信最後以反問的問題結尾。她問我：「假如有個澳洲小說家在寫到英國時把波恩茅斯（Bournmouth）的拼法加上一個『e』，英國人會有什麼反應？」我的第一個想法是，據我所知英國人根本不在乎拼寫錯誤這種事，而且事實上波恩茅斯（Bournemouth）的拼法本來就有「e」，不過我認為自己最好沉默地承受這位女士的嚴厲指責。在這本書中，我犯了兩個錯誤：我讓女主角茱莉亞將自己演出《無事生非》[5]裡的碧翠絲一角失敗怪罪於她對韻文台詞的停頓感到不自在，而且我讓她在談到拉辛[6]所創作的《費德爾》[7]時抱怨女主角到第三幕才登場。這些內容我應該要先查證清楚，可是我沒去查，只相信自己的記憶，結果我的記憶使我犯了錯。碧翠絲的韻文台詞非常少，她所有重要場景的台詞都是以散文形式呈現，因此如果茱莉亞在詮釋這個角色時失敗了，絕對不會是因為她不擅長表達韻文台詞。《費德爾》的女主角在第一幕第三場就登場了。我不知道為什麼這兩項不可饒恕的大錯誤都各只有一人向我反映。我猜大多數的讀者都認為我刻畫故事時細膩敏銳，我之所以讓茱莉亞·蘭伯特以這種隨興又隨意的方式說話，只是描繪其性格的一種巧妙手法，殊不知我是因無知而犯了錯。不過我也可能只是過度自我奉承，說不定我的讀者們對於這些著名戲劇的著名角色，記憶和我本人一樣印象模糊，因此根本不知道我出錯。

5《無事生非》（*Much Ado About Nothing*）：莎士比亞創作的喜劇。

6 讓—巴蒂斯特·拉辛（Jean-Baptiste Racine，一六三九—一六九九）：法國劇作家，為十七世紀最偉大的法國劇作家之一。

7《費德爾》（*Phèdre*）：法國劇作家拉辛所創作的五幕劇，於一六七七年首演。

第一章

麥可．葛斯林聽見有人開門，於是抬起頭來。他看見茱莉亞走進來。

「哈囉。妳再等我一會兒，我正在一些信件上簽名。」

「不急，我只是先來看看保留給丹諾倫特夫婦的座位在哪一排。外面那個年輕人是誰？」

由於茱莉亞是資歷豐富的女演員，說話時總會基於本能地搭配手勢。她梳得整整齊齊的頭往側邊一傾，指向她剛才經過的房間。

「那個人是會計師，勞倫斯與漢佛瑞斯聯合會計師事務所派來的。他已經在這裡工作三天了。」

「他看起來很年輕。」

「他只是見習的會計師，但能力似乎不錯。他覺得我們記帳的方式很有趣，還對我說他從沒想過劇院也能以這麼企業化的方式經營。他說城裡有些公司的帳目非常混亂，亂到讓人頭髮變白。」

茱莉亞看著她丈夫俊美的臉龐露出洋洋自得的表情，因此也跟著微微一笑。

「他似乎是個很機靈的年輕人。」茱莉亞回答。

「他今天該做的事情都做完了，我想我們可以邀請他到我們家，請他吃頓午餐。他是一位紳士。」

「只因為他是紳士，我們就要請他吃飯？」

麥可並沒有發現茱莉亞的語氣中隱約帶有一絲嘲諷。

「如果妳不希望他和我們一起用餐，那我就不邀請他了。我只是覺得這麼做會讓他相當開心，他十分仰慕妳。我們這次演出的戲碼，他已經看了三次，他很希望能認識妳。」

麥可按了一下桌上的電鈴，他的祕書立即走進來。

「瑪卓麗，這些信我已經簽好了。我今天下午還有哪些事？」

茱莉亞並沒有特別專心聆聽瑪卓麗誦讀的行事曆，只悠悠哉哉地環顧這間辦公室裡的一切，雖然她已非常熟悉這裡。這個房間很適合當成頂級劇院的經理人辦公室。一位優秀的室內設計師以成本價格在四道牆面都安裝了鑲板，牆壁上掛著佐法尼[8]和德維爾德[9]的劇院木刻畫，扶手沙發椅又大又舒服。麥可坐在雕工精緻的齊本戴爾[10]椅上，雖然是複製品，但是出自非常知名的家具製造商之手。他的齊本戴爾木桌有沉重的爪式球狀桌腳，十分堅固耐用。桌上有一個大大的銀製相框，裡頭是茱莉亞的照片。為了視覺上的對稱，相框旁邊擺了一張他們的兒子羅傑的照片。兩張照片中間有個華麗的銀製墨水台，是麥可某年生日時茱莉亞送他的禮物。墨水台後面有一個以摩洛哥羊皮製成的紅色文具架，皮革上有燙金。麥可將他的私人信箋和信封放在文具架裡，以便在想要親自寫信時可以隨手取用。信紙上有西登斯劇院的地址，信封則印著麥可專用的紋飾：一個野豬頭的圖案紋飾，下方還有他的座右銘：「Nemo me impune lacessit.（挑釁我必受懲罰）」。一束黃色的鬱金香插在銀製的獎盃中——那是他在戲劇圈舉辦的高爾夫球錦標賽中連續三年奪冠的獎品——這個小小的巧思顯示出瑪卓麗的用心。茱莉亞若有所思地看了瑪卓麗一眼，瑪卓麗將頭髮剪得很短，而且漂淡髮色，雖然嘴唇塗著厚厚的口紅，可是外表看起來很中性，這是身為祕書的女性最完美的形象。瑪卓麗已經為麥可工作五年了，這段期間她肯定非常了解麥可的一切，茱莉亞不禁好奇瑪卓麗會不會傻呼呼地愛上麥可。

這時麥可從椅子上起身。

「好了，親愛的，我們可以走了。」麥可表示。

瑪卓麗將麥可的黑色圓邊帽遞給他，然後打開門讓茱莉亞和麥可走出辦公室。他們走到外面的開放式辦公區時，茱莉亞稍早瞧見的那名年輕人立刻轉身站起來。

「讓我向你介紹蘭伯特小姐。」麥可對他說，接著又以一種人使向廷臣介紹文化大使的口吻告訴茱莉亞：「這位優秀的紳士將我們混亂的帳目整理得清清楚楚。」

年輕人羞紅了臉，以僵硬的微笑回應茱莉亞有備而來的熱情笑容。當她親切地握住年輕人的手時，她感覺到他的手早已汗濕。他這副狼狽的模樣讓她有點感動，因為莎拉．西登斯的戲迷見到她的時候就是這種反應。茱莉亞想起剛才麥可提議邀請這個年輕人共進午餐時，她的態度不太和善，於是她以又大又亮的深褐色眼眸直視他的眼睛，表現出一種對他略感興趣且親切友善的態度。這麼做對她而言毫不費力，就像伸手拂開在身旁發出嗡嗡聲的蒼蠅一樣出於本能。

---

8 約翰．約瑟夫．佐法尼（Johan Joseph Zoffany，一七三三—一八一〇）：德國的新古典主義畫家，主要活躍於英格蘭、義大利和印度。

9 奧古斯特．德維爾德（August De Wilde，一八一九—一八八六）：比利時畫家。

10 湯瑪斯．齊本戴爾（Thomas Chippendale，一七一八—一七七九）：英國著名的家具工匠。

「不知道你願不願意到我們家吃頓便飯？吃過飯之後，麥可會開車送你回來辦公室。」

年輕人又臉紅了，他的喉結在纖瘦的脖子上動了一下。

「您真是太好了。」他不安地看看自己身上穿的衣服，「可是我的樣子很邋遢。」

「你到我們家之後可以先梳洗一下。」

一輛長型轎車停在劇院後門外，黑色車身上有閃亮的鍍鉻，座椅內裝則是銀灰色皮革，車門印有麥可的野豬頭紋飾。茱莉亞坐進車子的後座。

「過來和我一起坐吧，麥可負責開車。」

他們家位於史坦霍普廣場。他們抵達之後，茱莉亞吩咐男管家先帶年輕人去梳洗，她自己則上樓走到客廳。麥可踏入客廳時，她正在補妝。

「我叫他梳洗好了之後自己上樓。」麥可說。

「對了，他叫什麼名字？」茱莉亞問。

「我也不知道。」

「親愛的，我們必須知道他的名字才行。不如待會兒我叫他在我們的賓客名冊上簽名吧？」

「不行，他的身分地位不夠重要，沒有資格在賓客名冊上簽名。」麥可只讓身分顯赫的名流之士在他們的賓客名冊上留名，「而且我們以後不可能再邀請他來吃飯。」

此時年輕人走進客廳。雖然茱莉亞剛才在車上叫他不必太過拘謹，但是他依然顯得十分靦腆。僕人已經在客廳裡備妥雞尾酒，麥可替每個人斟酒。茱莉亞拿出香菸，年輕人立刻為她點燃火柴，只不過他的手不停地顫抖，茱莉亞覺得他大概無法將火柴靠近她的香菸，於是伸手握住他的手，才終於點燃。

「可憐的小蠢貨。」茱莉亞心想，「我猜這絕對是他人生中最美妙的一刻。當他告訴他那些朋友們這段經歷時，一定會樂不可支。我希望他能因此變成他們事務所裡的大紅人。」

茱莉亞對自己說話的方式與她對別人說話時極不相同，每當她自言自語時，她會使用豪爽辛辣的詞彙。她愉悅地抽了第一口菸。仔細想想，如果一個男人只不過與她吃頓午餐並閒話家常四十五分鐘，就可能在他微不足道的小圈子裡變得身價百倍，這樣的變化實在非常奇妙。

年輕人勉強自己開口說幾句應酬話。

「這個房間的裝潢真是太美了。」

茱莉亞對他投以一個短暫而愉悅的微笑，並且微微揚起她細緻的眉毛。他以前肯定看過她在舞台上展現這種笑容。

「我很高興你喜歡。」她以低沉且略帶嘶啞的聲音回答，這種語調會讓人以為他說的這句話讓她鬆了一口氣，「我們都覺得麥可擁有完美的品味。」

麥可也得意地環顧客廳。

「我的經驗相當豐富，我一向親自設計舞台布景。當然，有專人負責粗重的布置工作，但設計的點子都是我想出來的。」

其實麥可和茱莉亞都心知肚明，他們兩年前搬進這棟房子時正值巡迴演出期間，因此房子的設計與裝潢全都是交給一位收費昂貴的室內設計師負責。那位設計師答應只酌收成本價格，並且在他們巡迴演出結束前竣工，他們則答應讓那位設計師承包劇院裡的各種裝潢布置工程。他們覺得沒必要把這麼冗長乏味的細節告訴一個他們連名字都不知道的年輕人。這棟房子裡的家具擺設十分典雅，謹慎睿智地融合古典風格與現代風格。麥可說得沒錯，這裡顯然是高雅人士的住家。不過，茱莉亞堅持她的臥房必須依照她喜愛的風格來裝潢，與他們之前位於攝政公園附近的舊家完全一樣。自從戰爭[11]結束後，他們一直住在那邊，而且她很滿意那個老家的臥房，因此在搬家時，她的臥房就完全複製她在舊家的房間。她的床和梳妝檯都鋪著粉紅色的絲綢，躺椅和扶手椅則鋪著淺藍色的絲綢。床架上刻有手上提著燈的鍍金小天使，那些小天使胖嘟嘟的，燈罩則是柔嫩的粉紅色。梳妝檯的鏡框上也刻有胖嘟嘟的鍍金小天使，椴木桌上擺著許多幀照片，照片裡是許多知名的男女演員與皇室成員，相框華麗精緻。雖然他們的室內設計師對茱莉亞房間的擺飾相當不以為然，甚至鄙夷地挑挑眉毛，但是整棟房子裡讓茱莉亞覺得最舒服自在的空間就是她的臥房。她經常坐在她的椴木桌前寫信，她的椅子是哈姆雷特式的復古鍍金凳椅。

男管家進來客廳通知他們午餐準備好了，於是他們一同下樓。

「希望廚師準備的午餐夠你吃。」茱莉亞對年輕人說：「麥可和我都吃得很少。」

事實上，這天的午餐菜單是烤比目魚、烤肉排、菠菜和燉水果，足以讓肚子餓的人飽餐一頓，而且吃了不會發胖。不過由於瑪卓麗已經通知廚師麥可邀請客人來吃飯，所以廚師又急忙準備了一些炸薯條。那道炸薯條看起來十分酥脆，聞起來更是讓人食欲大開，可是只有年輕人吃，茱莉亞眷戀地看了炸薯條一眼就搖頭婉拒，麥可則嚴肅地盯著炸薯條好一會兒，彷彿不太確定那是什麼東西，然後才回過神對男管家說：「噢，不了，謝謝。」他們坐在長長的餐桌旁，茱莉亞和麥可分別坐在兩側的義大利豪華座椅上，年輕人則坐在中間的座位，他的椅子坐起來不太舒服，不過造型很獨特。茱莉亞發現年輕人似乎盯著餐檯區，於是露出迷人的笑容並將身子往他的方向傾去。

「你需要什麼東西嗎？」

年輕人羞紅了臉。

「我可不可以吃一點麵包？」

「當然。」

她對男管家使了個眼神，男管家正在為麥可斟白葡萄酒，斟完酒後立刻走出餐廳。

「麥可和我都不吃麵包。傑文斯真失禮，竟然沒有想到你可能會需要吃點麵包。」

「其實吃麵包只是一種習慣。」麥可表示：「只要下定決心，很快就能戒除吃麵包的習慣。戒掉吃麵包是一件好事。」

「麥可，這孩子太瘦了。」

「我不吃麵包並不是因為怕胖，而是我認為沒有必要吃麵包。畢竟我經常運動健身，所以我喜歡吃什麼就能吃什麼。」麥可表示。

五十二歲的麥可身材保持得非常好。他年輕時有一頭栗色的捲髮、完美的肌膚、深藍色的大眼睛、挺直的鼻子與精緻的耳朵，他絕對是英國劇場界長得最帥的男演員，唯一的缺點是嘴唇太薄。他的身高剛好滿六呎，體態雄偉。他出眾的外表促使他選擇當演員，而不是像他父親一樣從軍。如今他栗色的頭髮都已變得灰白，並且剪得短短的。他的臉變胖了，還有許多皺紋，肌膚不再像是初綻的桃花，膚色也變深，然而他的眼睛依舊迷人、身形依舊挺拔，因此仍是非常英俊的男人。戰爭期間他從軍五年，鍛鍊出軍人的體格，假如你不知道他是誰（但這幾

---

11 此處所指的戰爭為一九三九年至一九四五年間的第二次世界大戰。

乎不可能，他的照片經常出現在報章雜誌上），可能會以為他是高級軍官。他總是吹噓自己的體重從二十歲開始就沒有變過，這些年來無論晴天或雨天，他一定會在早上八點鐘起床，然後穿上短褲和運動衫到攝政公園跑步。

「蘭伯特小姐，祕書小姐告訴我您今天早上在排戲。」年輕人說：「這是不是表示您將有新戲上演？」

「沒這回事。」麥可回答：「我們只是為了訓練演技而進行排演。」

「麥可覺得我們演得有點倦怠了，要我們再彩排一遍。」

「我很高興自己提出這個要求，我發現他們偷偷加了一些與我的指導相悖的小動作，而且隨意修改台詞。我堅持演員必須一字不漏地說出劇作家所寫的台詞，但現在的劇作家寫的劇本實在不怎麼樣。」

「如果你想來看我們這齣戲，我相信麥可一定很樂意留個位子給你。」茱莉亞親切地表示。

「我非常想再看一次。」年輕人急切地回答：「我已經看過三次了。」

「不會吧？」茱莉亞驚呼，儘管她清清楚楚記得麥可告訴過她這件事，「這齣戲確實十分精采，很適合在我們的劇院演出，但我無法想像有人看了三次。」

「我一看再看的原因，並不是為了這齣戲本身，而是為了看您表演。」

「我就是想聽他說這句話。」茱莉亞心想。然後她說：「當初我們收到劇本時，麥可還心有疑慮，他覺得我的角色不夠好。你知道，這並不是一個光采奪目的角色，但我認為我將這個角色詮釋得很成功。當然，我們在排演時不得不刪減另一位女演員的戲分。」

「我們沒有重寫劇本。」麥可接著表示：「不過我可以告訴你，我們演出的版本與劇作家當初交給我們的版本大不相同。」

「您在這齣戲裡演得太棒了。」年輕人說。

（「他長得頗有魅力。」茱莉亞暗忖。）「我很高興你喜歡我的演出。」她回答。

「既然你這麼欣賞茱莉亞，我相信她會在你離開時送你一張簽名照。」麥可說。

「真的嗎？」

年輕人又臉紅了，他那雙藍色的眼眸閃閃發亮。（「他真的很可愛。」）雖然他長得不算特別俊美，可是有一張真誠自然的臉龐，而且他害羞的模樣很吸引人。他有一頭淺棕色的捲髮，以亮髮油抹得服服貼貼。茱莉亞暗忖，「如果他沒有用亮髮油將波浪般的捲髮撫平，看起來會比較帥。」他顯然為了抹平頭髮花了不少工夫。他的精神飽滿，皮膚也很好，精緻的牙齒排列得整整齊齊。她注意到他的衣服十分合身，穿著打扮也相當得體，這點值得加分。他看起來相當正派而且乾乾淨淨。

「我想你以前沒有從事過與劇場相關的工作吧？」她說。

「沒有，因此我很高興能得到這份工作，您絕對無法想像我多麼興奮。」

麥可和茱莉亞同時對他露出親切的笑容，他的崇拜之情讓他們覺得自己變得更偉大了。

「我向來不許外人來看我們彩排，但既然你是我們的會計師，可以算是劇院的一分子。如果你想來看我們排練，我不介意為你破例。」麥可表示。

「您真是太好了。我這輩子從來沒有看過彩排。您會參與下一部作品的演出嗎？」

「噢，不會，我現在已經沒有那麼熱衷演戲了，而且我發現很難找到適合我的角色。你知道，以我現在的年紀，已經不可能再演熱戀中的年輕人，而且現在的劇作家也不像我年輕時那樣能寫出不凡的角色，也就是法國人所謂的『關鍵要角（raisonneur）』。你懂我的意思，比方說公爵或議會內閣成員，或是妙語如珠且能輕鬆發揮影響力的皇室法律顧問。我不知道現在的劇作家是怎麼回事，他們似乎再也寫不出動人的台詞，但如果沒有好的台詞，演員哪有辦法把戲演得精采？而且，他們感謝過演員嗎？我是指那些劇作家。如果我告訴你有些劇作家要求享有什麼樣的分紅條件，你絕對會大吃一驚。」

「不過，如果沒有劇作家，演員就沒有戲可演，這也是難以辯駁的事實。」茱莉亞微笑著說：「但如果劇本不好，再怎麼出色的演員也無法靠演技挽救一齣戲。」

「我認為那就表示看戲的觀眾不是真正的戲迷。在英國戲劇最輝煌的時期，人們去劇院不是為了看戲，而是為了看演員。無論坎伯[12]和西登斯夫人演出什麼戲碼，一點也不重要，因為觀眾只想看見他們。即使現在，雖然我不否認劇本不好會毀掉整齣戲，但我依然覺得在劇本沒有問題的情況下，觀眾去劇院是為了欣賞演員而不是欣賞戲劇本身。」

「我想沒有人會否認這一點。」茱莉亞說。

「像茱莉亞這麼優秀的女演員，只需要能讓她展現天分的劇本。給她一個好劇本，剩下的就看她表現。」麥可表示。

茱莉亞對著年輕人投以愉悅但不以為然的笑容。

「你可別太相信我丈夫說的話。恐怕我們都必須承認，在談論到與我有關的事情時，我丈夫總是特別偏袒我。」

「除非這位年輕人不如我想像中的聰明，不然他一定知道沒有妳演不來的角色。」

「噢，那只是大家這麼認為罷了。我只做自己會做的事情，其餘的事什麼都不做。」

這時麥可看看手表。

「年輕人，等你喝完咖啡，我們就該走了。」

年輕人將杯子裡剩餘的咖啡一飲而盡。茱莉亞從桌邊起身，準備送客。

「您不會忘了要送我一張簽名照吧？」

「我想麥可的起居室裡有一些照片。來吧，我們去挑一張。」

她帶他走到餐廳後方一間寬敞的房間，雖然這個房間是麥可專用的起居室——讓他獨處片刻並抽抽菸斗的地方——不過現在主要當成客人來訪時的衣帽間。房間裡有一張看起來相當高貴的紅木書桌，桌上擺著英國國王喬治五世與瑪麗王后的簽名照。壁爐上方掛著一幅古老的肖像，畫中人是扮演哈姆雷特的坎伯。那幅肖像畫是勞倫斯[13]的作品。房間四周都是書櫃，書架下方有儲物櫃，另外還有一張小桌子，桌上放著一疊劇本。茱莉亞從其中一個儲物櫃裡拿出一捆她最近拍的照片，然後遞一張給那個年輕人。

「這張應該還不錯。」

「非常漂亮。」

「這表示照片和我本人完全不像。」

---

12 約翰·菲利普·坎伯（John Philip Kemble，一七五七—一八二三）：英國演員，出生於戲劇家庭，女演員莎拉·西登斯是他的姊姊。

13 湯瑪士·勞倫斯（Thomas Lawrence，一七六九—一八三〇）：英國肖像畫家及皇家藝術研究院（Royal Academy of Arts）的院長。

「和您本人一模一樣。」

她對他投以另一種微笑，帶點淘氣的調戲意味。她輕輕閉上眼睛，接著突然睜開眼睛注視他，臉上帶著被觀眾形容為「如天鵝絨般柔美」的表情。她這麼做並沒有特別的目的，可能只是出於機械式的反應，也可能是出於希望取悅他的本能。這個大男孩這麼年輕又這麼害羞，看起來非常純真善良，可惜他再也沒有機會見到她了，因此她希望他回饋一點他以前付出的戲票錢，也希望他將來回想起這一刻時，會認為是他此生最美妙的時光之一。她瞥視那張照片一眼，覺得自己本人和照片一樣動人。攝影師教她擺出這個姿勢，她也完美地配合，展現出她最美的一面。她的鼻子有一點寬，可是攝影師透過燈光使她的鼻子看起來精緻小巧，還讓她光滑的肌膚上沒有一絲皺紋。她明亮的雙眼露出極為迷人的眼神。

「好，你就拿這張照片吧。你知道我不是什麼大美女，我甚至稱不上非常漂亮，科奎蘭[14]總說我的美是「魔性之美（beauté du diable）」。你聽得懂法語，對吧？」

「我聽得懂這句。」

「我來為你簽名吧。」

她坐到書桌前，以大膽流暢的字跡寫下：致上我的真心。茱莉亞・蘭伯特

14 伯努瓦・康斯坦特・科奎蘭（Benoît-Constant Coquelin，一八四一——一九〇九）：法國演員，為那個年代最偉大的演員之一。

第二章

兩位男士回辦公室之後，茱莉亞又拿起那些照片看了一遍，才把照片收回櫃子裡。

「對一個四十六歲的女人而言，我看起來應該還算不錯。」她笑著說：「我和照片裡一樣美，這點無庸置疑。」她環顧房間，想找鏡子來看看自己的模樣，可是這個房間裡沒有鏡子。「該死的室內設計師。可憐的麥可，難怪他從來不使用這個房間。當然，我拍照從來沒有拍得比本人還美過。」

她突然有一股想找出自己以前舊照片的衝動。麥可是個做事井然有序的生意人，他將茱莉亞的照片全都依照拍照日期的先後順序存放在大型紙板箱裡，他自己的照片則收在同一個儲物櫃裡的其他紙板箱中。

「如果有人想寫關於我們演藝生涯的故事，我們已經把所有的資料都準備妥當，隨時可以提供他使用。」麥可表示。

而且麥可從一開始就把他們所有的新聞剪報都貼在大型剪貼簿裡，目前已經累積出一系列的剪貼簿，他在這方面的用心同樣值得嘉許。

另外還有茱莉亞小時候的照片、少女時期的照片、剛開始演戲時的照片、剛結婚時的照片、與麥可的合照，以及與剛出生的兒子羅傑的合照。有一張他們一家三口的合照，照片中的麥可看起來充滿男性魅力，俊美得令人難以置信，而她溫柔地看著羅傑，表情洋溢著母愛，羅傑則仍是個滿頭捲髮的小男孩。那張照片拍得十分成功，當時每一份圖文並茂的報紙都以滿版的篇幅刊登那張照片，他們自己也在劇院的節目單上使用，並且將它縮小至明信片的尺寸，當成周邊商品販售。羅傑進入伊頓公學念書之後，就拒絕再與她合照了，他不希望自己的照片再被刊登在報紙上。這種不想上報的想法，讓茱莉亞覺得好笑。

「別人會以為你有什麼問題。」她對羅傑說：「這倒也不是有什麼不好，但你起碼應該出席首演之夜，看看一般人多麼喜歡搶鏡頭。現場會有攝影師，還有來看戲的內閣成員和法官，那些人可能會假裝自己不喜歡被攝影師拍照，不過當他們以為攝影師要拍他們時，你會發現他們偷偷擺姿勢。」

然而羅傑的個性十分固執。

茱莉亞偶然發現一張自己飾演碧翠絲[15]的照片，那是莎士比亞的角色中她唯一演過的。她知道自己穿上那個角色的戲服並不好看，她無法理解原因。畢竟她穿時裝的時候相當出眾，沒有幾個人比得上她。她的服裝都是在巴黎訂製的，無論戲服或私人服飾，法國的裁縫師都說沒有人像茱莉亞一樣訂做那麼多套衣服。她的身材很好，這點大家都承認。對女性而言，她長得算高，還有一雙修長的美腿，只可惜她從來沒有機會飾演羅瑟琳[16]，不然她穿起男裝一定很好看。當然，現在已經來不及了，這也許得怪她缺少冒險精神。雖然觀眾認為憑著她的才華、她的淘氣、她的喜感，她就是詮釋碧翠絲的完美人選，但劇評家都不欣賞她演的碧翠絲。一定是那段該死的無韻詩[17]害的。她的聲音很低沉，能呈現出嘶啞的效果，在演感情戲時可以緊緊揪住觀眾的心，在說出有趣的台詞時也幽默無比，但是當她在表現無韻詩台詞時，聽起來就是完全不對。還有她的發聲，她的發聲非常清晰，因此不必刻意放大音量，坐在劇院最後一排的觀眾都能清楚聽見她說的每一個字，但由於這個緣故，許多人認為她背誦出來的無韻詩聽起來像散文，她自己則認為問題出在她太富有現代感。

麥可是從演出莎士比亞的戲劇起家的，那時候他還不認識茱莉亞。他在劍橋大學讀書時演過羅密歐，畢業後又在戲劇學校學了一年表演，然後便與班森劇團[18]簽約。他在全國各地巡迴演出，演過各種角色。然而他覺得自己被莎士比亞戲劇侷限了，將來難有更好的發展。如果他想成為具有知名度的男演員，就必須參與現代戲劇的演出。有個名叫詹姆斯・藍頓的人在米德普爾經營一間經常上演不同戲碼的劇院，生意非常好。在跟著班森劇團演了三年戲之後，麥可趁著劇團到米德普爾舉行一年一度巡迴公演的機會，寫了一封信給藍頓，問藍頓是否願意與他見面。詹姆斯・藍頓是個身材肥胖、臉色紅潤的禿頭男子，四十五歲，看起來像魯本斯[19]畫中

---

15 碧翠絲（Beatrice）：威廉・莎士比亞的劇作《無事生非》（*Much Ado About Nothing*）裡的角色，是個性開朗、機智敏銳的女子。

16 羅瑟琳（Rosalind）：威廉・莎士比亞的劇作《皆大歡喜》（*As You Like It*）裡的角色，她在劇中女扮男裝，喬裝成名叫蓋尼米德（Ganymede）的牧羊人。

17 無韻詩（blank verse）：一種符合抑揚五步詩（Iambic pentameter）格律要求但不押韻的詩歌。

18 班森劇團（The Benson Company）：英國演員兼劇院經理法蘭西斯・羅伯特・班森爵士（Sir Francis Robert Benson，一八五八—一九三九）於一八八三年創立的劇團，專門製作並演出莎士比亞的戲劇作品。

19 彼得・保羅・魯本斯爵士（Sir Peter Paul Rubens，一五七七—一六四〇）：比利時畫家，巴洛克畫派早期代表人物。魯本斯的畫作有濃厚的巴洛克風格，強調運動、顏色與感官。

的富裕中產階級，對戲劇充滿熱情。他的個性古怪、態度傲慢、精力旺盛，而且愛慕虛榮，但是也相當迷人。雖然他喜歡演戲，不過礙於外型的限制，他只能扮演幾種角色。這其實是件好事，因為他的演技很爛。他難以抑制自己浮誇的天性，儘管他研究過他詮釋的每個角色，並且對於表演方式經過深思熟慮，但總是演得非常怪異，他太過強化每個手勢，也太過誇張每個語調。不過，當他為演員們進行彩排時，情況又大不相同，一點也不矯揉造作。他有完美的聽力，雖然他自己無法發出正確的語調，但絕不會讓演員們發出的語調有一絲錯誤。

「不要在舞台上**呈現**自然的一面。」他對劇團的演員說：「你們在舞台上不應該自然，因為舞台上的世界是虛構的，但是你們必須**看起來**很自然。」

他訓練演員十分嚴格，每天從早上十點彩排到下午兩點，然後讓演員們回家複習自己的台詞並休息，以準備晚上登台。他對演員們很凶，對他們大吼大叫、嘲笑他們的演技，而且付給他們很低的薪資。然而如果他們在感人的場景表演出色，他就會哭得像個孩子一樣；如果他們依照他要的方式說出有趣的台詞，他也會發出雷鳴般的笑聲。如果他開心，他會單腳在舞台上跳來跳去；如果他生氣，他把劇本扔到地上怒踏，甚至讓憤怒的淚水沿著他的臉頰滑落。劇場的人嘲笑他、辱罵他，但也竭盡全力取悅他。他激起演員自我防禦的本能，使他們覺得自己絕對不能讓他失望。雖然演員們都說他把他們當成奴隸、害他們沒有屬於自己的時間，使他們的肉身難以承受，可是順從他毫無節制的要求也讓他們獲得一種可怕的滿足感。當一個老演員為了角色在一星期內增重七磅時，藍頓緊握住對方的手並讚美地表示：「老天，年輕人，你實在太棒了。」那名老演員因此覺得自己就像查爾斯·基恩[20]一樣了不起。

當麥可請詹姆斯·藍頓與他碰面時，藍頓碰巧需要找一個擔任男主角的年輕人。他知道麥可為什麼想與他見面，因此在見面的前一天晚上特別去看麥可演戲。麥可在那齣戲裡飾演莫庫修[21]，他覺得麥可演得不怎麼樣，然而隔天麥可走進他的辦公室時，他被麥可俊美的容貌深深震懾。麥可穿著棕色的外套與灰色的法蘭絨長褲，沒有化妝也帥得令人屏息，而且舉止大方、談吐高貴。當麥可說明自己的來意時，詹姆斯·藍頓以敏銳的眼光觀察他，心想：「如果這個年輕人會演戲，憑著他的外表，他的路可以走得很遠很長。」

「我昨晚去看你演的莫庫修。」藍頓說：「你覺得自己演得如何？」

「爛透了。」

「我同意。你幾歲？」

「二十五。」

「我想你應該經常被人讚美長得很帥吧？」

「這正是我決定演戲的原因，否則我會像我父親一樣從軍。」

「老天，如果我擁有你的長相，我一定會成為很出色的演員。」

那次見面的結果，是藍頓與麥可簽了約。麥可在米德普爾待了兩年，並且很快就在劇團裡大受歡迎。他幽默風趣、和藹親切，又樂於幫助別人。他的外表在米德普爾引起轟動，很多女孩子會特別跑到劇院門口逗留，只為了想看他一眼。她們寫情書給他、買鮮花送他，他把這一

---

20 查爾斯·基恩（Charles Kean，一八一一—一八六八）：出生於愛爾蘭的英國演員和劇院經理，以復興莎士比亞戲劇而聞名。

21 莫庫修（Mercutio）：威廉·莎士比亞的劇作《羅密歐與茱麗葉》（*Romeo and Juliet*）裡的角色，為羅密歐的好友。

切當成戲迷崇拜偶像的自然表現，不許自己隨便動情。他渴望繼續在戲劇圈裡發展，決心不讓任何情感糾葛干擾他的職業生涯。結果他的外表救了他，因為詹姆斯．藍頓很快就做出一項結論：儘管麥可非常有毅力而且希望出人頭地，但他永遠無法成為出色的演員。他的聲音不夠渾厚，在表現熱情時很容易變得尖銳刺耳，給人一種歇斯底里而非情緒激昂的感覺。身為年輕一輩的主角，麥可最大的壓力就是無法演好示愛的情節。他平常說話時落落大方，可以清楚說出自己的想法，然而在演出激情的抗爭時，卻彷彿有什麼東西羈絆著他。他覺得非常尷尬，很想了解原因。

「你這個笨蛋，你抱著那個女孩時是不是把她當成了一袋馬鈴薯？」詹姆斯．藍頓對著麥可怒斥：「你吻她的時候表情太僵硬。你愛上了那個女孩，所以必須演出你愛她的感覺，那種愛意就好比你的骨頭在身體裡融化，而且就算下一秒鐘天崩地裂，你也毫無畏懼。」

然而麥可就是沒辦法演好。雖然他長相俊美、談吐優雅且舉止大方，卻是感情冷淡的人。這一點並未阻止茱莉亞瘋狂愛上他，他們兩人在麥可加入藍頓的劇團時認識了彼此。

茱莉亞的職涯一直相當順遂。她出生於靠近法國海岸的澤西島，她的父親是當地人，是一名獸醫。她母親的姊姊嫁給住在聖馬洛市的法國煤炭商，她到法國讀國中的時候就住在阿姨家，因此學會了法語，而且說得像法國女性一樣流利。她是天生的女演員，自從她有記憶以來，她便立志要登上舞台演戲，這點不難理解。她的阿姨法盧夫人認識一名年長的女演員，那個女演員曾經是法蘭西喜劇院[22]的演員，退休後搬到聖馬洛居住，憑靠她的某任情人給她的微薄養老金過日子。她和那個情人交往多年，最後仍以分手告終。當時茱莉亞只是個十二歲的孩子，女演員已經是個六十多歲的老婦人，聒噪肥胖但精力充沛，熱愛食物勝過世界上的一切。

她的笑聲如男人般宏亮，說話的聲音低沉且中氣十足。茱莉亞第一次學演戲就是拜她為師，她將自己在藝術學校學到的一切本領全都傳授給茱莉亞。她告訴茱莉亞，蘇珊・萊辛伯格[23]到七十歲都還能扮演天真無邪的少女、莎拉・伯恩哈特擁有一副金嗓子、穆內・薩利[24]的演技充滿權威、科奎蘭是所有演員之中最了不起的一位。她朗誦出她在法蘭西喜劇院學到的長篇台詞，那些偉大的台詞是高乃依[25]和拉辛所寫的。她教茱莉亞以同樣的方式詮釋那些長篇台詞。茱莉亞以稚嫩的聲音朗誦出《費德爾》那些刻意強調亞歷山大詩格[26]而且又臭又長但充滿激情的台詞，並以矯揉造作但無比美妙的戲劇方式說出來，實在令人深深著迷。珍・黛布無疑是非常誇張的女演員，但她教會茱莉亞以極為獨特的方式表達演技。她指導茱莉亞如何走路和如何收斂情緒，也指導茱莉亞不要害怕自己的聲音。她精心引出茱莉亞在舞台上掌控時機的本能，這後來成為茱莉亞最了不起的本領之一。

「除非妳有好理由，否則說台詞時永遠不可以停頓。」珍・黛布大聲吼道，並以緊握的拳頭敲打桌子，「可是如果妳停下來，就要盡可能拖長時間。」

---

22 法蘭西喜劇院（Comédie-Française）：法國的一個國立劇團。

23 蘇珊・萊辛伯格（Suzanne Reichenberg，一八五三—一九二四）：法國女演員。

24 穆內—蘇利（Mounet-Sully，一八四一—一九一六）：法國男演員。

25 皮耶・高乃依（Pierre Corneille，一六〇六—一六八四）：法國古典主義悲劇的代表作家。

26 亞歷山大詩格（Alexandrine）：一種音節詩格，通常有十二個音節，中間有一個停頓，將詩行分為兩段半行，每半行六個音節，為十七世紀至十九世紀在法國詩歌中佔主導地位的長詩句。

茱莉亞十六歲到高爾街的皇家戲劇藝術學院[27]就讀，但那所學校能教她的東西有一大半是她早就已經學會的。她必須擺脫一些過時的演技，學習更對話式的表演風格。她在各種可以參加的戲劇比賽中贏得名次，一畢業就幾乎馬上憑著流利的法語能力在倫敦拿到一個法國女僕的角色。她的法語能力似乎幫助她專攻需要有外國口音的角色，因為在演完那個法國女僕的角色後，她馬上又接演一個奧地利女服務生的角色。過了兩年，詹姆斯．藍頓發掘了她。當時她正在巡迴演出一齣於倫敦大獲成功的通俗劇，她的角色是一名詭計最終被人揭發的義大利女陰謀家。她詮釋四十歲的女性似乎有點缺乏說服力，那個角色是金髮碧眼的成熟女子，年輕的茱莉亞演起來完全不具真實感。當時詹姆斯．藍頓正在休短假，他每晚都會到各個城鎮的不同劇院看戲。那齣戲落幕後，他到後台去拜訪茱莉亞。由於藍頓在戲劇界享有盛名，他對她的讚美使她受寵若驚。他邀請她第二天與他共進午餐，她欣然接受。

隔天他們才剛剛在餐廳裡坐下，藍頓就馬上切入主題。

「我想著妳而整夜沒睡。」他說。

「這句話太唐突了。你想的是得體的事還是見不得人的事？」

他沒有特別留意到她輕率的回應。

「我從事這一行已經二十五年了。我當過提醒演員上台的助理、舞台工作人員、舞台經理、演員、宣傳人員，還當過該死的劇評家。我從寄宿學校畢業後就幾乎以劇院為家，關於演戲這方面，如果還有我不懂的地方，那肯定是不值得懂的東西。我認為妳是天才。」

「謝謝你這麼讚美我。」

「閉嘴，聽我說話。妳已經擁有一切：妳的身高正好、體態曼妙，而且妳是個千面女郎。」

「你很會奉承別人，對不對？」

「我就是這樣。女演員都希望自己是千面女郎，可以千變萬化，甚至可以變得更美麗，而且能表現出腦子裡的任何想法。埃萊奧諾拉．杜斯就是千面女郎。昨天晚上雖然妳不太懂自己在演什麼，可是妳的表情卻能不時地配合妳所說的台詞。」

「那個角色很爛，我當然沒辦法專心演好，你沒聽到我說的那些台詞嗎？」

「爛的是演員，不是角色。妳的聲音很美，可以打動觀眾的心。我不知道妳有沒有辦法演喜劇，但是我準備冒個險。」

「什麼意思？」

「妳說出台詞的時機幾乎是完美的。這不可能是妳學來的本領，而是天生的直覺，擁有這種天生的直覺比妳學到的任何本領都還要重要。現在我們來談談薪水，我打聽過妳，妳的法語說得像法國女人一樣流利，所以他們故意安排妳演英語說得不好的角色。這種角色無法讓妳有任何成長，妳很清楚這一點。」

「但我只能演到這種角色。」

「難道妳甘心永遠演這種角色嗎？妳會被定型，觀眾將無法看到妳的任何可能性。妳永遠只能演配角，每星期賺二十英鎊，白白浪費妳偉大的天賦。」

「我一直認為自己總有一天有機會當上主角。」

27 皇家戲劇藝術學院（Royal Academy of Dramatic Art）：位於英國倫敦的戲劇學院，成立於一九〇四年，是英國歷史最悠久的戲劇學校之一。

「什麼時候？妳可能需要等上十年的時間。妳幾歲了？」

「二十。」

「妳的收入呢？」

「每星期十五英鎊。」

「妳說謊，妳每星期只有十二英鎊的收入，而且妳根本不配拿這種價碼。妳還有很多東西要學：妳的手勢太老套了，妳完全不懂每個手勢都代表不同的意思，妳也不懂在開口說出台詞之前要如何讓聽眾先看著妳。妳的妝太濃，像妳這種五官，臉上的妝越淡越好。難道妳不想變成大明星嗎？」

「誰不想當大明星？」

「加入我的劇團，我會讓妳成為英國最偉大的女演員。妳的學習速度快不快？以妳的年紀，我想應該學得很快吧？」

「我想我可以在四十八個小時內將一個角色學得完美無缺。」

「妳需要我幫助妳累積演戲的經驗，也需要我栽培妳。加入我的劇團，我會讓妳每年演出二十個不同的角色、演出易卜生[28]、蕭伯納[29]、巴克[30]、蘇德曼[31]、漢金[32]、高爾斯沃西[33]等人的劇作。妳有一種魅力，但妳似乎還不知道如何運用它。」他笑了一下，「老天，如果妳知道如何運用自己的魅力，你們那齣戲的女主角會在妳還沒發揮本領之前就把妳攆出去。妳必須掐住觀眾的喉嚨，對他們說：『你們這些傢伙，把注意力放在我身上。』妳必須學會操控觀眾。如果妳沒有那種天賦，沒有人能夠給妳，但如果妳有那種天賦，別人可以教妳如何使用它。告訴妳，妳已經具備偉大女演員該有的特質，我這輩子從來沒有如此確定過任何事。」

「我知道我需要累積演戲的經驗，但是我得考慮一下。我不介意先與你合作一季。」

「妳去死吧。妳以為我能夠在一季之內把妳栽培成優秀的女演員嗎？妳以為我努力栽培妳演一些好戲，然後就會放妳去倫敦演一些角色無足輕重的商業戲碼嗎？妳把我當成什麼樣的傻瓜？我要與妳簽一份為期三年的合約，並且給妳每星期八英鎊的薪資，而妳必須為我賣命工作。」

「每星期只有八英鎊實在太荒謬了，我不可能接受。」

「噢，可能的，妳會接受。這就是妳的身價，是妳所能拿到的薪資。」

茱莉亞已經有三年的演戲資歷，她學到很多東西。她的啟蒙恩師珍．黛布或許在道德方面並不嚴謹，但傳授給她許多有用的資訊。

---

28 亨里克．約翰．易卜生（一八二八—一九〇六）：挪威劇作家，被認為是現代現實主義戲劇的創始人。

29 蕭伯納（George Bernard Shaw，一八五六—一九五〇）：英國劇作家和倫敦政治經濟學院（The London School of Economics and Political Science）的聯合創始人，於一九二五年獲得諾貝爾文學獎。

30 哈雷．格蘭維爾．巴克（Harley Granville-Barker，一八七七—一九四六）：英國演員、導演、劇作家、劇院經理及劇評家。

31 赫爾曼．蘇德曼（Hermann Sudermann，一八五七—一九二八）：德國劇作家和小說家。

32 聖約翰．埃米爾．克拉弗林．漢金（St. John Emile Clavering Hankin，一八六九—一九〇九）：英國散文家及劇作家。

33 約翰．高爾斯沃西（John Galsworthy，一八六七—一九三三）：英國小說家及劇作家，一九三二年的諾貝爾文學獎得主。

「你心裡是不是盤算著，如果我想和你簽約，就得陪你上床？」

「老天，妳覺得我有時間和劇團的演員上床嗎？小朋友，我還有更重要的事情要忙。妳會發現妳每天白天都必須彩排四個小時，每天晚上和其中幾天的日場都必須把戲演到令我滿意，因此妳根本不會有太多時間或欲望去找人上床。當妳真的有時間上床時，妳只會想要好好睡一覺。」

可是詹姆斯・藍頓錯了。

第三章

茱莉亞被詹姆斯・藍頓的熱忱與豐富的想像力所吸引，因此答應與他簽約。他先安排茱莉亞從一些端莊穩重的角色演起，在他的指導下，茱莉亞在那些角色中發揮出以前從未展現的演技。藍頓經常與劇評家互動並且奉承他們，讓他們覺得茱莉亞是出色的女演員；他也接受劇評家的建議，讓茱莉亞演出瑪格達[34]一角，茱莉亞因此大受歡迎。他接著又馬上讓茱莉亞在《玩偶之家》[35]中飾演娜拉，在《人與超人》[36]中飾演安，以及在《赫達・蓋布勒》[37]飾演女主角。米德普爾的人以前去看戲只是為了捧自己人的場，現在他們都很開心有了一位可說是比倫敦任何明星都還要優秀的女演員，因此紛紛前往劇院觀賞茱莉亞表演。倫敦的報刊經常提到茱莉

34 瑪格達（Magda）：德國劇作家赫爾曼・蘇德曼（Hermann Sudermann）於一八九三年創作的戲劇《故鄉》（*Heimat*）的女主角。該劇有時也被稱為《瑪格達》。

35 《玩偶之家》（*A Doll's House*）：挪威劇作家亨里克・易卜生（Henrik Johan Ibsen）於一八七九年的劇作，該劇又名《娜拉》（Nora），即劇中女主角的名字。

36 《人與超人》（*Man and Superman*）：英國劇作家蕭伯納於一九〇五年的劇作，女主角為安・懷特菲爾德（Ann Whitefield）。

37 《赫達・蓋布勒》（*Hedda Gabler*）：亨里克・易卜生於一八九一年創作的戲劇，劇名即為女主角的名字。

亞，有一些熱情的戲劇贊助者還專程到米德普爾來看她的戲，並且在返回倫敦時對她讚不絕口。另外還有兩三個倫敦劇院經理人派代表來觀賞茱莉亞的表演，他們覺得她很適合演出蕭伯納和易卜生的劇作，但不確定她在一般的戲劇中會有什麼樣的表現。那些劇院經理人都有過不愉快的經驗：他們因為某個演員在特定戲劇中有出色的表現，就決定與對方簽約，結果發現對方在其他類型的戲劇中表現平凡。

麥可加入詹姆斯．藍頓的劇團時，茱莉亞已經在米德普爾演了一年的戲。詹姆斯讓麥可演出的第一個角色是《堪迪妲》[38]裡的馬區班克斯，那個角色非常適合麥可，因為需要由長相英俊且氣質冷酷的人來詮釋。

此刻茱莉亞舒舒服服地坐在地板上，伸手去拿存放麥可照片的第一個紙板箱。她很快就在那些早期的照片中找到麥可剛到米德普爾時所拍的照片，但是當她找到時，她感覺到一陣難過，甚至還一度想哭，麥可當時的模樣令她傷感。《堪迪妲》的主角是由一位比較年長的女演員飾演，那位女演員通常飾演母親、未婚姑媽或者有點個性的角色。由於茱莉亞除了每星期登台演出八場之外無事可做，於是也參加這齣戲的彩排。她對麥可一見鍾情，她從未見過比麥可長得更好看的年輕人，因此開始努力追求他。詹姆斯．藍頓冒著被米德普爾多數人譴責的風險，接著推出《群鬼》[39]一劇，並且由麥可飾演男孩一角，茱莉亞則飾演蕾吉娜。他們去看對方彩排，偶爾在彩排後相約吃午餐以討論角色。不久之後，他們變得形影不離。茱莉亞幾乎毫無保留、毫無節制地奉承麥可，然而麥可沒有因自己的外表而顯得自負。他知道自己長得很英俊，也樂於接受別人的讚美。他沒有表現出完全不在乎的樣子，但是把那些讚美當成別人只是在讚美一棟在他家族中世代相傳的老宅：即便他知道那棟老宅是它落成的年代裡最好的房子之

一、他也以那棟老宅深感自豪並細心維護，不過那棟老宅的存在就像人們呼吸的空氣一樣自然。麥可既聰明又有企圖心，他知道自己的外貌是他目前最重要的資產，也知道這項資產不可能永遠存在，所以他決心成為好演員，以便在外貌之外還有長處可以依靠。他打算盡全力向詹姆斯．藍頓學習，然後到倫敦發展。

「如果我發展得順利，就有辦法得到一些老女人的支持，然後轉入劇團管理的領域。賺錢的唯一方法，就是成為自己的主人。」

茱莉亞很快就發現麥可不太喜歡花錢，當他們一起吃飯或者星期天出去短程旅行時，她都會小心翼翼地支付自己的費用。她不介意這一點，因為她欣賞他的精打細算。由於她自己太會花錢，以致房租經常拖欠一兩個星期，所以她很佩服麥可。麥可討厭欠債，即使薪資微薄，他每個星期還是有辦法存下一點錢。他急著想存到足夠的金額，以便到倫敦發展時不必被迫接受第一個獲邀演出的角色，可以耐心等到真正讓他有出頭機會的好角色。他父親並不希望他成為舞台劇演員，堅持要他先念完大學，不過他父親除了退休金之外幾乎沒有什麼收入，因此為了送他到劍橋大學念書做了很大的犧牲。

「如果你想當演員，我沒有辦法阻擋你。」他的父親說：「但是我堅持你得像個紳士一樣接受教育。」

茱莉亞得知麥可的父親是陸軍上校時感到非常滿意，而且在聽見他提到他某位祖先於攝政

38《堪迪妲》（*Candida*）：英國劇作家蕭伯納於一八九四年的劇作。

39《群鬼》（*Ghosts*）：挪威劇作家亨里克．易卜生於一八八一年的劇作。

時代[40]在懷特家賭博而賠光了家產，令她印象深刻。她喜歡麥可手上戴的圖章戒指，上面有野豬頭的圖案紋飾和他的座右銘：挑釁我必受懲罰。

「我相信你的家庭一定比你有如希臘神祇的外表更令你自豪。」她深情地對麥可說。

「外表好不好這種事情見仁見智。」他回答時露出好看的笑容，「但不是每個人都能擁有體面的家世。說實話，我很高興我父親是一位紳士。」

這時茱莉亞終於鼓起勇氣說出實話。

「我父親是獸醫。」

麥可的臉僵了一下，馬上恢復正常的表情並展露笑顏。

「當然，一個人的父親從事什麼行業並不重要。我經常聽我父親提到他們軍團裡的獸醫。軍團的獸醫當然也算軍官，我父親總說那位獸醫是最優秀的軍官之一。」

茱莉亞很高興麥可擁有劍橋大學的學位。麥可曾是他們學院裡的划船隊隊員，而且差一點就入選劍橋大學的划船校隊。

「我很希望能成為劍橋大學的校隊成員，這對於我在舞台上表演會有幫助，因為我可以把這件事當成宣傳的噱頭。」

茱莉亞不清楚麥可知不知道她已經愛上他，他從不曾與她上床。他喜歡與她交往，每當他們和其他人在一起時，他幾乎沒有離開過她身邊。有時候他們會受邀請參加朋友們在星期天舉辦的派對，無論是晚餐或者豐盛的冷盤宵夜，麥可似乎都覺得他們兩人一同前往然後一起離開是非常自然的事。當他送她回家時，他會在她家門口與她吻別，但那種親吻的方式就像在親吻與他在《堪迪妲》中演對手戲的年長女演員。他很親切，幽默又善良，然而讓茱莉亞覺得痛苦的是，她對他而言不過只是劇團裡的同事。但她很清楚他沒有愛上別人，其他女性寫給他的情書，他會笑著讀給茱莉亞聽，且每當其他女性送花給他時，他就會立即把花轉送給她。

「她們真傻。」麥可說：「她們以為自己這麼做能得到什麼樣的回報？」

「我也不懂她們在想什麼。」茱莉亞冷冷地表示。

雖然她知道麥可沒把那些女性的關注放在心上，她還是會忍不住感到憤怒與嫉妒。

「如果我和米德普爾的女性廝混，那我肯定是個大傻瓜。畢竟她們大部分都那麼年輕，在我還沒搞清楚狀況之前，可能已經有某個憤怒的父親找上門來，要我娶她的女兒。」

茱莉亞試著查出麥可在班森劇團期間是否留下任何情史。她得知曾有一兩個女演員想勾搭他，不過他認為年輕男演員與同台演戲的女演員有情感糾葛會是可怕的錯誤，必然會產生許多問題。

「你知道劇團裡的人愛說八卦，所有的人在二十四個小時之內就會知道所有的事。如果你打算與共事的女演員談戀愛，表示你根本不知道自己會惹上什麼樣的麻煩。我可不想冒任何風險。」

如果他想找樂子，他會等到他們在倫敦附近巡迴演出時，跑到鎮上的環球餐廳隨便找個女孩搭訕。當然，這麼做得花不少錢，他覺得這種錢根本不值得浪費。他在班森劇團期間會打打

---

40 攝政時代（The Regency era）：指英國在一八一一年至一八二〇年間這段時期。由於在位的英國國王喬治三世（George III）精神狀態不適合治理國事，長子威爾斯親王（George, Prince of Wales）被任命為攝政王（Prince regent）。

板球，有機會的時候還會打打高爾夫球，畢竟隨便找陌生女子交歡不是什麼好事。

茱莉亞向麥可說了一個大謊。

「詹姆斯總說，如果我能夠談場戀愛，就會成為更出色的女演員。」

「妳該不會相信他的話吧？他只是個下流的老頭子。我猜他是希望妳和他談戀愛。我的意思是，妳倒不如說如果我會寫詩，就能夠把馬區班克斯這個角色演得更好。」

他們經常聊天，她最後無可避免地問了他對婚姻的看法。

「我覺得演員太早結婚是愚蠢的，因為在很多情況下，婚姻絕對會毀掉一個年輕演員的職業生涯，尤其如果他娶了女演員。要是他後來變成大明星，她就會成為他肩上的重擔，她會堅持要和他同台演出；如果他後來變成劇團的管理者，他就必須讓她演女主角；如果他與其他人交往，就會發生可怕的場面。對女演員而言，太早結婚當然也是瘋狂的事，她可能會為了生孩子而不得不放棄非常好的角色，懷孕期間她也得離開觀眾好幾個月。妳知道觀眾是什麼樣子，除非他們一直看到妳，否則他們就會忘記妳曾經存在過。」

婚姻？她何必要那麼在乎婚姻？每當她看著麥可深邃又和善的雙眼，她的心就融化了。每當她想到他閃閃發亮的金髮，她就會因歡愉的痛苦而全身顫抖。如果他向她提出進一步的要求，她會樂意獻給他，然而這種想法似乎從未出現在他美好的腦袋中。

「當然，他一定很喜歡我。」茱莉亞對自己說：「他喜歡我勝過任何人，他甚至欽佩我的演技，但他欣賞我的部分可不只是演技。」

她竭盡所能地誘惑麥可，除了直接爬上他的床。她沒這麼做是出於她沒有機會。她開始擔心他們太了解彼此，以致兩人的關係可能生變。她痛苦地責備自己，因為他們初次接觸時她沒有急著與他發生性關係。他對她的情感太真摯，以致現在永遠無法變成她的情人。她得知他的生日時，送給他一個金色的菸盒，她知道那是他最想要擁有的東西。那個菸盒超過她的負擔，他因此笑著責怪她的奢侈。他做夢也不可能想到，她把錢花在他身上能為她帶來無比的歡愉。當她生日時，他送給她六雙絲襪，她馬上注意到那些絲襪的品質不是很好。可憐的小傢伙，他終究不懂得買高級品。不過他送她禮物令她非常感動，甚至忍不住落淚。

「妳真是個多愁善感的小東西。」麥可說。他很開心也很感動她為此落淚。

茱莉亞覺得麥可的節儉是很吸引人的特質。他捨不得亂花錢。其實他並不是真的很小器，可是也不大方。有一兩次他們上館子吃飯時，她大膽地指出他給服務生的小費太少，可是他不予理會。他只給百分之十的小費，如果他手邊只有大鈔，還會要求服務生找零。

「不要向人借錢，也不要借錢給人。」他引用波洛涅斯[41]的話。

每當劇團裡有人臨時缺錢而試著向他借錢，結果一定徒勞無功。但由於他總是坦率又友善地回絕，因此不會冒犯對方。

「親愛的朋友，我很想借你一點錢，可是我自己手頭也很緊，這個星期的房租還不知道要去哪裡湊。」

連續好幾個月的時間，麥可都只忙著鑽研自己的角色，以致沒有注意到茱莉亞是多麼優秀的女演員。當然，他讀了報章雜誌上的評論和劇評家們對茱莉亞的讚美，但他只有簡單讀過，除非劇評家提到他，他才會詳細閱讀。他會因劇評家的認可而開心，但不會因他們的批評而沮

41 波洛涅斯（Polonius）：莎士比亞悲劇作品《哈姆雷特》（*Hamlet*）中的角色。

喪。他的個性太謙虛，不會對任何不利於他的評論感到不滿。

「我想我演得真的很爛。」他會坦率地表示。

他最吸引人的特質是他的幽默感。他能夠平心靜氣地承受詹姆斯．藍頓的虐待，當大家都因為長時間的彩排而變得脾氣暴躁時，他依然能保持平靜，和他吵架是件不可能的事。有一天他坐在前排座位觀看他不需要出場的某場戲進行彩排，那場戲的結尾十分震撼感人，讓茱莉亞有機會展現她精湛的演技。當劇組人員開始準備下一場戲的舞台布景時，茱莉亞從演員通道門走進座位區，在麥可身旁坐下。他沒有開口和她說話，而是一臉嚴肅地看著前方。她驚訝地看了他一眼，他不像平常那樣面帶微笑對她說好話。她看見他緊緊咬著下巴，不願意自己顫抖的模樣被她發現，而且他的眼眶裡盈滿了淚水。

「親愛的，你怎麼了？」

「別跟我說話，妳這個壞心的小東西，妳害我哭了。」

「寶貝！」

茱莉亞的眼眶也泛淚，淚水沿著她的臉頰緩緩流下。她非常開心且受寵若驚。

「噢，該死。」麥可啜泣著說：「我忍不住落淚了。」

他從口袋裡拿出手帕擦乾自己的眼淚。

（「我愛他，我愛他，我愛他。」）

接著他又擤擤鼻涕。

「我現在感覺好多了。我的老天，妳弄哭我了。」

「這場戲還不錯，對不對？」

「這場戲爛透了，可是妳演得非常棒，妳揪住了我的心。劇評家說得沒錯，該死，妳是非常出色的女演員，沒錯。」

「你剛剛才發現嗎？」

「我知道妳很厲害，但我從來不知道妳那麼好。妳讓我們其他人看起來十分遜色。妳一定會成為大明星，沒有任何事能阻擋妳。」

「那麼你就當我的男主角吧。」

「如果我在倫敦有經紀人，才可能有機會當上男主角。」

茱莉亞腦中突然閃過一個靈感。

「那麼你應該自己當經紀人，由我來當你的女主角。」

麥可沉默了一會兒，他不是思維敏捷的人，需要一點時間消化新的想法。然後他笑了起來。

「妳知道，這個主意很不錯。」

他們在吃午餐時討論了這個問題，大部分時間是茱莉亞在說話，而麥可則興致高昂地聽她說。

「當然，如果想要一直演到好角色，唯一的方法就是經營自己的劇院。」麥可說：「我很清楚這一點。」

只不過錢是個大問題。他們討論了展開這項計畫至少得存到多少錢。麥可認為五千英鎊是最低門檻，但他們怎麼有辦法籌到這筆款項？當然，米德普爾有些商家很賺錢，然而很難指望他們願意掏出五千英鎊來幫助兩個只在當地享有聲譽的年輕演員。除此之外，茱莉亞和麥可都希望到倫敦發展。

「你得先找到一個有錢的老女人。」茱莉亞興高采烈地說。

雖然茱莉亞對自己提出的這項計畫是否可行感到半信半疑，但是能與麥可一起討論並且與麥可建立一種親密且持續的關係讓她感到非常興奮。麥可顯得非常認真。

「我認為要在倫敦取得成功，必須先打響名號，因此我們應該做的是先在其他劇團演出三到四年，學到一些管理方法。這麼做的好處還包括讓我們有時間讀更多劇本。假如我們貿然成立劇團，卻沒有至少三套劇本在手裡，那就太過瘋狂了，而且其中一套劇本必須非常精采。」

「當然，如果我們要落實這項計畫，就應該同台演出，這樣觀眾才會習慣在同一份節目單上看到我們兩人的名字。」

「我不知道這點有沒有幫助，但最重要的是我們能演到令人印象深刻的好角色。在我看來，如果我們先在倫敦有一點點名氣，要找到金主就會容易得多，這點毫無疑問。」

第四章

復活節即將到來，詹姆斯．藍頓總是在聖週[42]關閉劇院。茱莉亞不知道她應該怎麼打發時間，但似乎不值得花錢回澤西島度假。有一天早上，茱莉亞驚訝地收到麥可的母親葛斯林太太寄來的信，信上說如果茱莉亞願意和麥可一起到切爾滕納姆小住一星期，葛斯林上校和她本人都會非常高興。當茱莉亞將那封信拿給麥可看時，麥可眉開眼笑。

「我請她寫信邀請妳。我覺得這樣比我邀妳同行會更有禮貌。」

「你真貼心。我當然非常樂意受邀。」

她的心因喜悅而狂跳，能夠與麥可共度一整個星期實在太棒了。他似乎一獲悉她不知道該如何打發這段時間，就立刻發揮善良的本性前來救援，不過她覺得他好像想要說些什麼，卻又不太願意說出口。

「怎麼了嗎？」

麥可尷尬地笑了笑。

「呃，親愛的，妳知道我父親很傳統，有些事情我無法指望他能理解。我當然不希望妳說

42 聖週：基督教傳統中是指復活節之前的一週，以紀念耶穌受難。

謊或欺騙他，但我認為如果他知道妳父親是獸醫，他可能會有奇怪的反應。因此，當我寫信問我父母我能不能帶妳回去時，我告訴他們妳父親是醫生。」

「噢，沒關係。」

茱莉亞覺得葛斯林上校沒有她想像中的那麼可怕。他很瘦，個子不算高，臉上布滿皺紋，白髮剪成平頭。他的五官有一種歷盡滄桑的感覺，讓人聯想到流通時間太久的舊硬幣頭像。他很有禮貌，但沉默寡言，與茱莉亞在舞台上看過的那些暴躁專橫的上校完全不同，讓她無法想像他能以這種彬彬有禮但聽起來相當冷漠的聲音大聲下達命令。事實上，他已經以榮譽軍銜從他平凡的職涯退休了，這些年來他都只是在院子裡蒔花養卉，或者在俱樂部裡打打橋牌。他每天閱讀《泰晤士報》，星期天上教堂，並陪妻子參加茶會。葛斯林太太是個身材高大、體態豐腴的年長女性，身高比她的丈夫還高。她給人一種她一直試圖壓低自己身高的感覺。她看起來風韻猶存，茱莉亞相信她年輕時一定很漂亮。她的頭髮中分，梳了髮髻在頸背的位置。她出色的五官與體型在初次見面時會讓人覺得氣勢磅礴，不過茱莉亞很快就發現她其實非常害羞。她的動作僵硬笨拙，穿得打扮慎重，有種老派的奢華感，可是一點也不適合她。做事不害羞扭捏的茱莉亞，覺得這位老太太不在乎別人眼光的態度令她感動。茱莉亞從來沒有可以談心的女性友人，不太清楚該如何面對她現在所處的困境。葛斯林家的房子並不氣派，是獨棟的灰泥小屋，座落於被月桂樹籬笆圍起來的庭院裡。由於葛斯林上校與葛斯林太太在印度待了好幾年，因此家中有大量的黃銅器皿和碗盆，以及印度刺繡品和精雕細琢的印度桌子，但全都是集市上販售的廉價商品。茱莉亞不明白怎麼會有人覺得這些東西值得帶回英國。

茱莉亞很精明，她很快就發現雖然葛斯林上校沉默寡言、葛斯林太太個性害羞，但他們其實都在偷偷打量她。她腦中閃過一個想法：麥可帶她回家的目的，是為了讓他父母可以評估她。麥可為什麼要這麼做？只有一種可能性。一想到這裡，她的心就開始狂跳。茱莉亞看得出麥可希望她在他父母面前留下好印象，於是出於本能地覺得自己應該把女演員的那一面隱藏起來，不要刻意表現也無須深謀遠慮，這樣才討人喜歡。她開始扮演單純、謙虛、率直且喜歡鄉下恬靜生活的女孩。她陪上校在院子裡散步，伶俐地聽他談論種植豌豆和蘆筍的事；她幫葛斯林太太摘花、撢去客廳裡擺得滿滿的裝飾品。她和葛斯林太太聊麥可的種種，告訴對方麥可的演技多麼精巧，以及他多麼受到觀眾歡迎，當然也不忘讚美他的長相。她看得出葛斯林太太非常以麥可為榮，因此憑著一閃而過的直覺，她認為如果不經意地讓對方知道她已經深深愛上麥可，並表現出她原本想保守祕密卻又不自覺的出賣了自己，對方一定會很高興。

「我們當然希望他能有傑出的表現。」葛斯林太太說：「其實我們不太喜歡他去演戲，妳知道，畢竟無論上校那邊或我這邊的家族男性都往軍旅發展，不過他的心意已決。」

「是的，我當然懂您的意思。」

「我知道演員這一行已經不像我年輕的時候，但麥可畢竟是出生在有教養的高貴家庭。」

「噢，現在也有一些家世非常好的人在舞台上演戲，您知道，現在已經和過去不一樣了。」

「對，我想也是。我很高興麥可帶妳回來。我原本對此有點緊張，以為妳會很浮誇……也許還有點招搖，但沒有人能想像妳是舞台上的女演員。」

（「我當然不可能被看穿。在過去四十八個小時裡，我扮演的鄉下少女是不是很完美？」）

上校開始會和茱莉亞開點小玩笑，有時候還會打趣地捏捏她的耳朵。

「上校，您不許再和我調情了。」她喊道，並且對他投以淘氣又可愛的眼神，「不能因為我是演員，您就覺得可以對我過分親暱。」

「喬治，喬治。」葛斯林太太笑個不停。她轉頭對茱莉亞說：「他一向不太懂得調情。」

（「拜託，我就像牡蠣一樣，具有催情的本領。」）

葛斯林太太告訴茱莉亞關於印度的事：擁有許多有色人種的僕人，感覺實在非常奇怪，但那裡的社會非常美好，只有英國軍人和印度平民。儘管如此，那裡仍然沒有家的感覺，因此她很開心能返回英國。

麥可與茱莉亞預定在復活節隔天的星期一離開，因為他們當晚就得登台演出。星期天晚上吃完晚餐後，葛斯林上校說他要去他的書房寫信，過了一兩分鐘，葛斯林太太也說她要去廚房找廚子。最後只剩下麥可和茱莉亞獨處時，麥可背對著壁爐站著，點燃了香菸。

「這裡沒有什麼有趣的活動，希望妳在這段時間不會覺得無聊。」

「我覺得這裡簡直就像天堂。」

「妳和我父母相處得非常好，他們很喜歡妳。」

「老天，我可是費了不少工夫呢！」茱莉亞心中暗忖，不過她大聲地問：「你怎麼知道他們喜歡我？」

「噢，我看得出來。我父親告訴我，妳像淑女一樣高貴，一點也不像演員。我母親說妳非常懂事。」

茱莉亞低下頭，彷彿這些過度的讚譽超出她所能承受的程度。麥可走到她的面前，她突然覺得他看起來就像一名年輕英俊的男僕準備上工。他看起來十分緊張，而她的心也砰砰狂跳。

「茱莉亞，親愛的，妳願意嫁給我嗎？」

在過去一星期裡，茱莉亞一直問自己麥可會不會向她求婚，現在他終於開口了，她卻有一種不可思議的困惑感。

「麥可！」

「我不是要妳馬上嫁給我，等我們的事業站穩第一步再說。我知道妳是比我優秀很多的演員，但我們兩人在一起一拍即合，等我們有自己的劇團時，我相信我們可以合作無間。妳知道我非常喜歡妳，我的意思是，我從來沒見過比妳更棒的人。」

（「該死的傻瓜，他為什麼要說那麼多廢話？難道他不知道我想嫁給他想瘋了嗎？他為什麼還不吻我？快點吻我！快點吻我！我不知道自己敢不敢告訴他，可是我真的非常愛他。」）

「麥可，你長得太帥了，沒有人會拒絕嫁給你！」

「親愛的！」

（「我最好站起來，因為他好像不知道應該坐下來。老天，都怪詹姆斯要他一遍又一遍地彩排那幕戲！」）

茱莉亞站起身來面對麥可，他便將她擁入懷中並且親吻她的嘴唇。

「我必須告訴我母親這個好消息。」

麥可放開茱莉亞並走到門口。

「母親，母親！」

葛斯林上校和葛斯林太太立刻走了進來，臉上帶著充滿期待的愉悅神情。

（「天哪，原來他早就計畫好了。」）

「母親，父親，我們訂婚了。」

葛斯林太太開始哭泣，以笨重的步伐走到茱莉亞身旁，一把抱住茱莉亞，然後邊哭邊親吻茱莉亞。上校則以充滿男子氣概的方式握緊兒子的手，接著要他的妻子放開茱莉亞並親親茱莉亞，顯然非常開心。這些情緒都影響了茱莉亞，她雖然笑得很燦爛，可是淚水沿著她的臉頰滑落。麥可滿懷共鳴地看著這感人的一幕。

「我們開一瓶汽水來慶祝吧！」麥可說：「看來母親和茱莉亞都哭得很慘。」

「願上帝保佑她們。」葛斯林上校在麥可斟滿他們的杯子時說。

第五章

茱莉亞現在正看著自己穿婚紗的照片。

「天哪，我看起來真美。」

他們決定不公開他們訂婚的事，茱莉亞只讓詹姆斯．藍頓及劇團裡的兩三個女孩子和她的服裝管理師知道。她要他們發誓保守祕密，但不知道什麼原因，四十八個小時內劇院裡的每個人似乎都已經知道了這件事。茱莉亞真的非常開心，她比以往任何時候都更熱情地愛著麥可，而且十分樂意立刻嫁給他。然而麥可的理智佔了上風，表示他們兩人目前只算是鄉下的演員，如果以已婚夫婦的身分前往倫敦發展，勢必將使他們成功的機會大減。茱莉亞已經竭盡所能地向麥可清楚表達她非常願意先與他上床，但麥可拒絕。他的人品太高尚，不想佔她便宜。

「親愛的，我愛妳愛得那麼深，因此不能不尊重妳[43]。」麥可引述了一段詩句。

他確信如果他們先上床，等他們結婚時一定會非常後悔，他堅守原則的態度令她深感驕傲。他原本是和藹又溫柔的情人，然而在短短的時間內，他似乎已經把她視為理所當然。他的

43 原文為「I could not love thee, dear, so much, loved I not honour more.」。為英國詩人理查．洛夫萊斯（Richard Lovelace，一六一七—一六五七年）的詩句。

言行舉止親切且隨意，外人可能會以為他們已經結婚多年。不過他好心地允許茱莉亞向他示愛，她喜歡坐在他身旁依偎著他，讓他的手摟著她的腰，並且將她的臉貼著他的臉。當她渴望的雙唇貼在他薄薄的嘴唇上時，感覺就像來到天堂。就算他們這樣肩並肩地坐著，他還是喜歡談論他們正在排演的角色，或者為未來擬訂計畫。他讓茱莉亞感到非常開心，而她總是不厭其煩地稱讚他的外貌。當她告訴他他的鼻子長得多麼精緻、他黃褐色的捲髮多麼好看時，她會感覺到他將她摟得更緊一些，並且從他眼中看見溫柔的情意。這一切是如此美妙。

「親愛的，妳這樣會讓我像孔雀一樣自負。」

「但是我沒辦法假裝你不像男神一樣帥。」

茱莉亞真心覺得如此。她說這句話是由於她喜歡這麼說，也因為她知道他喜歡聽她這麼說。他對她深情款款且充滿欽佩，和她在一起讓他感到相當自在。他信任她，可是她很清楚他並不愛她。茱莉亞安慰自己麥可對她的愛已經是他能愛人的極限，並認為等他們結婚且同床共枕之後，她的激情將可激發他與她相等的熱情。於此同時，她只能運用自己所有的機智盡量自制。她知道自己絕對不能讓他感到厭煩，也知道絕對不能讓他認為她是一種負擔或責任。他有時候會拋下她去打高爾夫球或者與偶遇的熟人共進午餐，她從來不讓他看到她不高興的一面。另外，她隱約覺得她身為成功女演員的身分使得麥可更喜歡她，因此她非常努力地演好戲。

他們訂婚一年多之後，有一位美國經紀人在物色演員時聽說了詹姆斯．藍頓的劇團，因此來到米德普爾，並且馬上被麥可吸引。他留了張紙條給麥可，請麥可翌日下午到他下榻的飯店見面。麥可興奮得幾乎喘不過氣，將紙條拿給茱莉亞看，這表示那個經紀人想找他去美國演戲。茱莉亞的心一沉，但是她假裝自己和麥可一樣興奮。第二天她還陪著麥可一起去那家飯店，麥可上樓去見那位大人物時，她就坐在飯店的大廳等候。

「祝我好運。」他輕聲地說，然後就轉身走進電梯，「這一切簡直好得令人難以置信。」

茱莉亞坐在大大的皮革扶手椅上，希望那個美國經紀人會給麥可一個他不想演的角色，或者開出低薪讓麥可覺得有損尊嚴。或者那個美國經紀人會叫麥可讀一下角色的台詞，當場決定麥可不適合演那個角色。然而在半個小時後，當她看見麥可朝她走來時，他兩眼發亮且走路輕飄飄的，她便知道他面試成功了。有那麼一會兒，她以為自己就要暈倒了。她勉強露出熱切又愉快的笑容，但覺得自己臉上的肌肉都已經僵硬。

「面試得很順利，他說這個角色非常棒，是個十九歲的男孩。我會先在紐約演出八到十個星期，接著進行巡演，保證可以與約翰．德魯[44]共演四十個星期，每個星期的薪資是兩百五十美元。」

「噢，親愛的，這對你來說真是太好了。」

顯而易見的，麥可已經欣然接受對方開出的條件，他甚至從未想過要拒絕。

「而我——我，」茱莉亞心想，「就算他們每星期給我一千美元，我也不會接受，接受了就表示我得和麥可分隔兩地。」

深深的絕望籠罩著茱莉亞，但她無力改變任何事，只能假裝自己和麥可一樣開心。由於麥可實在太興奮，坐都坐不住，便喜孜孜地帶茱莉亞到擁擠的街上散步。

---

44 約翰．德魯（John Drew，一八五三—一九二七）：美國舞台劇演員，以演出莎士比亞喜劇、社會劇和輕喜劇而聞名。

「這是絕佳的機會。當然，美國的生活費很昂貴，但我應該有辦法每個星期只花五十美元的生活費。他們說美國人十分好客，可能會有很多人請我吃飯。我覺得我可以在四十個星期存到八千美元，相當於一千六百英鎊。」

(「他不愛我，他根本不在乎我。我恨他，我想殺了他。那個該死的美國經紀人。」)

「如果他第二年續聘我，我的薪資會變成三百美元。這表示我在這兩年幾乎能賺到四千英鎊，這筆錢差不多足夠我們成立劇團了。」

「第二年！」茱莉亞的情緒有那麼一下子幾乎失控。她眼中盈滿了淚水，聲音變得沉重，「你的意思是說你會離開這裡兩年？」

「噢，當然，我明年夏天應該會回來一趟，他們會支付我的交通費。我可以住我父母家，這樣就不必花錢。」

「沒有你的日子，我不知道要怎麼過下去。」

她說這句話時語調輕快，聽起來文雅且不經意。

「呃，我們在夏天的時候可以共度美好的時光。妳知道，一年的時間根本一眨眼就過去了，我頂多只待兩年。」

麥可原本只是隨意走著，但茱莉亞在他不注意的情況下將他引導到她希望去的地方。他們來到劇院門前，茱莉亞停下腳步。

「待會兒見，我得去找詹姆斯。」茱莉亞說。麥可的臉色一沉。

「妳該不會要拋下我吧？我現在必須找個人說說話，而且我還以為我們可以在演出之前一起去吃點東西。」

「我很抱歉，但詹姆斯在等我，你也很清楚他的個性是什麼樣子。」

麥可給了茱莉亞一個甜蜜而溫厚的微笑。

「噢，好吧，妳去吧。我不會因為妳讓我失望一次就對妳生氣。」

麥可走了之後，茱莉亞從劇場後門進去。詹姆斯．藍頓為自己在劇院頂樓安排了一間小公寓，可以從陽台出入。茱莉亞按了公寓前門的門鈴，詹姆斯來開門。他很訝異茱莉亞會來找他，不過他很高興見到她。

「哈囉，茱莉亞。請進。」

她從他身旁走進公寓時一句話也沒說。他們走進客廳時，她發現客廳裡亂七八糟，到處散落著打字稿、書籍和各種垃圾，他的辦公桌旁還擺著吃剩的簡餐盤。她轉過身面對他，咬緊下巴並露出不悅的眼神。

「你這個惡魔！」

她快步走到他面前，雙手抓著他鬆垮的襯衫衣領用力搖晃他。他掙扎著想擺脫她，可是她力氣很大且動作粗暴。

「妳快住手，快點住手！」

「你這個惡魔，你這頭豬玀，你這個骯髒低級的無賴。」

他一個轉身，伸手賞了她一巴掌。她本能地鬆開抓住他衣領的雙手，撫著自己挨了耳光的臉頰，開始大聲痛哭。

「你這個畜生，你這個狗東西，竟然打女人。」

「這是妳自找的，親愛的。難道妳不知道，女人打我的時候，我必定會反擊嗎？」

「我又沒打你。」

「妳差點掐死我。」

「這是你應得的。噢，老天，我真想殺了你。」

「小丫頭，妳現在給我坐下，我去替妳倒一杯蘇格蘭威士忌，讓妳平靜一下，然後妳告訴我發生了什麼事。」

茱莉亞環顧四周，想找一張她可以坐下的椅子。

「我的老天，這裡像髒兮兮的豬圈。你為什麼不找個清潔女工來打掃？」

她憤怒地將扶手椅上的書籍全部掃到地板上，然後一屁股坐下，繼續放聲大哭。他替她倒了一杯濃烈的威士忌，並加入一些蘇打水，要她喝下去。

「現在妳可以告訴我，妳剛才演這齣托斯卡[45]到底想表達什麼？」

「麥可要去美國了。」

「是嗎？」

他伸手摟住她的肩膀，她立刻扭動身子掙脫。

「你怎麼可以這麼做？你怎麼可以這這麼做？」

「這件事情與我無關。」

「你說謊，我猜你甚至會說你不知道那個噁心的美國經紀人在米德普爾。這一切當然是你搞出來的，你故意想拆散我們。」

「噢，親愛的，妳這麼說對我很不公平。事實上，我可以坦白告訴妳，我告訴那個美國人，除了麥可．葛斯林之外，他可以挑選我們劇團裡的任何人。」

詹姆斯告訴茱莉亞這句話的時候，茱莉亞完全沒有看他的眼睛，但如果她看了，她一定會想知道為什麼他看起來那麼開心，彷彿完成了一項聰明的小把戲。

「包括我在內嗎？」茱莉亞問。

「我知道他不想找女演員，他們已經有很多了。他們想找的是穿著體面且不會隨便在客廳裡吐痰的男演員。」

「噢，詹姆斯，別讓麥可離開這裡，我會受不了的。」

「我有什麼辦法？等這個戲劇季一結束，麥可的合約就到期了。這對他而言是非常好的機會。」

「可是我愛他，我需要他。萬一他在美國遇到其他對象，那該怎麼辦？萬一美國有哪個富家女愛上他，那該怎麼辦？」

「如果他不愛妳了，我認為妳應該放掉他。」

這句話重新點燃了茱莉亞的怒火。

「你這個卑鄙的老太監，你才不懂什麼是愛！」

「妳們這些女人啊。」詹姆斯嘆了一口氣，「如果我想騙女人上床，妳們就罵我是下流的老頭子；如果我不想騙妳們上床，妳們又罵我是卑鄙的老太監。」

「噢，你不懂。麥可長得那麼帥，美國的女人會像九柱球戲的木柱一樣倒進他的懷裡。他

45《托斯卡》（*Tosca*）：法國劇作家維克托里安·薩爾杜（Victorien Sardou，一八三一—一九〇八）所寫的悲劇，後被義大利作曲家普契尼（Giacomo Puccini，一八五八—一九二四）改編為三幕歌劇並聞名於世。

這個可憐的小傢伙，很容易因別人的奉承而感動。這兩年之內可能會發生任何事。」

「什麼兩年？」

「如果他去美國發展成功，他會再多待一年。」

「好了，妳別擔心。他會在戲劇季結束後就回到這裡，而且永遠待著。那個經紀人只看過他在《堪迪妲》裡的演出，那個角色是他唯一演得像樣的角色。相信我說的話，不需要多久的時間，他們就會發現自己看走眼。他在美國一定會失敗的。」

「你又不懂演戲。」

「我對這一行非常了解。」

「我真想把你的眼睛挖出來。」

「我警告妳，如果妳敢碰我一下，這次不會只賞妳一巴掌。我會對著妳的下巴揍一拳，讓妳一整個星期都沒辦法好好吃東西。」

「老天，我相信你說得出口就做得到，但你這樣還算是紳士嗎？」

「我就算喝醉了也不會說自己是紳士。」

茱莉亞咯咯地笑了起來，詹姆斯因此覺得這段對話最糟的部分已經結束。

「妳和我一樣清楚，妳的演技比麥可好太多了。我告訴妳，妳將成為肯德爾夫人[46]之後最偉大的女演員，但如果妳拖著一個會妨礙妳前途的男人，妳一定不會有任何成就。假如你們想成立劇團，他一定會想要和妳演對手戲，可是，親愛的，他永遠都不夠好，沒有辦法與妳同台演出。」

「他長得很帥，我可以在舞台上帶領他。」

「妳對自己很有信心，是吧？可是妳錯了。如果妳想獲得成功，就不能與一個不夠水準的男主角演對手戲。」

「我不在乎，我寧願嫁給他後變成一個失敗的女演員，也不願成為成功的女演員但是嫁給別人。」

「妳還是處女嗎？」

茱莉亞又咯咯笑了起來。

「這不關你的事，但我確實是。」

「我也這麼認為。好吧，如果他對妳真的這麼重要，妳何不趁我們公演休息的那段時間和他去巴黎玩兩個星期呢？他要等到八月才會去美國。妳這麼做可以幫助妳擺脫處女身分。」

「噢，他不會那麼做的，他不是那種人。你知道，他是紳士。」

「但就算是上流社會的人也得繁衍後代吧？」

「你根本不懂。」茱莉亞高傲地說。

「我敢打賭妳也不懂。」

茱莉亞沒有屈尊回答。她現在真的非常不開心。

「我告訴你，沒有他，我就活不下去了。他不在的時候，我該怎麼辦才好？」

---

46 瑪吉・肯德爾（Madge Kendal，一八四八—一九三五）：英國維多利亞時代和愛德華時代的女演員，以演出莎士比亞喜劇中的角色而聞名。她的丈夫威廉・亨特・肯德爾（William Hunter Kendal）也是演員，他們兩人後來都轉為劇院的經理人。

「妳可以繼續待在我的劇團。我會與妳再簽約一年，我有很多新角色想由妳來演。我相中了一個新人，他的演技很好，妳一定會驚訝地發現，當與妳演對手戲的男主角能帶給妳一些刺激時，妳可以輕輕鬆鬆地把戲演得更好。我會給妳每個星期十二英鎊的薪資。」

茱莉亞走到詹姆斯面前，探究地盯著他的眼睛。

「你搞出這一切就是為了讓我再多待一年嗎？你傷了我的心、毀了我的人生，只是為了把我留在你這個爛劇團裡嗎？」

「我發誓真的與我無關。我喜歡妳，也欣賞妳的演技。在過去兩年中，我們的收入確實比以往任何時候都還要好，但我才不會用這種骯髒把戲來玩弄妳。」

「你是個騙子，你這個骯髒的騙子。」

「我發誓這是事實。」

「那麼你就證明給我看。」她激烈地表示。

「我要怎麼證明？妳知道我很正派。」

「每個星期給我十五英鎊的薪資，我就會相信你。」

「每個星期十五英鎊？妳明知道我們每星期才賺多少錢！我哪有辦法給妳那麼多？噢，呃，好吧，但我得從自己的口袋裡掏出三英鎊才行。」

「我才不管那麼多。」

第六章

經過兩星期的彩排後，麥可丟了他原本被安排的角色。他無所事事地閒晃了三四個星期，才又拿到新的角色。最後，他參與的那齣戲在紐約上演不到一個月，就轉往外地進行巡迴公演，然而票房後繼無力，所以就黯然下檔了。又經過一段時間的等待，他被安排在一齣古裝劇中飾演一個角色，由於他的外表如此耀眼，幾乎沒有人注意到他的演技平淡。他就這樣過完了這個戲劇季，劇團沒有找他談續約。事實上，當初聘用他的那個經紀人，對他的批評相當苛刻。

「老天，我真希望好好報復藍頓那個王八蛋。」他說：「他故意把這個不會演戲的木頭丟給我。」

茱莉亞不斷地寫信給麥可，在一張又一張的信紙上寫滿她的愛意與八卦消息，麥可則每個星期回信一次，每次都以工整清晰的筆跡寫滿四頁。他總是在信紙最末深情地寫上「獻上我最深的愛」並且署名「妳的麥可」，可是信的內容只以分享資訊為主，少有情愛的傾訴。儘管如此，茱莉亞仍急切又煎熬地苦等他的回信，而且總是一遍又一遍地重讀每封信。雖然他的來信看起來相當愉快，而且對劇團的事隻字不提，只淡淡表示他們給他很差的角色，他參與的戲碼都未受好評。不過戲劇圈裡消息傳得很快，茱莉亞知道他在美國表現不好。

「我知道我這種想法很可惡。」她在心中暗忖，「但是真的很感謝老天！感謝老天！」

當麥可宣布他的歸期時，茱莉亞無法克制自己的喜悅。她請詹姆斯調整她的演出時間，好讓她去利物浦接船。

「如果船抵達的時間延誤，我可能會在利物浦過一夜。」她對詹姆斯說。

他露出諷刺的笑容。

「我猜妳覺得麥可會因為回到英國而相當興奮，妳的小把戲會就此奏效。」

「你真是個討人厭的傢伙。」

「別裝了，親愛的。我給妳的建議是：抓緊他，然後將自己和他鎖在房間裡，告訴他妳絕對不放他出去，除非他讓妳變成一個失貞的女人。」

茱莉亞準備動身，詹姆斯陪她一起來到車站。當她坐進車廂時，詹姆斯牽起她的手並拍拍她的手背。

「親愛的，妳很緊張嗎？」

「噢，親愛的詹姆斯，我高興得快發瘋了，但是也焦慮得不得了。」

「呃，祝妳好運。別忘了他根本配不上妳。妳年輕又漂亮，是全英國最了不起的女演員。」

當火車煙囪開始冒出蒸氣時，詹姆斯去了車站的酒吧喝了一杯威士忌加蘇打水，「老天，這些凡夫俗子真是愚蠢。」他嘆了口氣。茱莉亞在無人的車廂中站起來，看著自己在鏡中的倒影。

「我的嘴太大、臉太胖、鼻子太多肉，但是謝天謝地，我的眼睛很漂亮，而且我有一雙美腿，非常精緻的美腿。不知道我平常是不是塗了太多化妝品？麥可不喜歡我在沒上台演戲時化妝。我現在沒擦胭脂，臉色看起來依然紅潤，而且睫毛也還可以。嘖，我看起來還真不錯。」

由於茱莉亞到最後一刻都不確定詹姆斯會不會放她走，所以她一直沒辦法讓麥可知道她會去接船。麥可看起來相當驚訝，而且顯然很高興能見到她，他美麗的眼眸閃耀著歡愉的光芒。

「你看起來比以前更帥了。」她說。

「噢，別逗我開心了。」他笑了起來，深情地捏捏她的手臂，「妳可以吃完晚餐再回去吧？」

「我可以明天才回去。我在艾德菲飯店[47]訂了兩個房間，這樣我們就有時間好好聊一聊。」

「艾德菲飯店有點貴吧？」

「噢，反正你又不是每天都會從美國回來，就算貴一點又何妨？」

「妳真是個奢侈的小東西。我不知道船什麼時候會靠岸，所以已經告訴我父母，等回到切爾滕納姆才會打電話聯絡他們。我明天再聯絡他們。」

他們抵達飯店後，麥可在茱莉亞的建議下來到她的房間，這樣他們就可以安靜地交談。她坐在他的腿上，雙臂摟著他的脖子，臉頰貼著他的臉頰。

「噢，這種感覺真好。」她輕嘆一口氣。

「妳說得沒錯。」麥可說。他不知道她指的是自己可以再度投入他的懷抱，而不是指他的歸來。

「你還喜歡我嗎？」

「非常喜歡。」

她深情地吻了他。

---

47 艾德菲飯店（The Adelphi）：英國一間愛德華時代風格的地標性飯店。

「噢，你不知道我多麼想念你。」

「我在美國是個糟糕的失敗者。」麥可說：「我沒有在信中告訴妳，我覺得那會讓妳操心。他們認為我爛透了。」

「麥可。」她驚呼，彷彿不敢置信。

「事實上，我想我可能太具有英國風格了，他們不想與我再簽約一年。雖然我不認為他們會續約，可是基於形式，我還是問了他們會不會行使他們的續約選擇權。他們回絕了，表示絕對不會與我續約。」

茱莉亞沒有說話。她看起來非常難過，但其實她的心因為喜悅而狂跳。

「妳知道嗎？老實說，我一點也不在乎，我不喜歡美國。這件事當然讓我大受打擊，但是否認也沒有意義。如果這可以讓我看清楚自己是和什麼樣的人打交道，我也只能笑一笑並承受一切！和他們其中一些人相比，詹姆斯．藍頓簡直是偉大的紳士。就算他們真的要我留下來，我也應該拒絕他們。」

雖然麥可裝出一臉堅強，但茱莉亞覺得他肯定飽受屈辱。他一定忍受了很多不愉快的事。她不喜歡他這麼不開心，不過，噢，她真的鬆了一口氣。

「你現在有什麼打算？」她小聲地問。

「呃，我應該會回家住一陣子，好好計畫一下未來，然後我會去倫敦看看有沒有辦法爭取到角色。」

茱莉亞知道建議他回米德普爾並不明智，因為詹姆斯．藍頓不會收留他。

「妳願不願意和我一起去倫敦？」

茱莉亞不敢相信自己的耳朵。

「我？親愛的，你知道我願意跟著你到天涯海角。」

「妳的合約在這個戲劇季結束後就到期了，如果妳想離開，就必須盡快去倫敦試試水溫。我在美國想盡辦法存下每一分錢，那裡的人都笑我是鐵公雞，反正我也無所謂。我存了大概一千兩百英鎊到一千五百英鎊。」

「麥可，你是怎麼做到的？」

「妳知道，我不是隨便亂花錢的人。」他開心地笑了，「當然，這一點錢還不夠我們成立劇團，但用在結婚上應該相當足夠。我的意思是，如果我們沒辦法馬上拿到好的角色，或者不巧失業了幾個月，還是可以靠這筆錢過日子。」

茱莉亞花了一兩秒鐘才明白麥可的意思。

「你的意思是，我們現在就結婚嗎？」

「當然，這麼做有風險，看似沒有好處，但有時候我們必須冒個險。」

茱莉亞用雙手捧住麥可的頭，親吻了他的嘴唇。然後她嘆了一口氣。

「親愛的，你太棒了，而且你就像希臘神祇一樣美好，但你是我這輩子見過最傻的男人。」

那天晚上他們去看了戲，在晚餐時喝了香檳，慶祝他們的重逢，並且為他們的未來乾杯。

當麥可陪她走回她的房間時，她將臉對著他。

「妳希望我在走廊上向妳道晚安嗎？或者讓我進去房間裡一會兒？」

「親愛的，你最好不要進來。」她平靜且尊貴地說。

她覺得自己像出身高貴的閨女，有偉大且古老的家族傳統需要維護。她的純潔就像一顆價值不菲的珍珠，她覺得自己讓麥可留下了極好的印象。麥可當然是了不起的紳士，因此她當然也必須是了不起的淑女。她對自己的表現十分滿意，因此當她走進自己的房間並且有點大聲地鎖上房門之後，就不停地來回走動。她想像自己優雅地對著一群諂媚奉承的隨從鞠躬示意，然後伸出雪白的手讓微微發抖的老管家親吻（她小時候經常坐在老管家的大腿上）。當他毫無血色的嘴唇碰到她的手背時，她覺得好像有什麼東西滴落在她手上。原來是一滴眼淚。

第七章

若不是麥可的個性溫和沉穩，他們的婚姻在第一年早就已經風雨飄搖。麥可的腦袋裡想法務實，只有在獲得角色、參與首演或在派對喝下幾杯香檳之後，才有辦法想到愛情。如果他隔天有事必須保持頭腦清醒，或者因為要打高爾夫球必須目光穩健，茱莉亞的任何奉承或誘惑都無法引誘他上床。茱莉亞開始變得瘋狂，她嫉妒他在綠屋俱樂部的朋友、嫉妒他參與的牌局，也嫉妒他為了拓展人脈而參加的男性餐會。更令她生氣的是，每當她想盡辦法讓自己哭到淚流滿面時，他便平心靜氣地坐著，將雙手交叉於胸前，英俊的臉龐露出覺得逗趣的笑容，彷彿她那些激烈的反應使她顯得可笑。

「妳該不會以為我在追求別的女人吧？」他問。

「我怎麼知道？但很明顯的，你完全不關心我。」

「妳知道，妳是我唯一的女人。」

「我的老天！」

「我不知道妳想要什麼。」

「我想要愛。我以為我嫁給全英國最帥的男人，結果我嫁的是由裁縫師做出來的假人。」

「別傻了。我只是普普通通的英國人，不是在街頭賣藝的義大利風琴師。」

她環顧他們的房間，他們的小公寓位於白金漢門[48]，室內空間不大，但是她已經盡力讓家裡看起來舒適一點。她雙手朝天高高舉起。

「我是不是已經歪嘴斜眼、彎腰駝背了？我是不是已經五十歲了？我那麼沒有吸引力嗎？必須向人乞討愛情真是太丟臉了。可悲啊，可悲啊。」

「這個手勢做得很好，親愛的，就像妳準備扔出板球一樣，記住這一點。」

她輕蔑地看了他一眼。

「你只能想到演戲嗎？我的心碎了，你卻說我做了一個很唐突的手勢。」

麥可從茱莉亞的表情看得出來，她此刻正在將這個手勢記在腦子裡。他很清楚，等到適當的時機出現，她就會在舞台上有效地運用這個手勢。

「畢竟愛情不是一切。在適當的時間與適當的地點，擁有愛情非常好。我們度蜜月時玩得很開心，那就是蜜月的意義，但現在我們必須認真工作。」

他們十分幸運，兩人在一齣成功的戲劇中攜手演出相當不錯的角色。茱莉亞有一場非常精采的戲讓她發揮，博得了滿堂喝采；麥可出眾的外貌也引起觀眾們的注意。他的紳士風度和樂天派的好脾氣，使他們得到許多宣傳，他們的照片刊登在畫報上，並受邀參加一些派對。雖然麥可十分節儉，但他仍毫不猶豫地花錢款待那些對他們可能會有幫助的人。茱莉亞對於麥可在那些場合的大手筆感到吃驚。一位兼任演員的經紀人邀請茱莉亞在他下一部戲中擔任女主角，不過那齣戲裡沒有能讓麥可演出的角色。她很想推辭，但麥可不許她這麼做。麥可說，他們不可以讓個人情感阻礙事業的發展。最後他在一齣古裝劇裡得到一個角色。

戰爭爆發時，他們兩人都有戲正在上演。麥可立刻接受徵召入伍，讓茱莉亞感到既驕傲又痛苦。麥可父親的一個老同事是英國陸軍部的大人物，在麥可父親的穿針引線下，麥可很快就取得軍官頭銜。麥可被派往法國時，茱莉亞非常懊悔自己經常責罵他，因此下定決心倘若麥可戰死沙場，她就要自殺。她想當護士，這麼一來她就可以去法國，起碼能與他死在同一片土地上。不過麥可讓她明白，如果她愛國就應該繼續演戲。她沒有辦法拒絕他這項最後的要求。麥可其實非常享受這場戰爭，他在軍團裡很受歡迎，雖然他是演員，但部隊裡的那些老長官們都幾乎立刻接受他，彷彿因為他出生於軍人家庭，身上流著軍人的血統，讓他基於本能地具有職業軍人的言行舉止與思維模式。他做事圓融且態度得體，知道如何巧妙地發揮影響力。他後來當上某位將軍的幕僚，表現出不凡的組織能力，在戰爭最後三年他進入同盟國的盟軍最高司令部服務，最後以陸軍少校的身分退伍，還獲頒軍功十字勳章及法國榮譽軍團勳章。

在那段時間，茱莉亞一直在劇場界繼續演出重要的角色，被公認是年輕女演員當中的佼佼者。戰爭期間劇院的生意非常好，她長期參與演出賺到不少錢，薪資也調漲了，在麥可的建議下，不情不願的劇院經理人每星期要付給她八十英鎊。麥可因休假而返回英國時，茱莉亞非常開心。雖然他的工作並不會比在紐西蘭養羊還危險，但她在他們兩人共度時表現得像是天數已盡之人在地球上享受最後幾天的寶貴時光。她溫柔、體貼、寬容地對待他，彷彿他剛從可怕的戰壕中爬出來。

然而就在戰爭結束前，她發現自己不再愛他了。

當時她懷孕了。麥可認為他們在這個時間點生孩子很不明智，但茱莉亞快三十歲了，她認

48 白金漢門（Buckingham Gate）：英國倫敦西敏區（Westminster）的街道，鄰近白金漢宮（Buckingham Palace）。

為如果他們要生孩子，就不應該再拖延下去。她在舞台上已經享有盛名，因此消失幾個月也不會被觀眾淡忘，而且麥可隨時可能喪命——雖然他表示自己安全無虞，但他是為了讓她放心才這麼說的，畢竟有時候連將軍都可能被殺害——萬一她不幸喪夫，她必須有個他的孩子才能繼續活下去。他們的孩子預計在年底出生，她以前從未如此渴望麥可休假回來。她的心情很愉悅，但是她也渴望他再次摟著她。她覺得有一點失落，也有一點無助，她想要他保護她。他回來了，穿著剪裁合身的制服，肩帶上有紅色的肩飾和皇冠，看起來非常英俊。由於在盟軍最高司令部工作壓力很大，他發胖不少，皮膚也晒黑了。他蓄著短髮，舉止快活，搭乘軍車，看起來完完全全就是軍人的模樣。他精神奕奕，不僅因為可以回家住上幾天，也由於戰爭即將結束，他想盡快脫離軍旅生活。空有影響力但是沒有機會使用，根本沒有意義。許多年輕演員離開舞台奔向戰場，有些人是基於愛國心，有些人則是被待在國內的愛國主義者搞得無法生活。由於徵兵的緣故，劇場的主角便落到那些不適合服兵役或受重傷而退伍的人手中。許多劇團都在物色主角人選，麥可認為如果他能盡快退伍，就有機會選擇他想要的角色。等觀眾想起他之後，他們就可以開始尋找理想的劇院。由於茱莉亞現在已經享有聲望，他們開始經營劇團將會是安全之舉。

他們聊天聊到深夜，然後上床睡覺。她性感地依偎在他身上，他雙手摟著她。在禁欲三個月之後，他變得非常熱情。

「妳是最棒的嬌妻。」他輕聲地說。

他將嘴唇貼在她的唇上，她卻突然有股隱約的厭惡感，必須強忍住衝動才沒有推開他。她以前覺得他的身軀、他年輕又完美的肉體，彷彿有一種鮮花和蜂蜜的香味，使她深深迷戀著他，奇怪的是，那種香味現在已經不復存在。她這才意識到他聞起來已經不再像是年輕人，而是個男人，讓她有點反感。她無法回應他的激情，只急切地希望他的欲望能盡快得到滿足，然後轉過身去好好睡覺。她躺在床上一直睡不著，心情相當沮喪。她很失望，她知道自己失去了一些對她而言無限珍貴的東西，覺得自己無比可憐，忍不住想哭。但她同時也有一種獲得勝利的感覺，因為這就像是對他讓她不快樂的報復，她已經擺脫將她綁在他身上的感官束縛，這點讓她欣喜若狂。如今她可以與他平起平坐了。她在床上伸伸雙腿，因為感覺輕鬆而吐了一口氣。

「老天，能夠做自己的主宰真是太棒了。」

他們在房間裡吃早餐，茱莉亞躺在床上，麥可在床邊的一張小桌子吃。他閱讀報紙時，她一直盯著他看。是不是這三個月對他產生了如此大的影響，或者是因為她多年來一直牢記著他年輕時在米德普爾彩排時俊美的模樣，才會種下這個致命的後果？他現在依然非常英俊，畢竟他才三十六歲，然而他已經不再年輕了，他剪短的頭髮和經過風吹雨打的皮膚，使他原本光滑無瑕的額頭與眼睛下方出現細小的皺紋，這絕對是男人才會有的樣貌。他已經失去了無拘無束的優雅姿態，言行舉止也已定型。雖然這些改變非常細微，可是在她敏銳且精於算計的眼中，它們十分明顯。他是個中年男子了。

他們依然住在剛到倫敦時所住的小公寓。雖然茱莉亞的收入變好已有一段時間，但是似乎不值得在麥可服役期間自己搬家。如今他們有了孩子，原本的公寓顯然太小。茱莉亞在攝政公園[49]找到一間她很喜歡的房子，她希望在生產前搬進去安頓下來。

49 攝政公園（The Regent’s Park）：英國倫敦的公園與住宅區。

那間房子前面有庭院，客廳上方有兩間臥室，臥室樓上還有兩個房間可當成遊戲室和嬰兒房。麥可對於房子的一切都很滿意，甚至連價格他也覺得合理。在過去四年中，茱莉亞賺的錢比他多很多，因此她表示想要自己出錢將房子裝潢一番。他們站在其中一間臥房裡討論。

「我房間裡的擺飾可以用我們現有的東西來湊合就好。」她說：「但是你的房間我會去買新的家具，裝潢得漂漂亮亮的。」

「不要花太多錢。」他笑著說：「妳知道，我可能不會經常使用到自己的房間。」

麥可喜歡與她同床共枕。雖然他不是激情的人，可是他十分深情，而且他仍有欲望，喜歡她的身體貼著他的身體。曾有一段很長的時間，這一直是她最大的安慰，但如今這種想法讓她生氣。

「噢，我不認為我們在孩子出生前應該再有親密接觸。在孩子生下來之前，我希望你在自己的房間睡覺。」

「我沒有想過這一點，但如果妳認為這樣對孩子比較好的話……」

第八章

麥可在戰爭結束時就辦了退伍，而且直接拿到一個角色重返舞台，成為比他離開舞台時更加出色的演員。他在軍中養成的活潑態度對他很有幫助。他是體格魁梧、身心健全、精神飽滿的男子，臉上總是帶著微笑，笑起來很真誠。他很適合演客廳喜劇[50]，他明亮的嗓音為那些輕浮角色的台詞帶來一種獨特的效果。雖然他無法演出令人信服的感情戲，可是打情罵俏的戲他能演得非常成功，他可以用一種看似開玩笑的方式演求婚戲，或者在發表愛情宣言時宛如在嘲笑自己。他只演適合他的角色，從不嘗試其他的角色。他擅長詮釋花花公子、具有紳士氣質的賭徒、禁衛軍和心地善良的小混混。劇院的經理人都很喜歡他，他工作認真，聽從導演的指導。只要有工作找上門，他也不太挑剔。他會要求他認為自己值得的薪資，但如果爭取不到，他寧可少賺也絕對不讓自己閒著。

他小心謹慎地訂定計畫。在戰爭結束後的那年冬天，由於流行性感冒肆虐，帶走了他父母的性命。他繼承了將近四千英鎊，這筆錢加上他自己的積蓄及茱莉亞的積蓄，他們共有的資金已經增加到七千英鎊。然而劇院的租金大幅上漲，演員和舞台工作人員的薪資也提高了，經營

50 客廳喜劇（Drawing room play）：英國維多利亞時代發展出來的一種戲劇，劇中場景主要在客廳。

劇團的費用比戰爭前要高出許多，因此原本足以成立劇團的金額變得不夠。他們唯一能做的，就是找個有錢人來與他們合夥，這麼一來就算劇團成立初期有一兩檔戲失利，也不會因此倒閉。有人說，在城裡一定有辦法找到願意開高額支票投資戲劇的傻瓜，可是真正要談生意時，你會發現想要讓投資人掏錢出來，前提是擔任女主角的演員必須是對方欣賞的美女。麥可和茱莉亞幾年前曾開玩笑地說要找個有錢的老女人，讓對方愛上麥可，以便幫助他們成立劇團，不過麥可現在已經知道沒有哪個有錢的老女人會願意投資一個對妻子忠心耿耿的男演員，尤其他的妻子還是女演員。儘管如此，他們最後還是找到了一位女性金主。這位女性金主並不是老女人，而且她喜歡的人是茱莉亞，不是麥可。

德弗里斯太太是個寡婦，她身材矮胖，有突出的猶太鼻子和明顯的猶太眼睛，精力充沛，舉止既熱情又害羞，同時還有一點陽剛。她對舞台劇富有熱情，當詹姆斯·藍頓那個經常更換劇目的劇團撐不下去時，她曾伸出援手。因此在茱莉亞和麥可決定前往倫敦碰碰運氣時，詹姆斯寫信給德弗里斯太太，請她盡量幫助他們，畢竟德弗里斯太太在米德普爾看過茱莉亞演戲。德弗里斯太太舉辦了派對，好讓茱莉亞和麥可得以認識一些劇院經理人，並且邀請他們住在她位於基爾福[51]近郊的豪宅，那間豪宅的奢華是他們連做夢都想不到的程度。朵莉·德弗里斯其實不太喜歡麥可，但她送給茱莉亞的花足以塞滿他們的公寓和她的更衣室，她還送手提包、化妝箱、價值不算特別昂貴的珠寶項鍊及胸針給茱莉亞。茱莉亞對於朵莉送她的禮物表現出恰如其分的喜悅，但似乎沒有意識到朵莉的慷慨不僅僅是出於欣賞她的表演才華。當麥可從軍時，朵莉催促茱莉亞搬到她位於蒙塔古廣場[52]的房子與她同住，但是茱莉亞感激地婉拒。朵莉嘆了一口氣並流下眼淚，從此對茱莉亞更加愛慕。當羅傑出生時，茱莉亞請朵莉擔任羅傑的教母。

曾有一段時間，麥可一直想著他們短缺的資金能否找朵莉．德弗里斯幫忙投資，不過他很聰明，知道朵莉可能會願意為茱莉亞投資，但絕對不會願意為了他而做，然而茱莉亞拒絕出面找朵莉洽談這件事。

「她對我們已經這麼好，我實在沒辦法開口問她。要是我被拒絕，那就太丟臉了。」

「這是一項明智的投資，而且就算這筆錢賠光，她根本也不痛不癢。我敢肯定，如果妳試試，絕對可以說服她。」

茱莉亞也很確定自己辦得到，但麥可在某些方面相當遲鈍，她沒有勇氣向他指出一項顯而易見的事實。

麥可不是個在下定決心之後會輕言放棄的人。他們準備前往基爾福與朵莉共度周末，因此星期六晚上演出結束後，他們駕駛著茱莉亞在麥可生日時送給他的新車上路。那是個溫暖又美好的夜晚，當時麥可已經付訂金買下他們兩人都喜歡的三套劇本，他開支票時相當捨不得。另外他還聽說有一間劇院將以合理的價格出售，因此現在除了資金之外，一切都已經準備就緒。他催促茱莉亞把握這次與朵莉共度周末的機會。

「你自己問她。」茱莉亞不耐煩地表示：「告訴你，我絕對不會開口。」

「她不會為了我而投資，但是妳只要動動小指頭就可以讓她百依百順。」

「我們都對於投資劇場有一點了解，人們投資戲劇只有兩種原因，一種原因是他們想要博

---

51 基爾福（Guildford）：英國薩里郡（Surrey）的一個鎮，位於大倫敦都會區西南角。

52 蒙塔古廣場（Montagu Square）：位於倫敦馬里波恩區（Marylebone）的一座廣場。

取名聲，另一種則是他們迷上了某個演員。很多人喜歡談論藝術，但除非能夠撈到一些好處，不然他們不會願意掏錢投資藝術。」

「好，那我們就給朵莉她想要的名聲。」

「她追求的不是名聲。」

「什麼意思？」

「你猜不出來嗎？」

麥可終於聽懂了，他訝異得放慢車速。茱莉亞猜測的理由正確嗎？他一向覺得朵莉不太喜歡他，但如果這是因為她愛上他——其實不無可能，只不過他從來沒有這麼想過。茱莉亞當然看得出來，而且對此不悅，畢竟她是個愛吃醋的小東西，總認為別的女人對他有興趣。朵莉在聖誕節的時候確實送給他一對袖釦，但他以為那是出於她送給茱莉亞一枚價值至少兩百英鎊的胸針，怕他覺得自己遭到冷落。也許這是朵莉的伎倆。呃，他可以非常誠實地告訴茱莉亞，他絕對沒有做過任何會讓朵莉產生誤會的舉動。這時茱莉亞咯咯地笑了起來。

「不，親愛的，她愛上的人不是你。」

茱莉亞知道麥可心裡在想什麼，這讓他有點難堪，覺得什麼事都瞞不住茱莉亞這個女人。

「那妳為什麼要讓我誤會？我希望妳說清楚，這樣我才能理解妳的意思。」

於是茱莉亞告訴麥可她的感覺。

「我從來沒有聽過這麼荒唐的事情。」麥可大喊：「茱莉亞，妳的想法真齷齪！」

「親愛的，你是個傻瓜。」

「就我的記憶而言，我不相信這是真的。妳的意思是說，我完全沒有注意到這件事嗎？」

麥可變得比以前更易怒，「而且就算這是真的，我想妳也有辦法照顧妳自己。這可是千載難逢的機會，我認為如果不好好把握就太愚蠢了。」

「我們就像《一報還一報》[53]裡的克勞迪奧和伊莎貝拉。」

「這是個很糟糕的比喻，茱莉亞。老天，我可是一位紳士。」

「但你的座右銘是『挑釁我必受懲罰』。」

他們在極不愉快的沉默中行駛完接下來的路程。抵達目的地時，德弗里斯太太正等著他們。

「沒見到妳之前，我不願意上床睡覺。」朵莉邊說邊將茱莉亞摟進懷裡，親吻茱莉亞的雙頰。她簡短地與麥可握握手。

隔天茱莉亞在床上閱讀星期天的報紙，度過了愉快的早晨。她先讀劇場界的新聞，然後讀八卦專欄，接著讀女性專頁，最後才匆匆瀏覽與全世界有關的頭條消息。她跳過書評，不理解為什麼要有那麼多版面浪費在書評上。麥可睡在她隔壁的房間，他進來道聲早安，然後就走去花園。這時傳來一陣羞怯的敲門聲，朵莉走了進來，她那雙黑溜溜的大眼睛正閃閃發亮。她坐在床邊，握起茱莉亞的手。

「親愛的，我剛才和麥可聊過了，我願意投資，讓妳經營劇團。」

茱莉亞的心猛跳了一下。

53《一報還一報》（*Measure for Measure*）：威廉．莎士比亞的劇作，於一六〇四年首次公演。故事講述維也納的代理統治者安傑洛（Angelo）以通姦罪迫害一個名叫克勞迪奧（Claudio）的年輕人，將他判處死刑。當克勞迪奧純潔無瑕的妹妹伊莎貝拉（Isabella）為兄長求情時，安傑洛愛上她而要求她獻出貞操，伊莎貝拉斷然拒絕。

「噢，妳不能這麼做。麥可不應該向妳開口的，我不能接受，妳對我們太好了。」

朵莉俯身親吻了茱莉亞的嘴唇。她壓低聲音，說話時有一點顫抖。

「噢，我的愛人，難道妳不明白我願意為妳做任何事嗎？這會是一筆非常美妙的投資，它將使我們緊緊相繫。我一定會以妳為傲的。」

她們聽見麥可吹著口哨沿著走廊走回來的聲音。他走進房間時，朵莉轉身面向他，她那雙大眼睛裡盈滿了淚水。

「我已經告訴她了。」

麥可雀躍不已。

「朵莉真是位了不起的女性！」他在床另一邊坐下，握起茱莉亞的另一隻手，「茱莉亞，妳說對不對？」

她若有所思地看了他一眼。

「Vous l'avez voulu[54]，《喬治・丹丁》。」

「妳說什麼？」

「莫里哀的作品。」

簽了合夥契約之後，麥可就訂下劇院的秋季檔期。他聘請公關人員，將他們創團的新聞稿寄給各大報社。他還與公關人員一起為他自己和茱莉亞安排訪問，以便提供給新聞媒體刊登。他們拍了很多照片，有各自的獨照，也有兩人的合照，他們的合照中有些會帶著羅傑一同入鏡，有些則沒有。他們的照片發表在雜誌周刊上，這些宣傳費花得相當值得。不過，他們遲遲無法決定手上的三套劇本哪一齣應該率先搬上舞台公演。有天下午，茱莉亞坐在她的房間裡讀小說，麥可拿著一份稿子走進來。

「聽著，我要妳立刻讀完這個劇本。代理商剛剛送來這個劇本給我，我認為這齣戲一定會大受歡迎，但我們必須馬上給代理商答案。」

茱莉亞放下她手中的小說。

「我現在馬上讀。」

「我在樓下等妳，妳讀完叫我一聲，我會上來和妳談談。這齣戲裡有個很棒的角色適合妳。」

茱莉亞讀得很快，她飛快地瀏覽過與她無關的場景，只專注閱讀當然由她擔任的女主角戲份。等到她讀完劇本的最後一頁，就立刻拉鈴叫她的女僕（也就是她的服裝管理員）告知麥可她可以與他討論劇本了。

「呃，妳覺得如何？」

「這齣戲還不錯，我覺得應該不會失敗。」

麥可從茱莉亞的語氣中察覺到一絲疑慮。

「怎麼了嗎？妳的角色非常好，我的意思是，妳絕對可以演得比世界上任何人都還要出色，有很多幽默的橋段以及妳喜歡的感情戲。」

「我明白這個角色很棒，我的疑慮是男主角的部分。」

54 意為「這就是你想要的」，後來衍生有「這是你自找的」以及「你抱怨的事只能怪你自己」之意。為法國喜劇作家莫里哀於一六六八年推出的三幕劇《喬治・丹丁》（*George Dandin ou le mari confondu*）裡的台詞。

「呃，男主角的戲份也寫得很好。」

「我知道，可是這個男主角已經五十歲了，如果你把他改成年輕人，整齣戲的重點就沒了，但是你並不想演中年男子。」

「我根本沒打算要演這個角色。這個角色只有一個人能演得好，那就是蒙特．弗儂。我們可以簽下他，我則飾演喬治。」

「喬治只是小配角，你不能演那個角色。」

「為什麼不能？」

「我以為我們成立自己的劇團，就是希望我們兩人都演主角。」

「噢，我才不在乎這個。只要能為妳找到可以讓妳變成大明星的好角色，我演什麼都無所謂。也許在下一齣戲裡，我也有機會演到不錯的角色。」

茱莉亞往後靠在椅背上，眼眶裡盈滿淚水，淚珠沿著她的臉頰緩緩滑落。

「噢，我真是禽獸不如。」

麥可露出微笑，他的笑容一如既往令人著迷。他走到她身旁跪下來並摟住她。

「哎呀，這位老太太怎麼在哭呢？」

每當茱莉亞看著麥可時，總好奇他當初到底有哪些特質讓她瘋狂愛上他，畢竟現在只要一想到必須和他發生性關係，她就覺得噁心。幸運的是，他覺得待在她為他布置的那個臥房裡相當舒服，而且他本來就不是很重視性需求的男人。當他發現茱莉亞不再向他提出性方面的要求時，其實他鬆了一口氣。他心滿意足地認為孩子的誕生已經使茱莉亞冷靜下來，而且他不得不承認，這種可能性他早就想過了，很後悔他們沒有早點生孩子。他曾經兩三次出於好意，向茱莉亞提議可以恢復性生活，但茱莉亞總會找藉口推託，例如她累了、身體不舒服，或是隔天有兩場演出，或是早上要為新戲試衣定裝。他平心靜氣地接受這些回應。茱莉亞變得比較容易相處，再也沒有大吵大鬧，因此麥可比以往任何時候都還要開心。這該死但令人滿意的婚姻是他要的，每當他看到別人的婚姻狀況時，總不禁覺得自己是最幸運的男人之一。茱莉亞是個善良又聰明的女人，甚至可以說非常精明，他可以與她暢談世界上的任何事。老天，茱莉亞確實是最理想的伴侶。麥可覺得自己可以大方承認一件事：與其去打高爾夫球，他寧可與茱莉亞獨處一整天。

茱莉亞驚訝地發現自己因為不再愛麥可而對他產生一種奇特的憐憫。她是善良的女人，意識到如果他察覺她已經不再在乎他，會對他的自尊造成嚴重打擊，因此她繼續奉承他。她注意到他長期以來都自滿地聽著她讚美他精緻的鼻子與美麗的雙眼，看見他百聽不厭的模樣，讓她暗中得到一點樂趣。她對他的讚美越來越誇大，不過她現在也更常盯著他缺乏感情的薄唇。隨著麥可的年齡漸長，他的嘴唇看起來越來越薄情，他變老之後，他的嘴唇已經像是冷酷堅硬的線條。他的節儉以前是一種有趣又動人的特質，但現在卻讓她覺得充滿反感。當別人像戲中的角色一樣遭遇麻煩時，他們只能從麥可那裡得到言語上的同情和關切，很少經濟上的幫助。他給別人一畿尼[55]，就覺得自己非常慷慨，要他掏出一張五英鎊的鈔票，對他而言是極度揮霍。他很快就發現茱莉亞在持家開銷上相當奢侈，因此堅持要讓她省點麻煩，由他自己來掌控家

55 畿尼（Guinea）：英格蘭王國及後來的大英帝國及聯合王國於一六六三年至一八一三所發行的貨幣，原先等值一英鎊亦即二十先令，後來金價上漲使畿尼價值上升，在一七一七年至一八一八年間價值等於二十一先令。

計。在那之後，家裡一分一毫都不會多浪費，每筆花費都算得清清楚楚。茱莉亞很好奇為什麼僕人們都願意跟著麥可，但他們之所以對麥可忠心耿耿，是由於麥可對他們很好。他以真誠、快活、和藹的態度對待他們，使他們迫切地想取悅他。當廚子找到一名願意每磅肉少收他們一便士[56]的屠夫時，麥可滿意的表情讓廚子也跟著覺得開心。茱莉亞一想到麥可私底下的小氣與他在舞台上經常詮釋的那些揮霍無度的奢侈角色形成多麼奇怪的對比時，忍不住笑了起來。她以前經常覺得麥可缺乏慷慨的衝動，但現在覺得這是世界上最自然的事，因為他選擇站到一旁，讓她有機會表現慷慨。她感動得說不出話來，深深責備自己長期以來一直以刻薄的角度來看待他。

56 便士（penny）：英鎊輔幣中最小的幣值。在未採行幣值十進位制之前，一英鎊等於二十先令，一先令等於十二便士，即一英鎊等於二百四十便士。自一九七一年二月十五日實行十進位制後，一英鎊為一百便士。

第九章

他們演出了那部戲，而且相當成功。在那之後，他們一年接著一年製作新戲。麥可以他理家的勤儉方式來經營劇團，所以就算偶爾票房失利，他們也幾乎沒有損失，還從演出成功的劇目賺到很多錢。麥可自吹自擂地說，倫敦沒有哪個劇團的製作成本比他們更少。他巧妙地改裝舊布景成為新的景片，並將儲藏室裡越積越多的老家具改頭換面，因而省下租用新家具的費用。他們在開創性方面贏得不少聲譽，麥可不想支付高額版稅給知名劇作家，因此願意採用不知名的劇作家的作品。他雇用那些從未得到過演出機會且薪資低廉的演員，因此挖掘到一些讓他有利可圖的新人。

他們成立劇團三年後，由於事業基礎已經打穩，麥可得以向銀行借到足夠的資金，租下一棟剛剛興建完成的新劇院。經過多次討論，他們決定將這間劇院命名為「西登斯劇院」。不過他們在這間劇院的第一齣戲票房失利，第二齣戲也失敗，茱莉亞害怕又氣餒，認為這間劇院不吉利，還擔心觀眾已經厭倦她。此時麥可展現了他最佳的一面，態度依然無比鎮定。

「我們做這一行，無論好的或壞的都得承受。妳是全英國最優秀的女演員，無論什麼戲碼都有本事吸引觀眾進劇院看戲的人只有三個，而妳是其中之一。雖然我們接連兩部戲都失敗，但是下一齣戲一定會成功，到時候我們不僅會賺回虧損的錢，還能有額外的獲利。」

麥可自從站穩事業腳步之後，就開始想買下朵莉．德弗里斯的股份，但是她不理他的好言勸說，也不在乎他的冷酷逼迫，他的狡猾這次遇上了對手。朵莉認為沒有理由賣掉這筆好投資，而且她持有劇團一半的股份，能讓她與茱莉亞保持緊密聯繫。如今麥可鼓起勇氣想再次努力擺脫朵莉，朵莉則憤憤不平地拒絕在劇團陷入低潮時拋下他們。麥可最後終於放棄了這個糟糕的計畫，並且自我安慰地認為朵莉可能會留給羅傑一大筆錢，畢竟羅傑是她的教子，而她除了住在南非的侄子們之外別無親人，加上她看起來應該有高血壓的毛病。另外，他和茱莉亞可以隨時前往朵莉位於基爾福近郊的豪宅度假，這一點很方便，讓他們省下買一棟鄉間別墅的開銷。劇院落成之後的第三齣戲果然賣座，麥可毫不遲疑地指出自己的推論多麼正確，彷彿這次成功全都是他的功勞。茱莉亞幾乎希望那齣戲也像前面兩齣一樣失敗，以便挫挫麥可的銳氣，因為他的自負實在令人生厭。當然，茱莉亞不得不承認他很聰明，或者更確切地來說是精明狡滑，只不過他根本不像自己想像的那麼聰明，只是自以為他比別人清楚所有的事情。

隨著時間經過，麥可開始不再那麼頻繁地上台演戲。他發現自己對於經營劇院更感興趣。

「我想以政府辦公室的運作方式來經營我的劇院。」他說。

他覺得自己可以更有效地利用茱莉亞晚上登台演戲的時間，前往遠離市中心的小劇院去尋找人才。他有一本小筆記本，裡面記著每個他認為前途無量的演員名字。接著他開始自己當導演，由於導演排練一齣戲要收很多錢，這點讓他感到不滿，近來還有一些導演甚至堅持以總票房的一定比例收取分紅。最後的導火線是有次茱莉亞最欣賞的兩位導演都在排別人的戲，另一位她信任的導演自己也上台演戲，因此無法把所有時間都保留給他們。

「我對這齣戲很有想法，或許我可以試著自己執導。」麥可說。

茱莉亞對此半信半疑。麥可沒有什麼想像力，他的想法都是陳腔濫調，她也不確定他是不是管得動所有的演員。然而當下唯一有空的導演，收費標準讓他們兩人都覺得太高，因此除了讓麥可嘗試執導之外，已經別無他法。麥可的表現比茱莉亞預期的還要好，他非常仔細，而且工作努力。茱莉亞覺得最奇怪的一點，是麥可比其他導演更能激發出她演戲的天賦，因為麥可非常了解茱莉亞的本領，而且熟悉她的每一種變化。她美麗眼眸的每一個眼神、她優雅身段的每一個動作，他都有辦法給她正確的建議，幫助她打造出職涯中最精湛的表演。他對全體演員既溫柔又嚴格，彩排時如果氣氛不佳，他的風趣幽默及真誠善良馬上就能化解問題。在那齣戲之後，麥可毫無疑問應該繼續執導他們演出的作品。劇作家也很欣賞他。他缺乏想像力，因此十分尊重劇本的內容，而且他常常不確定劇本所要表達的意思，不得不請劇作家幫忙解釋。

如今茱莉亞已經是個有錢的女人。她必須承認，麥可對她的錢就像對他自己的錢一樣小心翼翼。他幫她投資，當他賣掉她帳戶裡的股票並因此獲利時，他會像自己賺了錢一樣開心。他付給茱莉亞非常高的薪資，並以宣稱茱莉亞是全倫敦收入最高的女演員而深感自豪。當他自己也上台演戲時，他從來不會給自己超過角色價值的薪資。當他當導演時，他只會收取二流導演該收的費用。麥可與茱莉亞分攤家裡的開銷和羅傑的教育費，羅傑才出生一星期就被伊頓公學錄取了。無可否認的，麥可做事非常公正且誠實，當茱莉亞意識到自己比他更有錢時，便表示自己願意支付所有的開銷。

「妳沒有理由這麼做。」麥可說：「只要我還能付得出錢，我就會付錢。妳賺得比我多，是因為妳更有價值。我付給妳高薪，也是因為妳有那個身價。」

每個人都欽佩麥可為了茱莉亞而自我犧牲。為了讓茱莉亞發展事業，麥可放棄了自己的所有抱負，就連不太欣賞他的朵莉也承認他十分無私。茱莉亞總是克制自己不與朵莉談論麥可的事，但朵莉很精明，早就看出茱莉亞對麥可相當不滿，只能偶爾不厭其煩地提醒茱莉亞他對她很有幫助。每個人都稱讚麥可是完美的丈夫，但茱莉亞覺得除了她自己之外，沒有人知道與一個如此自負虛榮的怪物一起生活是什麼感覺。每當他在高爾夫球賽中擊敗對手或者在商業談判中佔上風，他表現出的自滿態度會令人覺得生氣。他以自己的機靈而自豪。他是討人厭的傢伙，是討厭鬼。他喜歡告訴茱莉亞他所做的一切以及他腦中閃過的每項計畫。以前茱莉亞覺得這樣很棒，光是能夠和麥可在一起就讓她感到愉快，但是經過這麼多年之後，她覺得他讓人無法忍受。他在描述事情時喜歡扯到一些無關緊要的細節，而且他不僅對自己的商業頭腦感到自負，隨著年齡漸長，他變得對自己有點得意忘形。年輕的時候，麥可將自己出眾的外貌視為理所當然，但現在他開始注重外貌，且不遺餘力地加以維持，甚至到痴迷的地步。他焦慮地照料自己的身材，從不吃任何會發胖的食物，也從不忘記運動。當他覺得自己的頭髮變少時，便去諮詢頭髮專家。茱莉亞確信，如果有辦法祕密地進行臉部拉提手術，他一定會去做。他已經習慣坐著的時候將下巴微微伸出，因為這麼一來他脖子上的皺紋就不會顯現出來，他會刻意弓著背，以防止腹部鬆弛下垂。每次只要經過鏡子前，他一定會照照鏡子。麥可渴望得到讚美，每當他獲得讚美時，就會開心地露出燦爛的笑容。對他而言，讚美就像飲食一樣不可或缺。茱莉亞想起是自己導致他對此習以為常，不由得苦笑了一下。這麼多年來她一直稱讚他長得好看，如今他要是少了別人的奉承就活不下去，這是他唯一的弱點。倘若有哪個女演員找不到工作，只要在麥可面前讚美他帥得不可思議，他馬上就會想出一個角色讓對方飾演。就茱莉亞所知，這麼多年來麥可完全不乏女人向他獻殷勤，但是他過了四十多歲便很少與女性調情。茱莉亞不覺得麥可曾做出什麼不軌之舉，他做人很謹慎，而且他只想聽別人讚美他。她聽說每當有女人黏他黏得太緊時，他就會以她當藉口擺脫她們。也許是他不敢冒險做出任何傷害她的事，也許是因為她善妒又多疑，才使得麥可覺得最好停止與外面的女人往來。

「天知道她們欣賞他哪一點？」茱莉亞在空盪盪的房間裡大喊。

她隨手拿起幾張麥可在後期拍攝的照片逐一仔細觀看，然後聳聳肩。

「好吧，我想我也無法責怪她們，畢竟我也愛上他。當然，他那個時候長得比較好看。」

茱莉亞一想到自己曾經多麼愛麥可，就讓她覺得有點難過，因為她的愛情已死，她覺得人生欺騙了她。她嘆了一口氣。

「我腰痠背痛了。」她說。

第十章

一陣敲門聲響起。

「進來吧。」茱莉亞說。

伊芙走了進來。

「蘭伯特小姐，妳今天不睡一會兒嗎？」伊芙看見茱莉亞坐在地板上，身旁散落著許多照片，「妳在做什麼啊？」

「我在做夢。」她拿起其中兩張照片，「妳看看這張照片，還有這張照片。」一張是麥可飾演莫庫修的照片，當時年輕的他散發俊美的光芒；另一張是麥可最後一次登台演戲的照片，他戴著白色大禮帽並穿著晨禮服，肩上掛著雙筒望遠鏡，看起來洋洋自得。

伊芙吸吸鼻子。

「噢。呃，青春是短暫的，哭也沒有用。」

「我一直在回想過去的時光，搞得我現在非常憂鬱。」

「這並不奇怪。當妳開始想念過去時，就表示妳已經沒有未來了，不是嗎？」

「閉嘴，妳這頭老母牛。」茱莉亞說。當她選擇以粗俗的方式說話時，措辭就會很難聽。

「快起來吧，不然妳今晚就一事無成了。我會把這些亂七八糟的東西都收拾乾淨的。」

伊芙是茱莉亞的服裝管理師兼女僕，她一開始先在米德普爾服侍茱莉亞，後來陪著她來到倫敦。她來自倫敦東區，是個身材纖瘦、愛開玩笑、充滿骨感的女性，有一頭總是凌亂且看起來不太乾淨的紅髮，嘴裡缺少兩顆門牙。雖然茱莉亞多年來一直表示要出錢讓她補牙，但是她不要。

「我吃得很少，所以我的牙齒還夠用。把一堆大大的象牙放進我的嘴巴裡，只會讓我坐立不安。」

麥可一直希望茱莉亞找個外表更配得上他們社會地位的女僕，也曾試著說服伊芙這份工作對她而言太沉重，但是伊芙不理他。

「葛斯林先生，隨便您怎麼說都好，但只要我還健康而且有力氣，服侍蘭伯特小姐就是我的工作。」

「伊芙，妳知道，我們都慢慢變老了，我們已經不像以前那麼年輕了。」

伊芙用食指擦擦鼻孔下方，然後吸吸鼻子。

「只要蘭伯特小姐還能飾演二十五歲的女性，我就有力氣負責打扮她並且伺候她。」伊芙狠狠地瞪了麥可一眼，「我只收一份工資就能做好兩份工作，您何必硬要花兩筆工資找別人做呢？」

麥可很有幽默感，他笑了起來。

「親愛的伊芙，妳說得很有道理。」

伊芙催促茱莉亞上樓。茱莉亞在沒有日場演出的時候，都會利用下午小睡幾個小時，然後進行簡單的按摩。她脫掉外衣，上床鑽進被窩裡。

「該死，我的暖水袋幾乎冷掉了。」

她看看壁爐架上的時鐘。這也難怪，暖水袋放在被窩裡已經幾乎一個小時。她沒有意識到自己竟然在麥可的起居室花那麼長的時間看舊照片回憶過去。

「四十六歲，四十六歲，四十六歲。我六十歲就要退休，五十八歲時要去南非和澳大利亞。麥可說我們可以在那些地方大撈一筆，賺兩萬英鎊。我可以演之前演過的舊角色。當然，就算到了六十歲，我還是可以演四十五歲的角色，可是角色要去哪裡找？那些該死的劇作家。」

為了思忖出哪齣戲以四五十歲的女性為主角，茱莉亞竟然睡著了。她睡得很沉，直到伊芙過來叫醒她，因為按摩師已經到了。伊芙把晚報拿給她，她脫去身上的衣物，讓按摩師按摩她修長的雙腿和腹部。她戴上眼鏡，閱讀晚報上那些她早上已經讀過的戲劇新聞、八卦消息和女性專欄。這時麥可走進來，坐在她的床邊。他經常利用她按摩的時間與她聊天。

「好吧，他叫什麼名字？」茱莉亞問。

「妳說誰？」

「來吃午飯的那個年輕人。」

「我不知道。我開車送他回劇院之後，就再也沒有想到他。」

按摩師菲利普斯小姐很喜歡麥可，因為和他相處很輕鬆。他總是說同樣的話，讓她確切知道應該如何回答。他既不傲慢也不自負，而且長得非常好看，實在令人讚嘆。

「呃，菲利普斯小姐，按摩得順利嗎？」

「噢，葛斯林先生，蘭伯特小姐身上沒有一絲脂肪，我認為她身材保持得非常好。」

「真可惜我無法請妳為我按摩，菲利普斯小姐，不然也許妳能幫我甩掉一點贅肉。」

「葛斯林先生，您真愛開玩笑，您的身材就像二十歲的年輕人一樣好，我不知道您是怎麼做到的。哎呀，我真的不知道您是怎麼做到的。」

「簡單的生活與崇高的思想，菲利普斯小姐。」

茱莉亞沒有留意他們在聊些什麼，不過菲利普斯小姐的回答卻傳進了她的耳朵。

「我總說按摩當然非常有效，但飲食方面也必須非常注意，這是毫無疑問的。」

「注意飲食！」茱莉亞心想，「等我六十歲，我就要大吃特吃。我要吃各種我愛吃的麵包和奶油，早餐要吃奶油麵包，午餐吃馬鈴薯，晚餐也要吃馬鈴薯，還要喝啤酒。老天，我多麼愛喝啤酒。豌豆湯和蕃茄湯、蜜糖布丁和櫻桃餡餅，全部都要加上奶油、奶油、奶油。我發誓，只要我還活著，就絕對不再吃菠菜。」

按摩結束後，伊芙為茱莉亞端來一杯茶，還有一片切掉脂肪的火腿及一些乾吐司。茱莉亞坐起身子、穿上衣服，然後和麥可一起前往劇院。她喜歡在開演前一小時抵達劇院，麥可接著就去他的俱樂部用餐。伊芙比茱莉亞早一步搭計程車來到劇院，因此當茱莉亞走進更衣室時，伊芙已經將一切準備妥當。茱莉亞再次脫掉衣服，穿上浴袍。當她坐在梳妝檯前化妝時，注意到花瓶裡有些鮮花。

「哈囉，這些花是誰送的？是德弗里斯太太嗎？」

朵莉總在茱莉亞的首演之夜送上大大的花籃，並且在茱莉亞演出第一百場及第兩百場（如果有的話）時送花。在首演與演出滿百場之間，如果朵莉家裡訂購了鮮花，也會送給茱莉亞一些。

「不是的，小姐。」

「是查爾斯勛爵送的嗎？」

查爾斯・泰默利勛爵是茱莉亞的戲迷中最年長也最忠實的一位，每當他經過花店時，都會買些玫瑰花並且專程送來劇院給茱莉亞。

「卡片在這裡。」伊芙說。

茱莉亞讀了卡片，卡片上的署名是湯姆・芬納爾，地址是塔維斯托克廣場。

「竟然住在這種地方。伊芙，妳覺得他是誰？」

「某個被妳那致命的美貌迷得團團轉的男人。」

「這些花的價格一定超過一英鎊。塔維斯托克廣場看起來不是很富裕的地區，這個人為了買這些花可能一星期沒辦法吃晚餐了。」

「我不認為如此。」

茱莉亞開始在臉上塗抹化妝品。

「妳實在太不浪漫了，伊芙。妳不能因為我不是漂亮的歌舞女郎，就認為男人不應該送我花。拜託，我的腿比那些歌舞女郎的腿美多了。」

「妳的人和妳的腿都很美。」伊芙說。

「好吧，我不介意告訴妳，我認為在我這種年紀，有個不知名的年輕男人送花給我也不錯。我的意思是，這表示我還有一點吸引力。」

「以我對男人的了解，如果他看見妳現在這副模樣，應該不會想送花給妳。」

「妳去死吧。」茱莉亞說。

等茱莉亞化好令自己滿意的妝容，伊芙便幫她穿上絲襪和鞋子。距離開演時間還有幾分鐘的空檔，茱莉亞坐在桌前，裝腔作勢地以她大膽又潦草的字跡回信給湯姆・芬納爾先生，感謝他送來美麗的花朵。茱莉亞是個有禮貌的人，回覆每一位戲迷的來信是她的原則，這就是她與觀眾維繫關係的方式。寫好信封之後，她就把隨花送來的卡片扔進垃圾桶裡，準備穿上第一幕戲的戲服。提醒演員出場的工作人員來更衣室敲門。

「即將開演了，請準備。」

這句話她不知道已經聽過多少遍，但是依然讓她興奮不已。這句話就像滋補聖品一樣支撐著她，讓她的生命獲得意義，也讓她從虛構的世界進入現實的世界。

第十一章

第二天，茱莉亞與查爾斯．泰默利共進午餐。查爾斯的父親丹諾倫特侯爵娶了富家女，因而繼承了一筆相當可觀的財產。茱莉亞經常去他位於希爾街的家參加午餐派對，他很喜歡舉辦派對。在茱莉亞的內心深處，她很瞧不起那些她在派對上遇到的貴婦與勛爵，因為她是職業婦女暨藝術家。然而她知道人際關係十分重要，這類應酬能使貴族與貴婦來西登斯劇院的首演之夜花錢捧場，並且有助於報紙媒體對西登斯劇院推出的作品給予好評。茱莉亞知道，如果記者拍到她在周末的派對上與一些貴族交流互動，對西登斯劇院而言是很好的宣傳。有幾個比較年輕的知名女演員不太欣賞茱莉亞，因為茱莉亞會直呼至少兩位公爵夫人的名字，對此她一點都無所謂。雖然茱莉亞不是健談的人，可是她的眼睛雪亮、反應靈敏，一旦她學會了社交語言，就被認為是非常有趣的女性。她有強大的模仿天賦，但她通常會刻意壓抑這種天賦，她認為這對她的演技有不好的影響。然而在這種社交圈，模仿別人變成一種很棒的才華，能讓人覺得她很風趣。她很高興那些聰明但成天無所事事的女性欣賞她，不過她也暗地裡嘲笑她們臣服於她的魅力之下。她很好奇如果她們知道一個成功的女演員生活並不浪漫，不僅必須每天辛勤工作，還得持續不懈地維持外貌與體態、遵守規律又單調的生活習慣，會有什麼樣的想法。不過她好心地提供她們化妝方面的建議，也讓她們參考她的穿著打扮。她參加派對時總是穿得非常漂亮，麥可天真地以為她那些漂亮的衣服是廠商贊助的，殊不知她花了很多錢。

她確實同時從戲劇圈與社交圈獲益。每個人都知道她與麥可的婚姻堪稱典範，她是夫妻關係裡忠貞不二的模範生，儘管如此，在這個特定的社交圈裡，很多人深信她是查爾斯．泰默利的情婦，並深信這段關係因為持續很久，已經獲得尊重。當他們兩對夫妻都受邀到同一個地方度周末時，寬容的女主人還會特別安排他們住在相鄰的房間。其實這個謠言是早就已經與查爾斯．泰默利分居的查爾斯夫人傳出來的，不具任何真實性，唯一的事實是二十年來查爾斯瘋狂地愛著茱莉亞，而且由於茱莉亞的緣故，泰默利夫婦一直相處得不太融洽，到最後兩人同意分居。不過，茱莉亞與查爾斯之所以相識，也是來自泰默利夫人。那天他們三人都受邀參加朵莉．德弗里斯的午餐派對，當時還是年輕女演員的茱莉亞剛在倫敦獲得第一次盛大的成功，朵莉大費周章地舉辦這場派對，主要目的就是為了替茱莉亞慶功。當時已經年過三十的查爾斯夫人，雖然被稱為美女，可是她的五官除了眼睛之外都不算特別漂亮。她是因行為放肆而令人印象深刻。那天她坐在茱莉亞對面的位子，身體斜倚在桌邊，臉上帶著親切的微笑。

「噢，蘭伯特小姐，我想我以前在澤西島認識妳的父親。他是醫生，是吧？他經常來我們家。」

茱莉亞突然想起了查爾斯夫人婚前的身分，頓時覺得肚子有點不太舒服。她看得出查爾斯夫人設了陷阱要她往裡面跳，於是發出一陣輕輕的笑聲。

「不是的。」茱莉亞回答：「他是獸醫，他曾經去妳家替母狗接生，妳家有很多母狗。」

查爾斯夫人一時之間不知道該如何應對。

「我母親以前很喜歡狗。」她回答。

茱莉亞很高興麥可不在場。可憐的麥可，他一定會感到非常羞愧。他總是稱她的父親為蘭伯特醫生，他的發音宛如這個名字是法語。戰爭結束後不久，茱莉亞的父親過世了，她母親搬去法國聖馬洛與她寡居的姨媽同住，麥可開始改用法語稱她為蘭伯特夫人。茱莉亞剛開始演戲時，有點介意別人提到她父親的職業，但是等到她成為知名的女演員之後，她的想法就改變了。她傾向堅稱自己的父親只是獸醫，尤其當她與一群地位顯赫的人在一起時。她無法解釋這麼做的原因，但她覺得這樣能使那些人知道他們沒有多了不起。

查爾斯．泰默利知道他的妻子故意羞辱年輕的茱莉亞，因此相當憤怒，開始不遺餘力地對茱莉亞好。他問她是否願意讓他去拜訪她，然後就帶著一束美麗的鮮花現身。

那時候他年近四十歲。他身材嬌小，長得不算好看，但氣質高貴，看起來很有教養，他確實受過良好教育，且舉止優雅。他是藝術愛好者，收藏了許多現代畫和古董家具。他喜歡音樂、博覽群書。一開始，他很高興能夠前往茱莉亞和麥可位於白金漢宮附近的小公寓做客。他看見他們不寬裕的一面，但是很興奮能接觸到放蕩不羈的文化圈生活（他盲目地以為文化圈的生活就是如此）。他去他們家拜訪了好幾次，而當他們邀請他共進午餐時，他認為就像經歷了一場冒險。那頓午餐是一個穿得破破爛爛的女人煮的，他們稱呼那個女人為伊芙。他們的生活很真實。他並沒有特別在意麥可，在他的眼中，麥可雖然長得英俊，但終究是個平庸的年輕人，他只對茱莉亞深深著迷。她具有他以前不曾接觸過的特質：她很溫暖、很性格，而且具有源源不絕的生命力。他多次觀賞茱莉亞演戲，將她的演技與他認為了不起的外國女演員加以比較。他覺得茱莉亞身上有一種非常獨特的魅力，這種吸引力是無庸置疑的。一想到茱莉亞是個天才，就讓他感到非常興奮。

「也許她是另一位西登斯，也許她是比愛蘭．黛麗[57]更偉大的女演員。」

在那段日子裡，茱莉亞認為沒有必要午睡。她身體很健康，從來不覺得疲倦，所以查爾斯經常帶她到公園散步。茱莉亞覺得查爾斯把她當成自己的女兒來看待，這對她而言不成問題，她可以毫不費力地對任何事物表現出單純直率及孩子氣的一面。他帶她去國家美術館[58]、泰特不列顛美術館[59]和大英博物館[60]，她真心喜歡這些地方。查爾斯喜歡分享資訊，茱莉亞樂於接收資訊。她的記憶力很強，從他身上學到很多東西。後來她之所以能夠與優秀的人談論普魯斯特[61]和塞尚[62]、讓別人又驚又喜地發現她這個女演員竟然擁有如此深厚的文化素養，全都是查爾斯的功勞。她比他自己還早發現他已經愛上她，但她覺得可笑。從茱莉亞的立場來看，查爾斯只不過是個中年男子，是個善良的老傢伙，當時她心裡只有麥可。當查爾斯意識到自己愛上茱莉亞之後，他的態度有了一點變化。他似乎變得害羞，而且他們兩人在一起的時候，他經常沉默不語。

「可憐的傢伙。」她自言自語道：「他真是一位紳士，因此不知所措。」

---

57 愛蘭．黛麗（Ellen Terry，一八四七—一九二八）：英國知名女演員。
58 國家美術館（National Gallery）：位於英國倫敦市中心的美術館，成立於一八一四年。
59 泰德不列顛美術館（Tate Britain）：位於英國倫敦的美術館，原名名國立英國美術館（National Gallery of British Art），成立於一八九七年。
60 大英博物館（British Museum）：位於英國倫敦的綜合性博物館，成立於一七五三年。
61 馬塞爾．普魯斯特（Marcel Proust，一八七一—一九二二）：法國知名的意識流作家。
62 保羅．塞尚（Paul Cézanne，一八三九—一九〇六）：法國知名畫家。

茱莉亞很早就已經為他遲早會說出的告白做了準備。有一件事情她會向他表明清楚，以免他有任何誤解：雖然他是勛爵、她只是女演員，但她絕對不會在他的誘惑下與他發生性關係。如果他敢輕易嘗試，她就會扮演憤怒的女英雄，以她的啟蒙恩師珍・黛布教她的手勢，伸出手臂指著大門要他滾出去。另一方面，如果他因此心煩意亂或氣得說不出話，她就會假裝渾身發抖，哭著說她從沒想過他對她有這方面的感覺，不行，不行，這會傷了麥可的心。他們兩人會一起流淚痛哭，然後一切都會沒事。畢竟查爾斯的行為舉止那麼優雅，她可以指望他不會因為她拒絕他，他就變成討人厭的傢伙。

然而當查爾斯・泰默利真的向茱莉亞表明心意時，情況根本與茱莉亞預期的完全不同。他和她到聖詹姆士公園[63]散步，欣賞公園裡的鵜鶘。在美好的氛圍中，他們談論她是否可能在星期天晚上飾演米拉曼特[64]。然後他們回到茱莉亞的公寓喝茶，分食一塊烤麵餅。當查爾斯起身準備離去時，他從口袋裡拿出一幅小畫像遞給她。

「這是克萊倫夫人[65]的肖像。她是十八世紀的女演員，妳具有許多與她相同的天賦。」

茱莉亞看著克萊倫夫人美麗又聰明的面容和撲著白粉的頭髮，心裡好奇著畫框上的寶石是真的鑽石還是人造寶石。

「噢，查爾斯，你怎麼可以送我這麼貴重的禮物？你人真好。」

「我認為妳可能會喜歡。這是一份道別的禮物。」

「你要出遠門嗎？」

茱莉亞很訝異，查爾斯完全沒提過他即將遠行。他帶著淺淺的笑容注視著她。

「不，可是我不會再與妳見面了。」

「為什麼？」

「我想妳和我一樣清楚。」

然後茱莉亞做了一件可恥的事。她坐下來，靜靜地看了一會兒那幅小畫像，然後算準時機抬起頭，與查爾斯四目相接。她早已練就說哭就哭的本領，這是她最著名的演技之一。她沒有說話，也沒有啜泣，淚水直接從她的臉頰滑落。她將嘴巴微微張開，露出一種小孩子深受傷害卻不明就裡的眼神，那種眼神相當令人憐惜。查爾斯的表情帶著一絲內疚與痛苦，當他開口時，他的聲音因情緒激動而嘶啞。

「妳深深愛著麥可，是嗎？」

她微微點頭並且咬緊嘴唇，彷彿努力控制著自己，但眼淚仍順著她的臉頰滑落。

「我完全沒有機會嗎？」查爾斯等待著她回答，然而她什麼都沒說，只把手舉到嘴邊，像是想要咬指甲，同時以那雙淚光閃閃的眼眸注視著他。

「難道妳不明白要我繼續與妳見面是一種什麼樣的折磨嗎？妳希望我繼續與妳見面嗎？」他問。

她再次點點頭。

---

63 聖詹姆士公園（St. James's Park）：英國倫敦的皇家公園中歷史最悠久的一座。

64 米拉曼特（Millamant）：英國劇作家威廉・康格里夫（William Congreve）於一七〇〇年創作的戲劇《如此世道》（*The Way of the World*）的女主角。

65 克萊倫夫人（La Clairon，一七二三—一八〇三）：法國知名女演員。

「克拉拉因為妳的緣故與我大吵一架，她發現我愛上妳了，因此我和妳不應該再見面。」

這一次，茱莉亞微微地搖頭，然後發出一聲啜泣，往後靠在椅背上，頭轉向一邊。她的整個身體似乎都表達著絕望的悲傷，彷彿那種悲傷是血肉之軀無法承受的。查爾斯走向她並且跪到地上，將她破碎又哀傷的身體擁入懷中。

「看在老天的份上，請妳不要這麼難過，否則我會受不了的。噢，茱莉亞，茱莉亞，我太愛妳了，我不能讓妳這麼痛苦。我願意接受任何條件，我絕對不會對妳提出任何要求。」

她將滿是淚水的臉蛋轉向他（「老天，我現在看起來一定很醜」），並且吻了他的唇。他溫柔地回吻她，這是他第一次親吻她。

「我不想失去你。」她沙啞地咕噥道。

「親愛的，親愛的！」

「我們可以像以前一樣嗎？」

「一切都不會改變。」

她心滿意足地深嘆一口氣，靜靜躺在他的懷中好一會兒。等他離開之後，她站起身來看著鏡子。

「妳這個爛婊子。」她對自己說。

但是她咯咯地笑了起來，彷彿根本不覺得羞愧，然後就走進浴室裡洗臉和洗眼睛。她的心情非常興奮，當她聽見麥可回到家的聲音時，便大聲地喊他。

「麥可，你看看查爾斯剛才送我的小畫像，我放在壁爐架上。那些是真的鑽石還是人造寶石？」

查爾斯夫人與她丈夫分居時，茱莉亞其實有點緊張。查爾斯大人威脅著要提起離婚訴訟，但茱莉亞一點也不想被冠上破壞別人婚姻的臭名。她緊張了兩三個星期，並決定除非有必要，否則什麼事都不告訴麥可。她很高興自己沒有向麥可坦白，後來證明查爾斯夫人的威脅只是為了要從無辜的查爾斯身上榨取更為可觀的贍養費。茱莉亞以高明的技巧控制著查爾斯，他們兩人之間有個共識：因為她深愛著麥可，他們之間不可能發生任何親密關係，但是除此之外，查爾斯就是茱莉亞的一切，是她的朋友、顧問、知己、在各種緊急情況下都能讓她依靠的人、在任何失望時刻中都能向她提供安慰的人。不過，當查爾斯以其細膩的敏感度看出茱莉亞已經不愛麥可時，他們兩人的關係因此變得有點複雜，茱莉亞便不得不展現出過人的機智。她對於自己成為他的情婦並沒有良心方面的問題，假如他是個深愛她的演員，並且愛了她那麼久，她並不介意出於善良的本性與他上床，但偏偏她就是對他沒有那方面的感覺。茱莉亞很喜歡查爾斯，可是查爾斯那麼優雅、那麼有教養、那麼有文化，她實在無法把他當成情人，與他上床就像褻瀆藝術品。他對藝術的那份熱愛，讓她忍不住想嘲笑他，畢竟她是創作者，而他終究只是觀賞者。查爾斯希望茱莉亞與他私奔，他們可以在義大利拿坡里灣的蘇瀾多買一棟有大花園的別墅，還有一艘雙桅帆船，讓他們整天都待在美麗的海面上。愛情、美景和藝術，都多麼令人心醉神迷。

「該死的傻瓜。」茱莉亞暗忖，「他以為我會放棄我的事業，躲到義大利的某個山洞裡嗎？」

她告訴查爾斯，她對麥可負有責任，對孩子也是，她絕對不能讓孩子從小就背負自己母親是壞女人的惡名。無論他們會過得多開心，只要一想到麥可不快樂、她的孩子由陌生人照顧，她就永遠不可能在義大利那棟美麗的別墅裡享有片刻平靜。人不能只想到自己，不是嗎？必須也要為其他人著想。她非常體貼而且有女人味，有時候她會問查爾斯為什麼不與他的妻子離婚，再娶一個好女人，她無法承受他把自己的生命浪費在她身上。查爾斯告訴她，她是他這輩子唯一愛過的女人，他必須繼續愛她，直到人生的盡頭。

「這似乎很可悲。」茱莉亞說。

儘管如此，她還是無時無刻睜大眼睛，倘若發現哪個女人有搶走查爾斯的意圖，她就會破壞對方的計畫。如果這類危機需要她表現出極度嫉妒的嘴臉，她會毫不猶豫地表現出來。基於查爾斯的良好教養與茱莉亞的善良心靈，他們之間早有微妙的默契，要是麥可有什麼三長兩短，查爾斯就會處理掉查爾斯夫人，然後他們兩人結婚。這件事無需明言，只有慎重的示意與些微的暗指。不過，麥可的身體一直非常健康。

這一次，茱莉亞懷著好心情到查爾斯位於希爾街的家參加午餐派對，那場派對非常盛大。茱莉亞從不鼓勵查爾斯招待他偶爾認識到的演員或劇作家，因此茱莉亞總是派對裡唯一必須賺錢謀生的人。茱莉亞坐在一個又老又胖又禿又愛說話的內閣大臣及一位看起來像馬伕的威斯垂公爵中間，內閣大臣一直想逗茱莉亞開心，威斯垂公爵則炫耀自己比法國人更懂法國俚語，當他發現茱莉亞會說法語時，便堅持用法語與她交談。吃完午餐後，大家起鬨要她背出一段《費德爾》的長篇台詞，而且先以法國喜劇院[66]專業演員的口吻表演，再模仿英國皇家戲劇藝術學院的學生青澀地讀出同一段台詞。她讓每個人都笑得很開心，最後帶著成功的喜悅離開那場派對。那天陽光明媚，她決定從希爾街徒步走回到史坦霍普廣場。當她穿越過牛津街的人群時，很多路人都認出她。雖然她直視著前方，但她能感覺到他們的目光。

「走到哪裡都會被別人盯著看，實在是件麻煩的事。」

她稍微放慢腳步，覺得這真是美好的一天。

她用彈簧鎖鑰匙開門進屋，一走進去就聽見電話鈴聲響起。她不假思索地拿起電話筒。

「喂？」

她平常接起電話時都會故意改變聲音，但這次忘了這麼做。

「請問是蘭伯特小姐嗎？」

「我不知道蘭伯特小姐在不在。請問你是哪位？」她馬上裝出倫敦東區人的口音。

然而剛才的那句「喂」已經出賣她了，一陣輕笑聲從電話另一頭傳來。

「我想感謝您回信給我，您知道您不需要這麼客氣。您們邀請我吃午餐已經對我太好了，我送您那些花是想表達我的謝意。」

他的聲音和這些話的內容已經讓她明白他是誰，是那個她不知道名字的害羞年輕人。雖然她已經讀過他隨花附上的卡片，但她現在依舊不記得他的名字，唯一讓她印象深刻的是他住在塔維斯托克廣場。

「你真貼心。」她用自己原本的聲音回答。

「不知道您願不願意找一天到我家喝茶？」

他好大的膽子！她甚至懶得陪公爵夫人喝茶。他是不是把她當成隨隨便便的歌舞女郎？不過仔細想想，她覺得他敢約她喝茶是件很有意思的事。

「我沒有理由不願意。」

---

66 法蘭西喜劇院（Comédie-Française）：於巴黎皇家宮殿（Palais-Royal）內，興建於一七八六年至一七九〇年間。

「您真的願意嗎？」他的口氣聽起來很急切，而且他的聲音很好聽，「什麼時候呢？」

茱莉亞這天下午不太想午睡。

「今天。」

「好，我馬上就離開辦公室。四點半可以嗎？地址是塔維斯托克廣場一三八號。」

他提出到他家喝茶的建議真的很不錯，因為如果他提議去一些時髦的地方喝茶，必定會有很多人盯著她看。他這項提議證明他並不是貪圖她的名氣，希望被別人看見他與她一起喝茶。

茱莉亞搭計程車前往塔維斯托克廣場。她對自己相當滿意，因為她做了這件好事。這次見面一定會成為讓他非常驕傲的回憶。多年之後，他可以告訴他的妻子和孩子，當他還只是會計師事務所的小職員時，茱莉亞．蘭伯特曾經和他一起喝茶，而且她如此坦率、如此自然，聽見她侃侃而談的人絕對猜不到她是全英國最偉大的女演員。要是他的妻子和孩子不相信他，他還可以拿出她的簽名照來證明這件事，那張照片上寫著「致上我的真心」。他還會笑著說，如果不是他當時年紀尚輕，他絕對不會厚著臉皮開口邀她喝茶。

當她抵達他的住處並且付了計程車資後，才突然想起她不知道他的名字，待會兒女僕來開門時，她不知道應該表示自己來找誰。她尋找門鈴時，發現那棟樓共有八個門鈴，分成四列，每列兩個，每個門鈴旁都有一張名牌或寫著名字的紙片。這是一棟改成分租公寓的老房子。她絕望地看著那些名字，希望其中一個能讓她有點印象。這時大門突然打開了，他就站在她的面前。

「我看見您下車，所以下樓來接您。不好意思，我住在三樓，希望您不會介意。」

「當然不介意。」

她踏上沒有鋪地毯的樓梯，當她走到三樓時已經有點喘不過氣。她心想：他就像隻小山羊一樣急切地跳上樓梯，可是她不想提醒他自己寧可慢慢走。他帶她走進去的房間很大，可是布置得很簡陋，桌上擺著一盤蛋糕和兩個杯子，另外還有一個糖罐和一個牛奶壺。那些陶器都是廉價的款式。

「請坐。」他說：「我剛剛已經把水煮開了。等我一分鐘，我的煤氣爐在浴室。」

他離開後，茱莉亞環顧四周。

「可憐的傢伙，他肯定很窮。」

這個房間讓她想起自己剛開始演戲時住過的宿舍。她留意到他可悲地試圖隱瞞這是一間兼當客廳的臥室的事實，靠牆的沙發床顯然就是他每晚睡覺的床鋪。歲月在她回憶過往時悄悄溜走，她覺得自己神奇地變年輕了。她以前在這種地方過得很開心，無論是用紙袋裝的便宜餐點或者用煤氣爐煎炸的雞蛋和培根，對她而言都是美食！他端著棕色的茶壺走進來，她吃了一塊方形的海綿蛋糕，上面有粉紅色的糖霜。她已經很多年沒有做過這種事情。濃郁的錫蘭茶加了牛奶和糖，讓她想起她以為自己早已遺忘的日子，當時她只是默默無聞、努力奮鬥的年輕女演員。茶與蛋糕都非常美味，她應該要有所表示，但她此刻只想到一個動作：她脫下帽子並且搖搖頭。

他們開始聊天，他似乎很害羞，比起剛才通電話時還要害羞許多。呃，但這並不令人奇怪，她正坐在他面前，他一定會不知所措，於是她叫他不必緊張。他告訴她，他的父母住在海格特[67]，他父親是律師。他原本也住在海格特，但是他想要獨立自主。現在是他在會計師事務

67 海格特（Highgate）：位於英國北倫敦郊外，是倫敦近郊住宅價格最昂貴的地區之一。

所實習的最後一年，於是他搬離父母家，租了這間小公寓，努力準備最後的考試。他們接著聊到劇院的事。他從十二歲開始就看她演戲，他看過她參與演出的每一齣戲。他還告訴她，他十四歲的時候，曾在某次日場結束後守在後台門外，等她一走出來，他就請她在他蒐集名人簽名的小本子上簽名。他天藍色的眼眸和淺棕色的頭髮都很好看，只可惜他用髮油將頭髮抹得塌塌的。他的皮膚白皙，可是臉色發紅，令她不禁好奇他是不是有肺病。雖然他的衣服是廉價品，可是他穿起來很好看，她很喜歡，而且他看起來乾乾淨淨。

茱莉亞問他為什麼選擇住在塔維斯托克廣場，他解釋說是因為這裡位於市中心，而且他喜歡這裡的樹木，從他的公寓窗戶往外看時，那些樹讓他覺得心曠神怡。茱莉亞起身看了一眼，她正好可以順勢道別，於是她戴上帽子，向他說再見。

「是的，窗外的景緻確實相當迷人，很能代表倫敦，給人一種愉快的感覺。」

她說這句話的時候，身子轉向站在她身旁的他。他伸一隻手摟住她的腰，親吻了她的唇，讓她大吃一驚。由於她太意外，因此沒有做出任何回應。他的嘴唇很柔軟，身上散發著青春的香氣，令人感覺很舒服，可是他的行為非常荒謬。他用舌尖迫使她的嘴唇分開，然後雙臂環抱住她。茱莉亞沒有生氣，也沒有想笑，她根本不知道自己有什麼感覺，不過她覺得他輕輕地倚向她，他的嘴唇緊緊貼著她的唇，她可以清楚感受到他的體溫，彷彿他體內有一座火爐，異常炙熱的火爐。接著她發現自己已經躺在長沙發椅上，他躺在她身旁，親吻著她的嘴唇、脖子、臉頰和眼睛。茱莉亞心裡有一股難以解釋的悸動，她雙手抱住他的頭，親吻他的嘴唇。

幾分鐘後，她站在壁爐架上的鏡子前整理儀容。

「你看看我的頭髮變成什麼樣子。」

他遞給她一把梳子，她將頭髮梳理整齊，然後戴上帽子。他站在她身後，她從鏡中看見他的臉，他充滿渴望的藍色眼眸裡帶著隱約的笑意。

「我還以為你是害羞的年輕人。」她對著他在鏡中的倒影說。

他笑了。

「我什麼時候可以再見到妳？」

「你還想再見到我嗎？」

「非常。」

她馬上意識到自己不該這樣問他，她當然不該再與他碰面，而且她剛才放任他亂來實在太愚蠢了。不過，敷衍他一下也無妨，要是她直接表示她不想再見到他，他可能會一直來煩她。

「我再打電話給你。」

「妳發誓。」

「我以我的名譽發誓。」

「別讓我等太久。」

他堅持陪她下樓，看著她搭上計程車。她原本想自己下樓，這樣一來她就可以偷看一下他家門鈴上的名牌。

「該死，我起碼應該要知道他叫什麼名字。」

然而他沒有給她機會。等計程車開始行駛後，她窩在後座的角落咯咯笑了起來。

「老天，我被性侵了，這幾乎算是性侵了。在我那個年代，沒有男人會未經允許就做出那些舉動，他根本把我當成妓女。他以為他在演十八世紀的喜劇，而我是劇中那種隨時等著服侍他的侍女，穿著強調女性臀部並以金屬裙環撐起的蓬裙——那種蓬裙是不是有個特定的名稱？而且身上還圍著圍裙、脖子戴著絲巾。她憑著自己對法夸爾[68]和戈德史密斯[69]的模糊印象，編出了一段對話：『哎呀，先生，您這樣欺負一個可憐的鄉下姑娘，實在太不應該了。要是艾比蓋爾夫人知道她弟弟奪走了一個年輕女孩最珍貴的東西，也就是我的貞操，不知道會怎麼說？先生，您太不應該了。』」

茱莉亞回到家時，按摩師已經在等她了。菲利普斯小姐正在與伊芙聊天。

「蘭伯特小姐，妳跑到哪裡了？」伊芙說：「難道妳不用午睡嗎？」

「該死，我忘了午睡。」

茱莉亞脫掉身上的衣物，以誇張的動作扔到房間各個角落，全身赤裸地跳到床上，在床上站了一會兒，宛如從海裡誕生的維納斯，然後才直直躺下。

「妳在做什麼？」伊芙問。

「我心情很好。」

「好吧。如果是我這麼做，別人可能會以為我喝醉了。」

菲利普斯小姐開始為茱莉亞按摩雙腳。她輕輕地按摩，好讓茱莉亞放輕鬆且不覺得疼痛。

「妳剛才進來時就像一陣旋風。」菲利普斯小姐說：「我覺得妳看起來年輕了二十歲，妳眼中閃耀著美妙的光采。」

「噢，菲利普斯小姐，這種奉承的話留著對葛斯林先生說吧。」但是她過了一會兒又補充一句：「我確實覺得自己像個兩歲大的孩子。」

茱莉亞到了劇院後，別人也這樣讚美她。飾演男主角的亞屈·德克斯特到茱莉亞的更衣室討論事情，當時她剛剛化好妝，他看起來似乎嚇了一跳。

「哈囉，茱莉亞，妳今晚是怎麼回事？老天，妳看起來容光煥發，真不可思議。妳看起來不會超過二十五歲。」

「我兒子都已經十六歲了，再假裝自己年輕也沒意義。其實我已經四十歲了，我不在乎別人知道。」

「妳的眼睛動了什麼手腳？我以前從未見過妳的眼睛如此閃耀。」

茱莉亞覺得自己狀態極佳。他們這齣戲已經上演好幾個星期，劇名是《粉撲》，但這天晚上茱莉亞就像首演之夜一樣全力以赴，她的表演非常出色，博得滿堂喝采。她一向具有魅力，這天晚上她的魅力更似乎充滿整個劇院。麥可碰巧在包廂的角落欣賞了最後兩幕，全劇落幕後他來到茱莉亞的更衣室。

「妳知道嗎？提詞人說我們今晚的演出時間多了九分鐘，因為觀眾笑得太開心了。」

「而且謝幕七次。我還以為觀眾會要我們謝幕一整晚呢。」

「呃，這只能怪妳自己，親愛的，全世界沒有人能像妳今晚演得那麼出色。」

「說實話，我自己也樂在其中。老天，我好餓。我們宵夜要吃什麼？」

「牛肚和洋蔥。」

「噢，太棒了！」茱莉亞伸出雙臂環抱住麥可的脖子，並且親吻他，「我最喜歡牛肚和洋

68 喬治·法夸爾（George Farquhar，一六七七—一七〇七）：愛爾蘭劇作家。

69 奧利弗·戈德史密斯（Oliver Goldsmith，一七二八—一七七四）：愛爾蘭詩人、作家及醫生。

蒽。噢，麥可，麥可，如果你愛我，如果你那顆冷酷的心還有一絲溫柔，就讓我喝瓶啤酒吧。」

「茱莉亞。」

「這麼一次就好。我很少要求你為我做任何事。」

「噢，好吧，在妳今晚如此精湛的演出之後，我想我無法拒絕妳。但是老天可以做證，菲利普斯小姐明天一定會抱怨妳的身材。」

第十二章

茱莉亞上床睡覺並且讓雙腳滑到舒服的熱水袋時，她愉悅地看著自己的房間：玫瑰粉和深邃藍，還有梳妝檯上的金色小天使，她滿意地嘆了一口氣，她覺得這個房間很有龐巴杜夫人[70]的派頭。她關上燈，卻完全沒有睡意。她想去奎格飯店跳舞，但不是和麥可共舞，而是與路易十五、巴伐利亞的路德維希[71]或阿爾弗雷德·德·穆塞[72]共舞，在那種吹著號角的巴黎歌劇院舞會。她想起查爾斯以前送給她的那幅小畫像，這就是她今晚的感受。她已經很久沒有做過這種刺激的冒險，上一次是八年前，那是一段她應該感到羞恥的插曲。老天，她事後曾經多麼害怕，但事實上，後來她每次回想起那件事，都會忍不住笑出來。

那件事同樣發生得令她十分意外。當時她已經很長一段時間沒有休息，因此想要好好休養一陣子。她主演的那齣戲已經無法吸引觀眾，所以他們準備開始排練新戲，在新舊戲碼交接的

70 龐巴度夫人（Madame de Pompadour，一七二一—一七六四）：法國國王路易十五的情婦。

71 路德維希二世（Ludwig Otto Friedrich Wilhelm，一八四五—一八八六）：維特爾斯巴赫王朝（Haus Wittelsbacher）的巴伐利亞國王。

72 阿爾弗雷德·德·繆塞（Alfred de Musset，一八一〇—一八五七）：法國貴族、劇作家、詩人暨小說家。

空檔時間，麥可把劇院租給一個法國劇團，為期六個星期。這對茱莉亞而言是外出度假的好機會，朵莉在坎城租了別墅，茱莉亞可以與朵莉同住。於是，在復活節前夕，茱莉亞出發前往法國坎城。南行的火車非常擁擠，茱莉亞無法買到臥鋪車廂的位子，但是旅行社說等她到了巴黎之後，一定會有臥鋪等著她。令她錯愕的是，當火車抵達巴黎後，她發現旅行社似乎忘了幫她訂位，列車長更表示所有的臥鋪早已被預訂一空，她唯一的機會是有人在最後一刻沒有出現。她不希望在頭等車廂坐一整夜，但也只能懷著不安的心情去餐車吃晚飯。她被帶到一張兩人桌，不久後有個男人走過來並在她對面的位子坐下。她沒有理他。列車長這時走來通知她，他沒有辦法為她準備臥鋪車廂的位子，感到相當抱歉。她為此吵鬧了一會兒，可是於事無補。等列車長離開後，與她同桌的男人開口了。雖然這個男人會說流利的法語，可是從他的口音聽來，她覺得他並不是法國人。他很有禮貌地詢問她發生了什麼事，她便述說了整件事的來龍去脈，並表示她認為旅行社、鐵路公司和全人類在做事時都普遍缺乏效率。男人很有同情心，表示等他吃完晚餐，他會替她到各個車廂走一走、看一看，說不定哪個隨車服務人員收了小費之後就能幫上忙。

「我好累。」茱莉亞說：「我願意付五百法郎得到一個臥鋪車廂的位子。」

他們就這樣開始聊天。他告訴她，他是西班牙駐巴黎大使館的文化參事，正準備前往坎城過復活節。雖然茱莉亞已經和他聊了十五分鐘，但是並沒有留意他長什麼樣子。直到現在，她才注意到他留著鬍子，包括黝黑又捲曲的山羊鬍與八字鬍，可是鬍鬚在他臉上長得有點怪。他的嘴角下緣有兩塊光禿禿的地方沒長鬍子，以致他的模樣看起來有點怪異。他有烏黑的頭髮、下垂的眼皮和長長的鼻子，讓她覺得似曾相識。突然間，她終於想起來他長得像誰。由於連她自己都覺得驚訝，她不禁脫口說：

「你知道嗎？我剛才想到你讓我想起誰。你讓我想到羅浮宮裡提齊安諾．維伽略[73]所畫的那幅法蘭索瓦一世[74]的肖像。」

「妳覺得我的眼睛和他一樣小嗎？」

「不，不是眼睛，你的眼睛很大。我覺得是因為你的鬍子。」

她瞥看他眼睛下方的肌膚，那裡呈淡淡的紫羅蘭色，沒有一絲皺紋。雖然蓄鬍讓他看起來顯老，但他應該相當年輕，可能還不到三十歲。她好奇他是不是西班牙的貴族。他的穿著並不講究，但外國人往往打扮隨興，而且他的衣服雖然樣式難看，也許價格不菲。他的領帶十分花俏，她看得出來是購自夏維[75]。當他們喝餐後咖啡時，他問她能不能請她喝杯利口酒。

「你人真好，或許喝點酒能讓我比較好睡。」

他遞給她香菸，他的菸盒是銀製品，讓她覺得有點掃興。然而當他關上菸盒時，她發現菸盒的角落有個純金打造的小皇冠。銀製的盒身加上一個金製的皇冠！他肯定是伯爵之類的貴族，才會擁有如此別緻的菸盒。他穿現代的服裝實在可惜，如果他穿得像法蘭索瓦一世，看起來絕對會非常高貴。她盡可能地表現親切。

「我想我應該告訴妳，其實我知道妳是誰。」他說：「我可以再補充一件事嗎？我非常仰慕

73 提齊安諾．維伽略（Tiziano Vecellio，一四八八—一五七六）：義大利文藝復興後期的畫家。
74 法蘭索瓦一世（François I，一四九四—一五四七）：法國歷史上最著名也最受愛戴的國王之一。
75 夏維（Charvet）：法國的一間高級裁縫店暨襯衫製造商，成立於一八三八年。

妳。」

她以她那雙漂亮的眼睛注視著他。

「你看過我的戲嗎？」

「是的，我上個月在倫敦。」

「那是一齣很有意思的小品，對不對？」

「是妳的演技讓那齣戲變得有意思。」

當服務生來收錢時，她堅持支付自己的晚餐費。那個西班牙人陪她走到她的車廂，表示他會幫她找找有沒有空的臥鋪車廂。大約十五分鐘後，他帶著一名隨車服務人員回來，並告訴她他已經替她找到了，如果她願意讓那名隨車服務人員收拾她的行李，他現在可以直接帶她過去。她很高興。他先將自己的帽子扔到茱莉亞原本所坐的座位上，然後帶茱莉亞往走廊走去。他們到達那個臥鋪車廂時，他告訴隨車服務人員把架子上的行李箱和公事包都送到茱莉亞剛才的車廂。

「你該不會是把自己的車廂讓給我吧？」茱莉亞驚呼。

「這是這列火車上我唯一能弄到手的臥鋪車廂。」

「噢，我不許你這麼做。」

「動作快一點。」西班牙人對隨車服務人員說。

「不行，不行。」

隨車服務人員在陌生人點頭示意下搬走行李。

「我無所謂，我在什麼地方都睡得著。我想妳這麼了不起的藝術家被迫與另外三人擠在同一個車廂裡過夜，肯定會徹夜難眠。」

茱莉亞再次表示抗議，但其實半推半就。這個人太體貼了，她不知道應該如何感謝他。他甚至不讓她支付臥鋪車廂的費用，而且幾乎以懇求的方式請她給了他這份殊榮，讓她收下這個微不足道的禮物。她隨身只帶著化妝包，化妝包裡裝有她的面霜、睡衣和盥洗用品。他將她的化妝包放到桌上。他希望在她上床睡覺之前先與她坐著抽一兩根菸，她無法拒絕他。床鋪整理好之後，他們兩人坐到床上。過了幾分鐘，隨車服務人員帶著一瓶香檳和兩個酒杯回來。這是一次奇怪的小冒險，但茱莉亞樂在其中。西班牙人表現得非常有禮貌，這個外國人（甚至所有的外國人）都很清楚應該如何對待偉大的女演員。當然，莎拉．伯恩哈特每天都能遇到這種好事，而西登斯夫人走進客廳時，每個人都會站起來表達對她的敬意，彷彿她是皇室成員。這個西班牙人稱讚她的法語說得很優雅。噢，妳雖然在澤西島出生，卻是在法國受教育？難怪法語說得如此流利。但妳為什麼不選擇在法國演戲而是在英國呢？如果妳在法國發展，肯定會像埃萊奧諾拉．杜斯一樣出名。他說她使他想到杜斯，因為她的眼睛和杜斯一樣美麗、肌膚也和杜斯一樣白皙，而且她的演技也和杜斯一樣充滿感情、美妙自然。

他們喝了半瓶香檳，茱莉亞發現時間已經很晚了。

「我想我應該上床睡覺了。」

「好，我讓妳休息。」

他站起身並親吻她的手。等他離開後，茱莉亞將門閂上並更衣上床。她只留著頭頂上的閱讀燈，其他的燈全都關掉。她開始閱讀時，突然傳來一陣敲門聲。

「誰？」

「不好意思，打擾妳了，但我把牙刷忘在洗手檯上了，我可以進去拿嗎？」
「我已經在床上了。」
「如果我沒刷牙，就沒辦法入睡。」
「噢，好吧，起碼他是乾淨的人。」茱莉亞心想。
茱莉亞聳聳肩，手伸向車廂門並拉開門閂。在這種情況下，如果表現得太過拘謹就會顯得愚蠢。西班牙人進來之後便走進洗手間，然後馬上走出來，手中揮舞著他的牙刷。她剛才刷牙時其實有看到那支牙刷，但她以為是隔壁車廂的人忘了拿走，因為彼此相鄰的臥鋪車廂共用一個洗手間。西班牙人似乎盯著酒瓶。
「我有點口渴，妳介意請我喝杯香檳嗎？」
茱莉亞沉默了不到短短一秒，畢竟這是他的香檳和他的臥鋪。呃，好吧，既然如此，就一不做二不休。
「我當然不介意。」
他替自己倒了一杯酒，點燃一支香菸，然後在她的床邊坐下。她稍微挪挪身子，給他更多空間可坐。他很自然地接受她的好意。
「妳在剛才那個車廂裡不可能睡得著。」他說：「那裡有個男人呼吸聲很吵，我還寧可他打鼾，如果他只是打鼾，你還可以叫醒他。」
「我真抱歉。」
「噢，沒關係。最壞的情況，就是我躺在妳門外的走廊上睡覺。」
「他不可能指望我邀請他進來車廂裡和我一起睡吧？」茱莉亞暗忖，「我開始懷疑這是他設計好的。年輕人，想都別想。」然後她大聲地表示：「這聽起來很浪漫，可是應該很不舒服。」

「妳是個非常有魅力的女人。」

茱莉亞很慶幸自己身上的這件睡衣很漂亮，而且她剛才沒有在臉上塗面霜。事實上，她根本沒有卸妝，她的嘴唇依然鮮紅。在她身後的閱讀燈照射下，她很清楚自己看起來並不糟。她諷刺地回答他：

「如果你以為你把臥鋪車廂讓給我，我就會允許你和我同床，那麼你就錯了。」

「正如妳所說的，我確實這麼想。但是有何不可呢？」

「我不是那種非常有魅力的女人。」

「那麼妳是什麼樣的女人呢？」

「一個忠實的妻子，一個忠誠的母親。」

他輕輕嘆了一口氣。

「好吧，那就祝妳晚安。」

他在菸灰缸上熄滅菸頭，牽起她的手並親吻一下。他的嘴唇慢慢地沿著她的手臂往上移動，這個舉作讓茱莉亞萌生一種有趣的感覺，因為他的鬍子輕輕地騷著她的肌膚。接著他俯身親吻了她的唇。他的鬍子有一點霉味，讓她覺得很特別，但不確定這種味道讓她產生反感還是感到興奮。她想到自己從未被蓄鬍的男人親吻過，有一種怪怪的感覺，這個吻似乎格外淫穢。

他突然關掉了閱讀燈。

直到一絲曙光從拉下的百葉窗縫照進車廂，提醒他們天色已經破曉，西班牙人才離開臥鋪車廂。茱莉亞在道德方面與肉體方面都感到精疲力竭。

「等我抵達坎城時，樣子看起來一定非常狼狽。」

她覺得自己實在太冒險了！他可能會謀殺她或偷走她的珍珠項鍊。她想像自己可能遭受的危險，這才突然感到害怕。由於他也將前往坎城，萬一他在那裡宣稱自己認識她，她該如何向朋友們解釋她與他的關係？她相信朵莉一定不會喜歡他。他可能會試著勒索她。如果他想與她再發生一次親密接觸，她該怎麼辦？他十分熱情，這點無庸置疑。他問了她在坎城要住哪裡，她雖然沒告訴他，但如果他四處打聽，一定有辦法找到她。在坎城那種地方，幾乎不可能不遇到他。他可能會纏著她不放。如果他真的如他所說的那麼愛她，一定會一直黏著她。而且外國人都不能信任，他可能會大吵大鬧。唯一值得慶幸的，是他在坎城只待到復活節結束。她可以假裝自己太累，告訴朵莉她想待在別墅裡靜靜休息。

「我怎麼會這麼傻？」她憤怒地喊道。

朵莉會到車站來接她，如果他傻呼呼地跑來向她道別，她可以告訴朵莉他好心地將自己的臥鋪車廂讓給她。這麼說不會有什麼問題，盡量說實話比較好。在坎城下車的乘客非常多，茱莉亞走出車站並坐上朵莉的車，始終沒有看到西班牙人的身影。

「我今天沒有安排活動。」朵莉說：「我想妳可能會覺得累，而且我希望我們可以獨處二十四個小時。」

茱莉亞感激地捏捏朵莉的手臂。

「那太好了。我們就在別墅裡休息，保養一下臉部肌膚，並且聊聊八卦。」

但是第二天朵莉安排她們出去吃午餐，並且與招待她們的朋友約在十字大道[76]的一間酒吧喝雞尾酒。那天天氣很好，晴朗、溫暖且陽光明媚。她們下車之後，朵莉告訴司機待會兒到哪裡接她們，茱莉亞則站在一旁等朵莉。突然間，茱莉亞的心跳了一下，因為她看見那個西班牙人正朝著她走來。他身旁的女子緊緊勾住他的手臂，而他的另一隻手牽著一個小女孩。她來不及轉身迴避，朵莉就走了過來，與她一起穿越人行道。西班牙人與她們擦肩而過，看了她一眼並繼續往前走，似乎沒有認出她來，可能是因為他正和勾著他手臂的女子熱烈交談。在那一瞬間，茱莉亞明白了他和她一樣不想見到對方。那名女人和那個小女孩顯然是他的妻子和女兒，他來坎城與她們共度復活節。茱莉亞覺得如釋重負，現在她可以無所畏懼地好好享受假期了。她陪朵莉去酒吧的時候，覺得男人都很噁心，完全不能相信男人。一個擁有美麗妻子與可愛女兒的男人，竟然會在火車上勾搭女人，實在太無恥了，她還誤以為他很正派。

隨著時間經過，茱莉亞的氣憤也緩和了許多。她時常帶著極大的樂趣回憶那次充滿冒險的經歷，畢竟那是一件有趣的事。有時候她會讓自己天馬行空地做白日夢，回想那個奇特的夜晚所發生的事。他是令人滿意的情人，等她老了之後，這將是一件值得回顧的往事。他的鬍鬚讓她留下深刻的印象，不僅因為鬍鬚搔著她的臉，讓她有怪怪的感覺，也因為那股略帶霉味的味道，既令人厭惡，又怪異地使她興奮。許多年來她一直在尋找蓄鬍的男人，她認為如果有哪個蓄鬍男子向她求婚，她絕對無法拒絕。然而現在很少男人留鬍子，這對她來說是件好事，因為她光看到蓄鬍的男性就會全身無力，幸好沒有鬍子男來向她搭訕。她很想知道那個西班牙人是誰。一兩天後她在賭場看到他在牌桌上玩牌，便偷偷問了幾個人是否認識他，結果沒有人認

76 十字大道（Promenade de la Croisette）：法國坎城的主要道路，位於地中海沿岸，總長約兩公里。

識，他就一直以無名氏的身分停留在她的回憶中，根深蒂固地留著。奇怪的巧合是，她也不知道那個對她做出輕薄舉動的年輕人的名字。這讓她覺得有趣。

「如果我早知道他們會對我過分親密，我起碼會要求他們先給我一張名片。」

茱莉亞帶著這種想法，心情愉快地睡著。

第十三章

過了幾天，某個早晨茱莉亞躺在床上讀劇本時，僕人從樓下打電話上來，問她願不願意與芬納爾先生通話。由於這個名字對茱莉亞而言毫無意義，當她正要回絕時，才突然想到對方可能是她那場小冒險的年輕人。在好奇心驅使下，她要僕人把電話接上來。她馬上認出他的聲音。

「妳答應會打電話給我。」他說：「可是我不想等了，所以打電話給妳。」

「這幾天我非常忙。」

「我什麼時候可以再見到妳？」

「只要我有空的時候。」

「今天下午可以嗎？」

「我今天有日場演出。」

「日場結束後到我家喝茶。」

她笑了。（「不了，年輕人，你這招沒辦法騙我第二次。」）

「我沒辦法。」她回答：「我會待在更衣室裡休息，準備晚場的演出。」

「我可不可以在妳休息的時候去找妳？」

她猶豫了一會兒，也許讓他來是最好的解決方法。伊芙會在更衣室裡進進出出，菲利浦斯小姐七點會來按摩，他不可能使壞。這是好機會，由於他真的很可愛，所以她可以親切但堅定地告訴他，那天下午發生的事不可能再次發生。她解釋時會精心措辭，告訴他那件事非常不合理。他必須答應她，從他腦中抹去那件事的記憶。

「好吧。你五點半過來，我請你喝杯茶。」

在茱莉亞忙碌的生活中，她最喜歡日場和晚場演出之間在更衣室裡休息的那三個小時。身旁沒有其他的演員，有伊芙照料她的需求，還有劇院守門人保護她的隱私。她的更衣室就像一艘船的船艙，通往世界還有很長的距離，讓她得以享受與世隔絕的感覺。她會有一種迷人的自由，讓她小睡一會兒，閱讀一會兒，或者躺在舒服的沙發上胡思亂想一會兒。她會回顧自己在這齣戲裡扮演的角色以及過去曾扮演過最喜歡的角色，還會想想她的兒子羅傑。愉快的白日夢在她的腦中悠閒地遊盪，就像戀人們在綠林間徘徊。她喜歡法國詩歌，有時候她會對著自己誦讀魏爾倫[77]的詩句。

準時在五點半的時候，伊芙拿了一張名片進來，「湯姆．芬納爾先生來拜訪妳。」伊芙讀著名片上的名字。

「請他進來，去準備茶點。」

茱莉亞已經決定要如何對待湯姆，她會表現得親切但又疏離。她會對他的工作表達興趣並詢問他的考試，然後和他聊聊羅傑。羅傑今年十七歲，一年後就要去劍橋大學念書了。她會巧妙地暗示自己的年紀可以成為他的母親，並表現出彷彿他們之間從未發生任何事，然後就打發他離開。他再也見不到她，除了在觀眾席中看她演戲。他會半信半疑地認為整件事只是他虛構的幻想。然而，當她見到他時，他看起來如此微不足道，臉頰因興奮而脹紅，還有那雙湛藍色的雙眼及迷人的孩子氣，都讓她突然感到一陣折磨。伊芙在他進入更衣室之後就關上門離開，茱莉亞躺在沙發上，向湯姆伸出雙手，臉上帶著有如雷卡米耶夫人[78]的親切笑容，但他卻用力地跪到地上，熱情地親吻她的嘴。她也情不自禁地摟住他的脖子，熱情地回吻他。

（「噢，我不是已經下定決心了嗎？我的老天，我絕對不能愛上他。」）

「看在老天的份上，你快點坐下吧，伊芙馬上就會端茶進來了。」

「妳叫她不要進來打擾我們。」

「你這句話是什麼意思？」但他的意思很明顯，她的心跳開始加速，「這太荒謬了，我不可能答應你，而且麥可隨時會進來。」

「我想要妳。」

「你覺得伊芙會怎麼想？冒這種風險未免太愚蠢了。不行，不行，不行。」

敲門聲傳來，伊芙端著茶走進來。茱莉亞吩咐她把茶几搬到沙發旁，然後在茶几另一頭擺張椅子給這個年輕的客人坐。她刻意與伊芙說了很多沒有必要的事，並感覺到他一直看著她。他的目光跟著她的手勢及臉部表情快速移動。她迴避他的視線，但感受到她與他的焦慮，而且渴望著他的渴望。她心煩意亂，發現自己說話的聲音聽起來很不自然。

（「我到底是怎麼回事？老天，我幾乎無法呼吸了。」）

---

77 保羅．魏爾倫（Paul Verlaine，一八四四—一八九六）：法國象徵派詩人。

78 雷卡米耶夫人（Madame Récamier，一七七七—一八四九）：法國的社交名媛，在法蘭西第二共和國建立的第二年死去。

當伊芙走到門口時，湯姆做出一個手勢，雖然伊芙並沒有真的看見，但是基於本能察覺到他的動作，因此看了他一眼，他頓時嚇得臉色發白。

「噢，伊芙，」茱莉亞說：「這位先生想和我談談一齣戲，請不要讓任何人來打擾我，我需要妳的時候會叫妳一聲。」

「好的，小姐。」

伊芙走出更衣室並關上門。

（「我是個傻瓜。我真是該死的傻瓜。」）

他移開茶几，然後跪在地上，將她擁入懷中。

在菲利普斯小姐抵達前一刻，茱莉亞把湯姆打發走了。等他一離開，茱莉亞就叫伊芙進來。

「那齣戲有趣嗎？」伊芙問。

「什麼戲？」

「他和妳討論的那齣戲。」

「他很聰明。當然，他還很年輕。」

伊芙低頭看看梳妝檯。茱莉亞所有的東西都擺放在固定的位置，如果一瓶保養油或一支睫毛膏沒有放在原本的位置，茱莉亞就會大發雷霆。

「妳的梳子呢？」

湯姆剛才拿茱莉亞的梳子梳頭，不小心把它放在茶几上了。伊芙找到梳子時，盯著它沉思了一會兒。

「梳子怎麼會出現在那個地方呢？」茱莉亞故意輕聲喊道。

「我也覺得奇怪。」

伊芙把梳子放回原處。茱莉亞有點緊張，畢竟在更衣室裡做那種事實在很瘋狂，因為更衣室的門沒有鎖。儘管如此，冒一點險可以讓生活多點樂趣。一想到自己可以如此瘋狂，茱莉亞就覺得非常有趣。不管怎麼說，她和湯姆約好了。她問湯姆他父母都怎麼稱呼他，他說他們叫他湯瑪斯，但她不想這樣叫他。湯姆打算帶她去可以跳舞的地方吃宵夜，碰巧麥可今晚要去劍橋替一些大學生彩排他們寫的獨幕劇，他會在劍橋住一晚，因此她可以與湯姆共度幾個小時。

「妳可以和我遠走高飛。」湯姆說。

「那我明天的演出怎麼辦？」

「先不要想那麼多。」

她不讓湯姆到劇院接她。她抵達他們選定的餐廳時，他已經在大廳等她了。他一看見她來，整個人眉飛色舞。

「妳來晚了。我真擔心妳突然變卦。」

「對不起，今晚演出結束後有一些討厭的傢伙圍過來，我沒辦法擺脫他們。」

但事實並非如此。她整個晚上都像初次參加舞會的小女孩一樣興奮，因此忍不住覺得自己多麼荒謬。當她卸下舞台妝然後為了赴宵夜之約而再次化妝時，她怎麼化都不滿意。她塗上藍色的眼影，然後卸掉；她抹上腮紅，然後擦掉，換抹另一種顏色。

「妳到底在做什麼？」伊芙問她。

「我想讓自己看起來像二十歲，妳這個笨蛋。」

「如果妳繼續花時間嘗試，妳看起來就會像妳的實際年齡。」

茱莉亞從未看過湯姆穿正式禮服，此刻的他看起來整整齊齊。雖然他的身高沒有超過平均水準，但是他纖瘦的身材使他看起來頗高。儘管他刻意表現出成熟男性的氣質，可是他點餐時面對服務生卻顯得有點羞怯，這讓她有些感動。他們共舞，可是他跳得不太好，不過她覺得他稍微笨拙的模樣相當迷人。有些人認出茱莉亞，她發現湯姆很享受那些人羨慕的眼神。有一對原本在跳舞的年輕夫婦走到他們的桌前，向茱莉亞打招呼。等他們離開之後，湯姆問：

「那不是丹諾倫特勛爵和他的夫人嗎？」

「是的，喬治．丹諾倫特還在讀伊頓公學時，我就已經認識他了。」

湯姆的目光緊隨著他們的背影。

「她是西西莉．勞斯頓夫人，對不對？」

「是嗎？我不太記得。」

茱莉亞對丹諾倫特夫人不感興趣。過了幾分鐘，另一對夫婦從他們身邊經過。

「妳看，那是列帕德夫人。」

「她是誰？」

「妳不記得嗎？幾個星期前他們在位於柴郡的家舉辦了一場大型派對，連威爾士親王也去參加。《旁觀者》[79]雜誌報導了這場盛事。」

噢，原來他是這樣得到各種資訊的。可憐的小甜心，他在報章雜誌上閱讀關於名人的資訊，然後偶爾在餐廳或劇院裡親眼看到那些名人。當然，他一定很興奮，甚至覺得浪漫。要是他知道他們有多麼無趣就好了！湯姆對那些出現在畫報上的人物懷抱著天真的熱情，讓他顯得十分純真。茱莉亞以溫柔的眼神看著他。

「你以前帶女演員出來吃過宵夜嗎？」

他羞紅了臉。

「沒有。」

茱莉亞不希望讓湯姆付帳，她覺得這頓飯的費用比他一星期的薪資還高，但是她知道如果她說由她來付，會傷害他的自尊。她隨口問了一下時間，他基於本能地看看自己的手腕。

「我忘了戴手表。」

她以探問的眼神地盯著他。

「你是不是把手表拿去典當了？」

他又臉紅了。

「不是，我只是今天出門時太匆忙了。」

她看他的領帶就知道他出門時一點也不匆忙。他騙她。她得知他為了請她吃宵夜而典當手表，感動得說不出話來。她差點就想將他擁入懷中，並且親吻他的藍色眼眸。她真的很喜歡他。

「我們走吧。」她說。

他們搭車回到他位於塔維斯托克廣場的那間兼當客廳的臥房。

79《旁觀者》（*Bystander*）：是英國的小報雜誌，創立於一九〇三年。一九四〇年結束發行，被《尚流》雜誌（*Tatler*）所併購。

第十四章

第二天，茱莉亞到卡地亞買了手表送給湯姆．芬納爾，而不是替他贖回被他典當的手表。過了兩三個星期，她發現湯姆的生日將至，又送給他一個純金的菸盒。

「妳知道嗎？我一直很想要這種菸盒。」

她覺得他的眼中似乎盈著淚光。他熱情地吻她。

接著她又以各種理由送給他珍珠領釦、袖釦和背心鈕釦。送禮物給他讓她自己也覺得無比開心。

「我沒辦法送妳禮物，實在很糟糕。」湯姆說。

「把你為了請我吃宵夜而拿去典當的手表送給我吧。」

那是一支小小的金表，價格可能不超過十英鎊，但是偶爾戴上它讓她覺得很有趣。

他們第一次一起吃宵夜之後，茱莉亞才發現自己愛上湯姆了。她覺得很驚訝，但也相當興奮。

「我還以為自己再也沒有機會墜入情網。當然，這段戀情不可能持久，但我還是可以從中獲得樂趣。」

她決定再次邀請湯姆來史坦霍普廣場做客。過了不久，機會出現了。

「你還記得你那個很年輕的會計師嗎？」茱莉亞對麥可說：「他叫做湯姆．芬納爾，前幾天我出去吃宵夜時遇到他。我邀請他下個星期天來吃飯，因為我們還缺少一位男客。」

「噢，你覺得他能適應那種場合嗎？」

他們星期天將舉辦一場盛大的派對，正因如此，茱莉亞才想要邀請湯姆過來。她認為如果能讓湯姆親眼見到一些他只能從報章雜誌上看見的名人，他一定會非常高興。她已經意識到他有一點點虛榮，但這是好事，她可以為他介紹他想認識的時尚名流。茱莉亞十分精明，她知道湯姆並不愛她，湯姆之所以與她有染，純粹只是為了滿足虛榮心。他是個性欲旺盛的年輕人，喜歡與人發生性關係。從他的暗示以及她逼他吐露的種種，她得知他從十七歲開始就已經和很多女人上過床，而且他和她們上床是因為他喜歡做愛而非喜歡那些女人。他把做愛當成全世界最大的樂趣。她能理解為什麼他有辦法吸引那麼多女性，他纖瘦的身材有其迷人之處。他的身體沒有贅肉，穿起衣服非常好看。他乾乾淨淨的清新樣貌也相當具有魅力。他整個人融合了羞怯與放肆，令人難以抗拒。在床上被當成小女孩般任意擺布，會讓女性擁有一種奇特的滿足感。

「當然，他所擁有的就是性吸引力。」

茱莉亞知道湯姆之所以迷人，是由於他還年輕。隨著年齡漸長，他將會變得乾癟又憔悴，臉頰上的迷人紅暈會變成日落時的紫光，嬌嫩的肌膚也會變蠟黃滿是皺紋。不過，一想到她所愛的那些特質只能維持如此短暫的時間，就讓她更想要溫柔地對待他。她對他有一種特殊的憐惜。既然他擁有滿滿的青春，她就盡情享用他青春的肉體，像小貓舔光碗裡的牛奶。他不是有趣的人，雖然茱莉亞分享有趣的事情時他會發笑，但他不會說有趣的事。茱莉亞不介意這一點，她覺得他的沉悶給她一種平靜感。有他的陪伴，讓她感覺到前所未有的輕鬆愉快。他們兩人相處時，她可以負責當聰明優秀的那一個。

很多人對茱莉亞說，她看起來似乎年輕了十歲，演技也變得更加出色。她知道他們說得沒錯，她也知道原因。這些評論提醒她應該小心謹慎，她必須保持頭腦清醒。查爾斯．泰默利總說女演員需要的並不是智慧，而是感性，他說的可能沒錯。也許她不甚聰明，可是她的情感充滿警覺，而且她信任自己的感覺。她的感覺告訴她，她絕對不能對湯姆說她愛他。她小心地向他表明自己對他沒有要求，他可以做自己想做的事。她採取一種認為這整件事只是胡鬧的心態，雙方都不應該太過認真，但其實她不遺餘力地想將他和她綁在一起：他喜歡派對，她就帶他去參加派對，並且要朵莉和查爾斯．泰默利邀請他共進午餐；他喜歡跳舞，她就想辦法替他弄到各種舞會的邀請函。為了他，她會親自參加那些舞會，並且待一個小時左右。她注意到當他看見人們特別招呼她時，臉上就會露出滿足的表情，也知道他喜歡與名人共處一室，因此特意介紹他認識許多有名望的人。很幸運的，麥可也很欣賞湯姆。麥可喜歡說話，而湯姆是很好的傾聽者。湯姆在自己的專業領域中也很有一套，有一天麥可對茱莉亞說：

「湯姆是個聰明的傢伙，他很懂所得稅。他已經教我如何在下一筆收益中省下兩三百英鎊的稅金。」

正在物色新演員的麥可，晚上經常帶湯姆去看戲，有時候在倫敦，有時候在郊區。他們會在茱莉亞演出結束後去找她，然後三人一起吃宵夜。麥可有時候會邀請湯姆在星期天和他一起去打高爾夫球，打球後如果沒有派對要參加，麥可就會帶湯姆回家吃晚餐。

「我很高興有個年輕人在我身旁。」麥可說：「這可以防止我老化。」

湯姆在他們家玩得很開心，他會陪麥可一起玩雙陸棋，或者陪茱莉亞玩接龍。每當他們聽留聲機時，負責換唱片的人都是他。

「他可以和羅傑變成好朋友。」麥可說：「湯姆很聰明，而且年紀比羅傑大，應該可以對羅傑有些正面的影響。妳何不邀請他與我們一起共度假期呢？」

（「幸好我是優秀的演員。」）不過茱莉亞還是得努力自制，不讓自己的聲音流露欣喜，也不讓自己的表情展現令她心臟狂跳的歡騰，「這個主意還不錯。」她回答：「如果你希望我邀請他，那麼我就邀他來。」

麥可在塔普洛[80]買了一間房子，當成他們避暑的度假屋。由於他們那齣戲會一直演到八月底，所以茱莉亞晚上還得登台，麥可有時也得回倫敦工作，不過他們白天和星期天都可以待在位於鄉間的塔普洛。湯姆可以休兩個星期的假，他欣然接受他們的邀請。

之前有一天，茱莉亞發現湯姆變得異常沉默。他臉色蒼白，不見平時的神采飛揚。她知道有些事情不對勁，可是他不肯告訴她出了什麼事，只表示自己憂心忡忡。到最後她才逼他說出真相：他承認自己負債纍纍，被許多商家討債。她帶領他進入的生活型態，使他花費超出負擔能力的金錢，而且他覺得自己穿廉價衣物去參加她帶他去的盛大派對太丟臉，於是找了收費昂貴的裁縫師訂製許多套新西裝。他跑去賭馬，希望能贏錢還債，結果他下注的馬跑輸了。他積欠的債務對茱莉亞而言只是一小筆錢，一百二十五英鎊。她覺得任何人為這種小事而心煩意亂實在太荒謬了，立即表示她會給他這筆錢。

「噢，不行。我不能向女人拿錢。」

---

80 塔普洛（Taplow）：位於英國白金漢郡（Buckinghamshire）的村莊。

他臉紅了，光想到自己這麼做就令他感到羞愧。茱莉亞用盡所有的方式哄他，包括好言相勸、假裝自己被他冒犯，甚至還哭了一會兒。最後，他像是幫了茱莉亞一個大忙似的同意向她借錢。隔天茱莉亞寄給他一封信，隨信附上二百英鎊的鈔票。他打電話給她，表示她寄來的錢遠遠超出他所需要的金額。

「噢，我知道人們總會把自己的負債金額說得少一點。」茱莉亞笑說：「我敢肯定你欠的錢比你說的還多。」

「我向妳保證絕對沒有。妳是我全天下最不願意欺騙的人。」

「那就把多餘的錢留著將來用吧。我不喜歡我們出去吃宵夜時都由你付帳，還有搭計程車的花費等等。」

「不行。我說真的，這太丟人了。」

「胡說八道！你明明也知道，我的錢多到不知道該怎麼花。如果花一點錢幫助你能帶給我快樂，你覺得這樣不好嗎？」

「妳人真的太好了。妳不知道這讓我得到多大的解脫，我不知道該怎麼感謝妳。」

不過他的語氣聽起來還是很苦惱。可憐的小傢伙，他的觀念太傳統了。給湯姆錢這件事帶給茱莉亞一種前所未有的刺激感，這一點千真萬確。她腦子裡還有另外一件事要辦，她覺得可以在湯姆到塔普洛度假的那兩個星期中輕鬆辦到這件事。她原本覺得湯姆在塔維斯托克廣場的那間兼當客廳的臥房髒亂得十分迷人，簡陋的家具也深深打動她的心，然而時間已經磨蝕了那些動人的特質。她曾經有一兩次在那棟房子的樓梯間遇到湯姆的鄰居，她覺得那些人以奇怪的眼神看她。有個很邋遢的管家替湯姆整理房間並準備早餐，茱莉亞覺得那個管家一定知道她與湯姆的關係，而且偷偷監視她。有一次，茱莉亞待在湯姆的小公寓裡，發現有人試著轉動鎖上的門把，當她走出去時，看見那個管家正在打掃樓梯的扶手，還沒好氣地瞪了茱莉亞一眼。茱莉亞不喜歡那裡的樓梯間有一股食物腐臭的氣味，而且她敏銳的眼睛很快就發現湯姆的房間不太乾淨：窗簾很骯髒、地毯很破舊、家具很劣質，這一切都令她心生厭惡。碰巧麥可一直在尋找良好的投資標的，剛在史坦霍普廣場附近買了一排車庫。他覺得只要把自己用不到的車庫租出去，他自己使用的車庫就等於免費。由於那排車庫的空間很大，他將多餘的空間裝修為兩間小公寓，一間讓他們的司機使用，另一間準備出租。待租的公寓日前是空的，茱莉亞建議湯姆租下來，這麼一來將會非常美妙，湯姆下班回家後，她可以溜去找他一個小時；她晚場的戲結束後，也可以順路過去坐一會兒，沒有人會發現，他們可以自由自在。茱莉亞對湯姆說，如果他們自己布置那間公寓會很有趣，而且她相信她和麥可家裡還有很多用不到的家具，如果他願意接手，等於幫了他們一個忙。至於不足的家具，他們可以一起購買。這項提議讓湯姆相當心動，可是他實在租不起。租金雖然不高，但已經超出他的能力範圍。茱莉亞明白這一點，也明白如果她表示要替他付房租，他會憤慨地拒絕。不過她認為在塔普洛無所事事、享受奢華的這兩個星期，有助於她化解他的顧慮。她看得出來這個主意對湯姆有多大的誘惑力，因此毫不懷疑自己能想出一些方法來說服他。如果湯姆接受茱莉亞的提議，得到好處的人其實是茱莉亞自己。

「人們想做什麼並不需要理由。」她心想，「需要的是藉口。」

茱莉亞興奮地期待湯姆來到塔普洛。早上和湯姆到河邊散步，下午一起坐在花園裡休息，感覺一定非常美好。但因為羅傑也在，茱莉亞下定決心絕對不和湯姆做出踰矩的事，她會保持該有的端莊。能和湯姆幾乎整天膩在一起，感覺一定像置身天堂。她有日場演出的時候，湯姆可以和羅傑一起玩。

然而事情的發展完全不如她的預期，她萬萬沒想到羅傑和湯姆會那麼欣賞彼此。他們兩人相差五歲，她原以為（如果她原本有想過這件事的話）湯姆會把羅傑當成小朋友。他當然會表現得很友善，但可能會把羅傑當成跑腿的小弟，而且當他不想被打擾時，就會叫羅傑自己去玩。羅傑已經十七歲了，他長得很好看，有一頭紅色的頭髮和一雙藍色的眼睛，但是他的優點就只有這麼多。他沒有遺傳到他母親的活潑與靈活，也沒有遺傳到他父親的精緻五官，因此茱莉亞對他有一點失望。羅傑小時候很可愛，經常與茱莉亞合照。他現在有點木訥，而且看起來很嚴肅。這是真的，當人們看到他時，會覺得他唯一的優點是他的牙齒和頭髮。茱莉亞非常愛他，不過她覺得他實在有一點無趣。當茱莉亞和他單獨相處時，總覺得時間過得特別慢。對於她以為他會感興趣的事物，例如板球之類的東西，她會刻意表現出熱情，可是他對那些事物卻似乎不怎麼感興趣。她很擔心他不夠聰明。

「當然，他還年輕。」她滿懷希望地說：「也許隨著年齡增長，他會有一點進步。」

自從羅傑開始上預科學校之後，茱莉亞就很少見到他。羅傑放假時，茱莉亞晚上要登台演戲，所以他只能和父親或者男性朋友出去；到了星期天，他會和父親一起打高爾夫球。倘若茱莉亞碰巧要到外面吃午餐，可能就會有兩三天見不到羅傑，除了早上他會到她的房間來待幾分鐘。很可惜他無法永遠是個可愛又好看的小男孩，可以在不打擾她的情況下在她的房間裡玩耍，或者用雙臂摟著她的脖子、面帶微笑地對著鏡頭與她合照。她偶爾會去伊頓公學看他，和他一起喝下午茶。讓她受寵若驚的是，他在宿舍房間裡擺了幾張她的照片。她發現她到伊頓公學時會引起一陣騷動，舍監布拉肯布里吉先生也對她非常客氣。由於麥可和茱莉亞在羅傑學期結束前已經先抵達塔普洛，因此羅傑就直接從學校到塔普洛與他們碰面。茱莉亞激動地親吻羅傑，可是羅傑對於放假並不如她預期中的那麼興奮。他表現得很隨興，而且似乎突然變得非常世故。

他不久後就告訴茱莉亞，他打算在聖誕節的時候離開伊頓公學，他覺得自己在那裡已經學會他能學到的一切。他想去維也納住幾個月並且學習德語，然後再進入劍橋大學。麥可曾經希望他從軍，但是他堅持不要。他還不知道自己將來想要做些什麼。茱莉亞和麥可一開始都很擔心他將來想成為舞台劇演員，但他顯然沒有這種意願。

「反正他也成就不了什麼大事。」茱莉亞說。

羅傑以自己的方式過生活。他會到河邊散步，或是在花園裡躺在涼椅上看書。在他十七歲生日那天，茱莉亞送他一輛非常時髦的敞篷車，他以飛快的速度駕著這輛敞篷車在鄉間四處馳騁。

「值得安慰的是，他完全不會打擾別人。」茱莉亞說：「他看起來很能自得其樂。」

每個星期天他們都會邀請很多人來做客，受邀者大部分是演員和女演員，偶爾會有劇作家，還有一些身分地位顯赫的朋友。茱莉亞覺得舉辦這些派對很有趣，而且她知道大家都很喜歡到他們家來。羅傑放假回家後的第一個星期天，塔普洛來了一大堆客人。羅傑對客人非常客氣，像個經驗老道的人履行身為主人的責任，但茱莉亞認為他以一種怪異的方式表現冷漠，彷彿扮演著某個他未能全心投入的角色。她有一種不安的感覺，覺得他並沒有接受那些客人，而是冷淡地評判他們。她覺得羅傑完全不在乎他們。

湯姆決定在下個星期六來訪。當天茱莉亞演完戲之後，就載著湯姆一同前往塔普洛。那晚的月色皎潔，在一小時的車程中，路上完全沒有看到其他車輛。這段車程讓茱莉亞心醉神迷，希望能這條路能永遠延續下去。她依偎在湯姆身上，他在黑暗中不時地親吻她。

「你快樂嗎？」她問。

「當然。」

麥可和羅傑都已經上床睡覺了，但僕人已在餐廳備好宵夜等他們。靜悄悄的屋子給他們一種未經允許就闖入的感覺。他們就像兩個流浪者，在夜色中漫步到一間陌生的房子，發現裡面有一大堆食品，這實在非常浪漫，有一點《一千零一夜》的故事氛圍。茱莉亞帶湯姆到他的房間，然後就回房上床睡覺。湯姆的房間在羅傑的房間隔壁。第二天茱莉亞睡到很晚才醒來，那天的天氣很好。為了獨佔湯姆，她沒有邀請其他客人來。等她換好衣服之後，她可以找他一起去河邊散步。她吃了早餐，洗了澡，穿上適合她也適合在天氣晴朗時到河邊散步的白色連衣裙，並戴上大大的紅色草帽，這頂草帽顏色鮮艷，在她臉上映出溫暖的光采。她化上淡淡的妝，看著鏡中的自己，滿意地露出燦笑。她看起來真的非常年輕漂亮。她漫步到花園，花園有一片延伸到河邊的草坪。她看見麥可獨自一人坐在草坪上，身邊散著星期天的報紙。

「我還以為你去打高爾夫球了。」

「我沒去，他們兩個年輕人自己去。我覺得，讓他們自己去玩，他們會玩得更開心。」麥可親切一笑，「他們對我而言有點太過精力充沛了，他們今天早上八點就跑去游泳，然後吃完早餐立刻坐羅傑的車去打球。」

「我很高興他們已經變成朋友了。」

茱莉亞這句話是出自真心。雖然她對於無法與湯姆一起在河邊散步感到有點失望，但是很希望羅傑能喜歡湯姆。她覺得羅傑不容易喜歡別人。反正她接下來還有兩個星期的時間可以與湯姆在一起。

「坦白說，他們讓我覺得自己是該死的中年人。」麥可說。

「胡說八道，你比他們兩人都還要好看得多，你知道的，我的寶貝。」

麥可微微地抬高下巴並縮起肚子。

那兩個年輕人直到午餐快準備好才回來。

「對不起，我們回來晚了。」羅傑說：「今天球場人太多，我們在每個發球台幾乎都得等上一會兒。我們兩人打了平手。」

他們既餓又渴，既亢奮又開心。

「今天沒有客人來，實在太好了。」羅傑表示：「我真擔心您又找了一大群人來，這樣我們就必須表現得像個小紳士。」

「我覺得休息一下也不錯。」茱莉亞說。

羅傑看了她一眼。

「休息一下對您會有好處的，媽媽。您看起來很累。」

（「這孩子的眼睛瞎了嗎？不行，我不能表現出不高興的樣子。感謝老天，我是優秀的演員。」）

她露出愉悅的笑容。

「我一整晚都沒睡，擔心你臉上那些雀斑該怎麼辦。」

「對啊，我的雀斑是不是很難看？湯姆說他以前也有雀斑。」

茱莉亞看著湯姆。他穿著領口敞開的網球衫，頭髮亂亂的，臉頰已經被太陽晒紅，模樣十分年輕。他看起來真的不比羅傑年長多少。

「不過他的鼻子快被太陽晒脫皮了。」羅傑笑著說：「到時候他也會很醜。」

茱莉亞感到有點不安。她覺得湯姆似乎擺脫了歲月，不僅在年齡方面變得與羅傑相近，就連其他方面也是如此。他們聊了很多無聊的廢話，而且食量很大，還各自喝了一大杯啤酒。麥可像平常一樣節制飲食，但是樂津津地看著他們大吃大喝，也享受著他們的青春活力。茱莉亞覺得麥可就像趴在陽光下的老狗，尾巴輕輕拍打地面，眼睛看著兩隻小狗在牠身邊嬉戲。他們一行人到草坪上喝咖啡，茱莉亞發現坐在樹蔭下看著河流感覺非常舒服。湯姆穿著白色長褲，顯得既苗條又優雅。她以前從未看過他抽菸斗，這讓她萌生一種奇妙的感動，可是羅傑卻嘲笑湯姆。

「你抽菸是因為你覺得這麼做比較富有男子氣概，還是因為你真心喜歡抽菸？」

「少管閒事。」湯姆說。

「你的咖啡喝完了嗎？」羅傑又問。

「喝完了。」

「來吧，我們去划船。」

湯姆遲疑地偷看茱莉亞一眼，但被羅傑發現。

「噢，沒關係的，你不用擔心我那受人尊重的父母，他們可以待在這裡閱讀星期天的報紙。我那艘平底船是我母親不久前送我的。」

（「我必須控制我的脾氣。我必須控制我的脾氣。我為什麼這麼傻，竟然送羅傑一艘平底船？」）

「你們去吧。」她臉上帶著寵溺的笑容說：「快去划船吧。小心不要掉進河裡了。」

「就算我們掉進河裡也不會有事的。我們會回來喝下午茶。爸爸，網球場的線畫好了嗎？我們喝完下午茶之後要去打網球。」

「我相信你父親可以找到球伴，陪你們打雙打。」

「噢，不必麻煩了。單打比較有意思，運動量也更足夠。」羅傑表示。湯姆接著說：「我們來比賽，看誰先跑到船屋。」

他說完後一躍而起，開始奔向船屋，羅傑見狀也立刻追趕而去。麥可拿起報紙，並尋找他的老花眼鏡。

「他們相處得很融洽，不是嗎？」

「顯然非常融洽。」

「我原本擔心羅傑和我們在一起會很無聊，現在有人可以陪他玩，對他而言是件好事。」

「你不覺得羅傑很不體貼嗎？」

「妳是指網球嗎？噢，親愛的，我根本不在乎打不打網球。這兩個年輕人想一起打球是很自然的。從他們的角度來看，我是個老人，他們覺得我只會耽誤他們。總之，他們玩得開心最重要。」

茱莉亞聞言深深懊悔。麥可是個無趣又吝嗇的人，很容易自我滿足，但他是多麼善良、多麼無私！他不會嫉妒別人，而且只要不必花錢，他很樂意讓別人開開心心。他就像一本打開的書，她能輕易了解他的心思。他的想法都很平淡無味，但從另一方面來看，他也從來沒有任何不正當的念頭。最氣人的地方是，他明明有這麼多值得她深愛的優點，她卻覺得他無趣至極、令人生厭。

「親愛的，我覺得你是非常好的男人，我配不上你。」她說。

他對著她投以愉快且友善的微笑，微微搖頭。

「不，親愛的，我只是長得好看，但是有才華的人是妳。」

茱莉亞咯咯地笑了起來。對於一個不知道你言外之意的人，你可以得到相當大的樂趣。不過，當人們讚美某位女演員具有才華時，他們到底想表達什麼意思？茱莉亞經常問自己，究竟是什麼原因使她終於超越了當代其他女演員？她也被批評者貶低過，曾有人拿她與當時最受歡迎的一些女演員做比較，說她比不上那些女演員，但現在已經沒有人質疑她至高無上的地位。她確實不像電影明星那樣在全世界都享有知名度。她曾試著跨足電影圈，可是沒能成功。她在舞台上的表情如此靈活多變，在電影銀幕上卻表現不出來。在某次試鏡之後，她獲得麥可的批准，從此不再接受任何拍攝電影的邀約，儘管邀約從不間斷。她莊嚴的態度因此得到許多正面評價。茱莉亞並不羨慕電影明星，電影明星的地位起起落落，而她在舞台上一直發光發熱。她有空的時候會去觀賞由其他女演員擔任主角的倫敦舞台劇，並且大方地讚美她們，她的讚美都出自肺腑。有時候她真心覺得她們演得實在很好，因此不理解為什麼觀眾唯獨將她捧得這麼高。她很聰明，當然知道觀眾對她的評價，但是她很謙虛。每當人們大力讚美她自然的演技時，她總是感到驚訝，她只是以出於自然的方式表演，甚至從未想過還有其他的演法。劇評家欣賞她的多變性，尤其是她進入角色的功力。她覺得自己不會刻意觀察別人，但每當她開始鑽研新角色時，就會有模糊的印象從她心中某處湧現，讓她發現自己其實很熟悉她所要演出的角色，儘管她原本對這個角色一無所知。她只要回想認識的人、甚至在街上或派對上見過的人，並將那些記憶與自身個性結合，就能夠塑造出以事實為基礎並添加了她個人經驗、專業技能與迷人魅力的角色特質。人們以為她只是在舞台上演出兩三個小時的戲，殊不知她其實一整天都在腦中思考著她的角色，包括當她看似全神貫注地與人交談或者做其他事情的時候。她經常覺得自己是兩個人，一個是全倫敦穿著品味最時髦且觀眾最喜愛的女演員，另一個則是她每晚在舞台上扮演的角色。女演員只是個影子，她扮演的角色才是她的實質。

「我哪知道什麼是天賦？」她對自己說：「但是我知道為了重返十八歲，願意付出所有的一切。」

她知道這句話並非出自真心。如果給她重返十八歲的機會，她會願意接受嗎？不，她不一定會接受。她在乎的不是受到歡迎或者成為名人，也不是掌控觀眾的能力和他們對她的真愛，當然更不是這些所帶來的金錢。她在乎的是她內心感受到的力量及她善用媒介的本領，這點令她感到興奮。她可以進入某個角色，就算是淨說蠢話的角色，她仍可以透過她的個性、透過她擁有的聰明才智，為這個角色注入生命。沒有人能做到她對角色所做的事，因此有時候她覺得自己就像上帝。

「除此之外，我十八歲的時候湯姆還沒出生呢！」她暗自竊笑。

湯姆喜歡和羅傑玩在一起，其實也很自然，畢竟他們是同一代的人。這是他休假的第一天，她必須讓他玩得開心。還有整整兩個星期，他很快就會厭倦與十七歲的小男生整天廝混在一起。羅傑很可愛，但是很遲鈍，茱莉亞沒有因母愛而矇蔽自己的雙眼。她現在必須非常小心，不能表現出一絲不悅。她從一開始就下定決心絕對不會要求湯姆做任何事，如果湯姆因她的不悅而覺得自己虧欠她什麼，後果就嚴重了。

「麥可，你何不把車庫改建的公寓租給湯姆呢？他已經通過考試並且成為特許會計師了，他不能繼續住在兼當客廳的小房間裡。

「這個主意還不錯，我會問問他的。」

「這麼一來還可以省下仲介費。我們可以幫他裝潢，我們家有很多家具擺飾堆在閣樓裡用不到，不如就讓他使用，總比放在閣樓裡腐爛來得好。」

湯姆和羅傑回來喝下午茶，吃了一大堆東西，然後去打網球直到太陽下山。吃完晚餐後，他們玩多米諾骨牌，茱莉亞在一旁扮演一個外表依然年輕的母親，以柔美的姿態望著她的兒子與友人玩遊戲。她很早就上床休息，後來他們也上樓了。由於他們的房間就在茱莉亞房間的正上方，她聽見羅傑走進湯姆的房間及兩人聊天的聲音。她房間的窗戶和湯姆房間的窗戶都開著，因此她能聽見他們熱烈交談的說話聲，這使她憤憤不平，不理解他們兩人為什麼有那麼多話可以對著彼此說，與她說話時卻從不健談。過了一會兒，她聽見麥可的聲音打斷他們。

「你們兩個年輕人快點上床睡覺，有話明天再繼續聊。」

她聽到他們兩人都笑了。

「好的，爸爸，」羅傑大聲地說。

「你們兩個真是長舌公。」

接著她又聽見羅傑的聲音。

「好吧，好兄弟晚安囉。」

湯姆也熱情地回答：「晚安，好兄弟。」

「這兩個白痴！」茱莉亞不高興地喃喃自語。

隔天早上茱莉亞在吃早餐時，麥可走進茱莉亞的房間。

「兩個年輕人去杭特科姆打高爾夫球了，他們今天想打兩趟十八洞，因此問我他們可不可以不回來吃午餐，我告訴他們沒問題。」

「我不喜歡湯姆把我們這裡當成飯店一樣。」

「噢，親愛的，他們還只是小孩子，我覺得就讓他們盡情玩樂吧。」

那天她完全見不到湯姆，她晚上五點到六點之間就必須出發回倫敦，以便及時趕到劇院。對麥可而言，讓他們盡情玩樂當然不成問題，可是她覺得很受傷，甚至有點想哭，覺得自己被「他」無視了。她所指的「他」，當然就是湯姆。她原本以為今天的狀況會與前一天不同，雖然她早已決定包容一切並順其自然，但沒想到湯姆竟會如此對待她。

「今天的報紙送來了嗎？」她悶悶不樂地問麥可。

下午她滿懷怒氣地開車到鎮上，自己一個人閒逛。

第三天的情況並沒有好轉。兩個年輕人雖然沒去打高爾夫球，但跑去打網球了。他們持續不斷地進行各種活動，這點深深激怒了茱莉亞。湯姆穿著短褲，露出雙腿，上身穿著板球衫，看起來不會超過十六歲。由於他們每天游泳三四次，湯姆的頭髮無法抹油，只要他的頭髮一乾，狂亂的捲髮就在頭上炸開，使他看起來更年輕，但也格外迷人，讓茱莉亞的心扭成一團。她覺得湯姆的行為舉止出現奇怪的變化：由於成天與羅傑廝混，他似乎已經不再是城裡那個十分在意自己穿著打扮的年輕人，而是變成了邋遢的小學生。他完全沒有顯現出他是她的情人，甚至沒有給她一個愛的眼神。他對待她的方式彷彿她只是羅傑的母親。他說的每一句話，無論是故意惡作劇或者彬彬有禮地說話，都讓她覺得自己是老一輩的人。他沒有展現年輕男子對迷人女性該有的騎士禮儀，只表現出對年長婦女的寬容善意。

茱莉亞不滿湯姆溫順地讓年紀比自己小很多的男孩牽著鼻子走，這表示他沒有個性。可是她不怪他，她只怪羅傑。羅傑的自私令她心生反感，雖然他還年輕，可是他對別人的快樂漠不關心，只關心自己的快樂，這點顯示出他性格的卑鄙。他既不聰明也不體貼，彷彿認為房子、僕人及父母都是為了服侍他而存在。茱莉亞可以提高音量斥責羅傑，但是她不敢在湯姆面前表現出嚴母的嘴臉。而且每當她責備羅傑時，羅傑就會露出一種深深受傷的表情，讓她更加惱怒。羅傑宛如一隻被擊傷的雌鹿，讓她覺得自己既不友善也不公正。茱莉亞也有辦法擺出那種表情，他那種眼神是來自她的遺傳。她曾在舞台上一次又一次地運用那種眼神，效果非常動人，而且她知道那種眼神根本沒有什麼意義。然而每當她在羅傑臉上看到那種眼神時，就會感到心煩意亂。光是想到羅傑的那種眼神，就讓她對他心生憐惜。這種突然發生的驟變，向茱莉亞揭示了事實的真相：她其實嫉妒著羅傑，而且嫉妒得快要發瘋。這種領悟讓她有點驚訝，她不知道自己應該大笑還是應該慚愧。她沉思了一會兒。

「好，我絕對不讓他稱心如意。」

她不會讓下個星期天像上次那樣虛度而過。謝天謝地，幸好湯姆是個愛慕虛榮的人，「女人用女人的魅力吸引男人，並且用男人的惡習控制男人。」她喃喃自語，不確定這句格言是她自己發明的或是來自她以前演過的某齣戲。

她叫男管家打幾通電話，邀請丹諾倫特夫婦周末來做客。查爾斯．泰默利正在亨利鎮做客，也接受了茱莉亞的邀約，星期天將帶著他的主人梅修．布萊恩斯頓爵士來訪。布萊恩斯頓爵士是財政部的大臣。茱莉亞知道上流人士不喜歡在他們覺得放蕩不羈的文化圈見到彼此，可是喜歡認識文化圈的藝術家，為了好好招待布萊恩斯頓爵士與丹諾倫特夫婦，她還邀請了與她同台演出的男主角亞屈·德克斯特與他美麗的妻子。亞屈的妻子葛蕾絲·哈德威爾也是演員，她以娘家的姓氏在戲劇圈發展。茱莉亞相信，能有機會與侯爵和侯爵夫人打交道，加上令人欽佩的內閣大臣，湯姆肯定不會和羅傑一起去打高爾夫球或者一整個下午都在划平底船。在這種派對上，羅傑會像個沒人在乎的小學生，湯姆也會看清她花了多人的工夫來滿足他，而且在這種場合表現得多麼能幹。茱莉亞期待勝利的來臨，堅毅地熬過周末之前的那幾天。她很少見到羅傑和湯姆，有日場演出的時候更是完全見不著他們。他們兩人不是在打球或游泳，就是開著羅傑的車在鄉間四處兜風。

茱莉亞在演出結束後與丹諾倫特夫婦一同搭車返回塔普洛。羅傑已經上床睡覺，但麥可和湯姆等他們一起吃宵夜。那頓宵夜吃得非常愉快，由於僕人也已經就寢，因此他們一切都得自己來。茱莉亞注意到湯姆羞怯又急切地為丹諾倫特夫婦張羅一切，並且欣然表示願意提供各種服務。他的客氣已經到了過分殷勤的程度。丹諾倫特夫婦年輕且謙虛，從未想過自己的頭銜在別人眼中有多麼了不起。湯姆為喬治·丹諾倫特收走髒盤子並遞給他乾淨的新盤子，好讓他吃下一道菜，讓這位勛爵覺得有點尷尬。

「我猜湯姆明天不會和羅傑去打高爾夫球了。」茱莉亞對自己說。

他們吃宵夜時有說有笑，吃到凌晨三點鐘才結束。當湯姆向茱莉亞道晚安時，他的眼睛閃閃發亮，但她不清楚那是因為愛情還是香檳的緣故。他緊緊握了她的手一下。

「這場派對真令人愉快。」他說。

隔天茱莉亞很晚起床。她穿著蟬翼紗，看起來很漂亮。她走進花園，看到羅傑坐在長椅上，手裡拿著一本書。

「你在看書嗎？」她挑挑她美麗的眉毛，「你為什麼沒去打高爾夫球？」

羅傑看起來有點悶悶不樂。

「湯姆說天氣太熱了。」

「噢？」她嫵媚地笑了笑，「我還以為是你覺得自己應該留下來招待我的客人。但是有這麼多人在，就算少了你我們也應付得來。其他人去哪裡了？」

「我不知道。湯姆正在和西西莉・丹諾倫特一起調酒。」

「你知道，她長得很漂亮。」

「我覺得今天一定會無聊透頂。」

「希望湯姆不這麼認為。」她裝出一臉擔心的模樣。

羅傑沒有接話。

這一天完全依照茱莉亞的預期發展。雖然她沒有什麼機會見到湯姆，但是羅傑見到湯姆的機會更少。丹諾倫特夫婦很喜歡湯姆，他教他們如何少繳一點所得稅。當財政大臣談論舞台劇藝術以及亞屈・德克斯特針對政治局勢發表個人觀點時，湯姆也都恭恭敬敬地聆聽。茱莉亞表現得非常好，亞屈・德克斯特幽默風趣，有說不完的劇場故事與大家分享，他具有說故事的絕妙天賦。茱莉亞和亞屈兩人在吃午餐時負責炒熱氣氛，讓大家笑得十分開懷。喝完午茶後，大家打網球也打累了，便起鬨要茱莉亞模仿格拉迪斯・庫珀[81]、康斯坦斯・科利爾[82]和格特魯德・勞倫斯[83]，她自己也樂意這麼做。茱莉亞沒有忘記查爾斯・泰默利是她最忠實且不求回報的情人，因此特別在黃昏的時候單獨與他散步。和查爾斯在一起時，茱莉亞不必強顏歡笑或表現精明，她可以顯露出脆弱和憂傷的一面。儘管她白天表現得精采萬分，但她的心依然很痛，此刻她幾乎真誠地以嘆息、悲傷的眼神及斷斷續續的句子讓查爾斯明白她的人生多麼空虛。雖然她的事業長期持續獲得成功，但她還是覺得自己似乎缺少了什麼。有時候她會想起拿坡里灣蘇瀾多的花園別墅，那是個美麗的夢想，也許她想追求的是擁有幸福。她一直是個傻瓜，畢竟舞台上的成功除了幻影之外還能留下什麼？她只是《丑角》[84]裡的人物，但人們從未意識到這件事，「穿上小丑的戲服吧[85]！」。她感到非常孤單。當然，她沒有必要告訴查爾斯她的心痛並不是因為失去擁有幸福的機會，是由於某個年輕人似乎比較喜歡和她兒子打高爾夫球，而不是與她做愛。

後來茱莉亞跑去找亞屈·德克斯特。吃完晚餐後，所有人都坐在客廳裡休息。茱莉亞和亞屈原本在聊天，但是在毫無預警的情況下，卻突然像戀人般爆發一場爭風吃醋的口角。有那麼一會兒，其他人都沒有發現這是刻意安排好的，直到他們的互相指責變得毫無節制且下流鄙俗，並且最後哈哈大笑。他們兩人接著即興演出了一場戲，內容是一個喝醉的紳士在傑明街上搭訕一個法國妓女。當他們那一小群觀眾笑到發抖時，他們又突然非常嚴肅地表演《群鬼》中

81 格拉迪斯·庫珀（Gladys Cooper，一八八八—一九七一）：英國舞台劇演員暨劇場經理人。

82 康斯坦斯·科利爾（Constance Collier，一八七八—一九五五）：英國舞台劇演員、電影演員暨表演教練。

83 格特魯德·勞倫斯（Gertrude Lawrence，一八九八—一九五二）：英國舞台劇演員。

84 《丑角》（*Pagliacci*）：義大利歌劇作曲家魯傑羅·萊翁卡瓦洛（Ruggero Leoncavallo，一八五七—一九一九）的作品，為真實主義歌劇的代表作。

85 原文為「Vesti la giubba」，為義大利歌劇《丑角》中男高音所演唱的歌詞。

阿爾文夫人試圖勾引曼德斯牧師的那場戲。最後他們以一段以前常在戲劇圈派對中表演的戲碼結尾，將氣氛炒到最高潮。那是契訶夫的作品，雖然以英語演出，但是在兩人演到情緒激動的時刻，都說出了一些聽起來像俄語的台詞。茱莉亞發揮了她演出悲劇的天賦，但是用滑稽的方式來強調她的情緒，效果極為有趣。她將自己內心真正的痛苦融入到表演中，以活潑的幽默感來嘲笑痛苦。觀眾們坐在椅子上捧腹大笑，幾乎笑到肚子發疼。這也許是茱莉亞有史以來最精采的表演，她是為了湯姆而演，而且只為他一個人。

「我在妳的表演中看見了莎拉·伯恩哈特和加布里埃爾·雷簡[86]，也看見了埃萊奧諾拉·杜斯、愛蘭·黛麗和瑪吉·肯德爾。」財政大臣說：「天啊，我死而無憾了[87]。」

茱莉亞容光煥發地坐回椅子上，一口飲下整杯香檳。

「我就不相信這樣還無法搶過羅傑的鋒頭。」她心想。

儘管如此，隔天早上茱莉亞下樓時，兩個年輕人已經去打高爾夫球了，麥可則帶著丹諾倫特夫婦到鎮上走走。茱莉亞感到心累。湯姆和羅傑回來吃午餐時，茱莉亞覺得自己要刻意保持開朗和健談實在相當吃力。下午他們三人一起去划船，但茱莉亞認為他們是被迫找她同行，而非真心想與她相伴。一想到自己原本多麼期待湯姆來度假，她就忍不住想發出哀嘆。她只能一天一天算日子，直到湯姆的假期結束。當她上車準備返回倫敦時，又不禁長嘆一聲。她不氣湯姆，但她覺得自己被湯姆深深傷害；她很氣自己，她覺得自己情緒失控。然而在她走進劇院的那一刻，便覺得自己擺脫了對湯姆的痴迷，宛如從一場惡夢中醒來。她在更衣室裡又恢復了自制，那些日常生活的瑣事變得一點也不重要。只要她能掌控這種自由自在的感覺，其餘的事已無關緊要。

就這樣，一個星期過去了。麥可、羅傑和湯姆都過得很開心。他們一起游泳、打網球、打高爾夫球，或者到河邊消磨時光。只剩下四天了。只剩下三天了。

（「我可以繼續堅持下去。等我們回到倫敦之後，情況就會有所不同。我絕對不可以顯露出我有多麼悲慘，我必須假裝自己沒事。」）

「這陣子天氣真好。」麥可說：「湯姆在這裡很受歡迎，可惜他不能再多待一個星期。」

「對，實在太可惜了。」

「他對羅傑來說是不錯的朋友，因為他是舉止端正且心靈純淨的英國男孩。」

「噢，沒錯。」（「才怪，你被他騙了還不知道。」）

「看他們大吃大喝的樣子真是一種享受。」

「是的，他們似乎很享受他們所吃的食物。」（「老天，我真希望他們噎死。」）

湯姆預計星期一早上搭火車回倫敦。德克斯特夫婦在波恩恩德村有間房子，他們邀請麥可一家及湯姆星期天去吃午餐，他們準備划船前往赴約。湯姆的假期即將結束，茱莉亞很高興自己完全沒有不小心表現出憤怒的情緒，並且相信湯姆完全不知道他對她的傷害有多深。但如果她想要將一切做到最完美，就必須包容他。他還年輕，而她的年紀已經可以當他的母親。她迷戀上他實在令人遺憾，但事實就是如此，這不是她可以控制的。她從一開始就告訴自己，絕不能讓他覺得她對他有任何要求。星期天晚上沒有客人要來吃飯，茱莉亞希望能在最後一晚與湯

86 加布里埃爾・雷簡（Gabrielle Réjane，一八五六—一九二〇）：法國女演員。

87 本句原文為拉丁語「Nunc Dimittis」，意思為「主啊，現在讓我走吧！」原本出自一首基督讚美詩。

姆獨處，雖然這是不可能的事。但是無論如何，他們總是有機會單獨去花園散散步吧？

「我不知道他有沒有注意到，自從他來這裡之後，他一次也沒有吻過我？」

也許他們可以去划船，在他懷裡躺幾分鐘，一定宛如置身天堂，足以彌補一切。

德克斯特夫婦舉辦的午餐派對充滿戲劇性。亞屈的妻子葛蕾絲．哈德威爾籌備了一齣音樂喜劇，還找一大群漂亮的女孩子負責伴舞，茱莉亞則以其自然不做作的演技擔任女主角，那些年輕女孩都很喜歡她。她們有著燙成波浪狀的淡金色秀髮，在劇團每星期可賺三英鎊。許多客人都帶了照相機，茱莉亞親切地讓大家拍照。當葛蕾絲．哈德威爾在作曲家的伴奏下演唱她著名的歌曲時，茱莉亞熱情地鼓掌；身為喜劇女演員的葛蕾絲演起她最著名的角色之一時，茱莉亞也真誠地跟著其他人一起哈哈大笑，一切都非常愉快、熱鬧且令人放鬆。茱莉亞玩得很開心，可是到了晚上七點鐘時，她想告辭了，便熱情洋溢地感謝主人舉辦這場討喜的派對。這時羅傑突然走到她面前。

「媽媽，有一群人要去美登赫吃飯和跳舞，他們邀我和湯姆也一起去，您應該不介意吧？」

茱莉亞頓時氣得臉色發紅，忍不住尖銳地回答。

「那你們要怎麼回去？」

「噢，別擔心，我們會找人載我們一程。」

她無可奈何地看著羅傑，不知道該說什麼。

「一定會非常好玩的，而且湯姆很想去。」羅傑又說。

茱莉亞的心一沉。她努力克制自己，不讓自己大發雷霆。

「好吧，親愛的，但是不要玩到太晚。記住，湯姆明天還要早起。」

這時碰巧走過來的湯姆，正好聽見了茱莉亞所說的最後一句話。

「妳確定妳不介意嗎？」他問。

「當然不介意。希望你們能玩得愉快。」

茱莉亞對湯姆露出燦笑，但是眼中充滿了仇恨。

「我很高興兩個年輕人出去玩。」麥可在划船回塔普洛時表示：「我們已經很久沒有享受兩人世界了。」

茱莉亞一臉憤怒。她緊握雙拳，以免自己忍不住叫麥可閉嘴。這件事是壓垮她的最後一根稻草。湯姆已經忽略她整整兩個星期，他甚至沒有客套地與她寒暄。她一直表現得像個天使，世界上沒有哪個女人能像她表現出這樣的耐性。任何女人都會覺得，要是對方做不到該有的禮儀，就應該馬上滾蛋。他根本是個自私、愚蠢又平凡的傢伙，茱莉亞幾乎希望他明天突然改變主意決定留下來，這麼一來她會非常樂意地將他的行李扔出去。這個從城裡來的小人物根本微不足道，竟然敢這樣對待她！詩人、內閣大臣、戲劇圈的同儕都會非常樂意取消自己最重要的約會，只為了與她共進晚餐，他卻無視她，跑去和一群只會把頭髮染成金色且完全不會演戲的女人跳舞，這顯示出他是多麼愚蠢。你以為他會懷有一絲絲感激，他身上穿的衣服是她付錢買的、他最引以為傲的菸盒也是她買給他的，還有他手上戴的戒指。老天，茱莉亞發誓一定要報這個仇。沒錯，她知道自己該怎麼做。她很清楚他最介意哪方面的事，她知道要如何以最殘酷的方式傷害他，這麼做一定可以深深傷到他的痛處。當她在腦子裡想著這個計畫時，心裡隱約有了解脫。她迫不及待想立刻做到這件事，所以當他們一回到塔普洛，她就馬上回到自己的房間。她從皮包裡掏出四英鎊和一張十先令的鈔票，並寫下一封短信。

親愛的湯姆，

隨信附上你應該給僕人的小費，以免我早上沒遇到你。請給管家三英鎊，給負責替你洗衣服的女僕一英鎊，給司機十先令。

茉莉亞

她派人去叫伊芙過來，吩咐她這封信一定得在明天早上女僕叫醒湯姆的時候交給他。她下樓吃晚餐時心情已經好多了，她和麥可邊用餐邊聊得非常愉快，然後兩人一起玩牌。她就算花一個星期的時間絞盡腦汁，也不可能想出更能羞辱湯姆的方法。

然而她上床之後完全無法入睡。她等著羅傑和湯姆回來，有個想法使她興奮得睡不著。也許湯姆會覺得自己表現得太差勁，如果他稍微思考一下，一定會明白自己讓她多不開心。也許他會因此感到抱歉，等他回來並且向羅傑道晚安之後，他就會悄悄溜進她的房間。假如他真的這麼做，她一定會原諒他。那封信可能還放在男管家的櫃子裡，她可以溜下樓去把信拿回來。好不容易等到一輛車駛近，茱莉亞打開燈看看時間，發現已經凌晨三點了。她聽見兩個年輕人上樓的聲音，他們回到各自的房間。她等待湯姆出現，並貼心地點亮床頭燈，好讓他開門進來時不必摸黑。她假裝睡著，等到他踮著腳尖慢慢靠近她時，她會突然睜開眼睛對著他微笑。她就這樣一直等著。在無聲的夜裡，她聽見他上床並且關燈的聲音。她直直盯著前方好一會兒，無可奈何地打開床邊櫃的抽屜，從小瓶子裡拿出幾顆安眠藥。

「如果我不趕快睡著，一定會因此發瘋的。」

第十五章

茱莉亞睡到十一點才起床。在她收到的信件中，有一封不是透過郵局寄來的。她認出信封上工整的商務字跡出自湯姆之手，便打開那封信。裡面除了四英鎊和十先令的鈔票之外什麼都沒有。她覺得有點不舒服，但也不太清楚自己期望湯姆對於她那封高傲的信與羞辱人的禮物應該做出什麼樣的回應。她沒有想到他會把錢退回來。她感到心煩意亂，原本想傷害湯姆，現在卻又擔心自己做得太過分。

「不管怎麼說，我希望他沒有忘記給僕人小費。」她為求自己心安而咕噥道，並且聳聳肩膀，「他一定不會有事的。讓他知道我不開心，對他而言也沒有什麼壞處。」

可是她一整天都惦記著這件事。當她抵達劇院時，發現有人寄了包裹給她。她一看到寄件人的地址，就知道裡面裝著什麼。伊芙問茱莉亞需不需要她幫忙打開包裹。

「不用了。」

等到茱莉亞有機會獨處，她才自己親手打開那個包裹。包裹裡是袖釦、背心鈕釦、珍珠領釦、手表和湯姆非常喜歡的那個菸盒，全都是她送給他的禮物，可是沒有附上信籤，也沒有任何解釋。茱莉亞的心一沉，發現自己正在顫抖。

「我真是個該死的傻瓜！我為什麼不能控制住自己的脾氣？」

她的心很痛，沒有辦法帶著這種啃噬她生命的痛苦踏上舞台，因為她一定會演得無比糟糕。她必須找湯姆談一談，不惜任何代價。他住的那棟公寓有電話，他的房間也有分機。她打了電話給他，很幸運的，他正好在家。

「湯姆嗎？」

「嗯。」

他停頓了一會兒才回答，聲音聽起來很不高興。

「你這麼做是什麼意思？你為什麼要把這些東西寄還給我？」

「妳早上有沒有收到錢？」

「有。我不懂你到底想表達什麼。我得罪你了嗎？」

「噢，沒有。」他回答：「我就喜歡別人把我當成被包養的小白臉。我喜歡被別人羞辱，甚至替我準備給僕人的小費。我還奇怪妳怎麼忘了給我搭火車回倫敦的三等車廂車資。」

儘管茱莉亞處於可憐兮兮的焦慮狀態，以致她幾乎說不出話來，但是她差點被他的嘲諷逗笑了。他真是個小傻瓜。

「你不會以為我是故意傷害你吧？你應該很懂我，知道我絕對不會做出傷害你的事。」

「妳說這句話並不會讓我覺得比較舒服。」（「該死，可惡。」茱莉亞心想。）「我根本不應該讓妳送我那些禮物，更不應該讓妳借錢給我。」

「我不懂你的意思。這只是一場可怕的誤會。我演完戲之後你來接我，我們好好聊一聊，我可以解釋清楚。」

「我要和我的朋友一起吃晚餐，然後在家睡覺。」

「那就明天來找我吧。」

「我明天有事。」

「湯姆，我必須見你一面。如果我們就這樣分開，未免太過分了。你不能不聽我解釋就如此責怪我。明明不是我的錯，你卻懲罰我，實在太不公平了。」

「我覺得我們從今以後都不要再見面會比較好。」

茱莉亞感到越來越絕望。

「可是我愛你啊，湯姆，我愛你。讓我再見你一面，見面之後如果你還生我的氣，我們就分手吧。」

湯姆沉默了很久才又開口。

「好吧。星期三的日場結束後，我過去找妳。」

「湯姆，不要把我想像得那麼惡劣。」

茱莉亞放下聽筒。無論如何，他終究會過來一趟，因此她把他還給她的那些東西先包起來，藏在確定伊芙不會發現的地方，然後脫掉衣服，穿上她那件粉紅色的舊睡袍，開始準備化妝。她的心情很差，這是她頭一次對他說她愛他，她很不高興自己被迫哀求他來見她，她羞辱了自己。在這之前，一向都是他主動來找她，她覺得他們兩人的地位現在已經完全逆轉。

茱莉亞在星期三的日場表現得很差，而且炎熱的天氣影響票房，以致劇院裡觀眾很少，可是茱莉亞完全無動於衷。有一種病態的憂慮啃噬著她的心，讓她不在乎這齣戲演得如何。（「這麼熱的天氣，觀眾為什麼還要來看戲呢？」）一直等到落幕時，她才終於變得比較開心。

「芬納爾先生會來找我。」她告訴伊芙：「他來之後，我不希望任何人來打擾我。」

伊芙沒有答腔，茱莉亞因此看了伊芙一眼，這才發現她表情嚴肅。

（「不管她心裡怎麼想，我何必在乎她的想法！」）

湯姆應該已經到了。現在已經過了五點，他一定會來的，畢竟他答應要來，不是嗎？茱莉亞換上睡袍，不是她化妝時穿的那件，而是一件梅子色的男用絲質睡袍。伊芙慢吞吞地在一旁整理東西。

「伊芙，看在老天的份上，讓我自己一個人靜一靜。」

伊芙沒有說話，繼續有條不紊地依照茱莉亞的習慣整理梳妝台上的瓶瓶罐罐。

「我對妳說話的時候，為什麼妳都不回答？」

伊芙轉過身看著茱莉亞，若有所思地用手指擦擦鼻孔。

「也許妳是了不起的女演員……」

「滾出去。」

卸掉舞台妝之後，茱莉亞除了塗上淺淺的藍色眼影之外完全沒有化妝。她的肌膚光滑白皙，沒有擦胭脂和塗口紅，因此看起來沒有血色。穿著男用睡袍的她顯得無助、脆弱但無比性感。她的心不停狂跳，整個人異常焦慮。然而當她看著鏡中的自己時，忍不住喃喃自語地說：我看起來就像《波西米亞人》[88]最後一幕裡的咪咪。她假裝咳了一兩聲，關掉梳妝檯的燈，靜靜躺在沙發上。這時有人敲了門，伊芙宣布芬納爾先生來訪。茱莉亞向湯姆伸出一隻纖細白皙的手。

「我躺著是因為我身體不太舒服，你自己找張椅子坐下吧。我很高興你來了。」

「很遺憾聽見妳身體不舒服。妳怎麼了？」

「噢，沒什麼。」她勉強自己灰白色的嘴唇露出一抹微笑，「過去兩三個晚上我都沒睡好。」

她美麗的雙眼轉向他，無言地凝視他好一會兒。他看起來悶悶不樂，但她覺得他有點被嚇到了。

「我還在等你告訴我，你到底對我有什麼不滿。」最後她輕聲地說。

她注意到自己的聲音有點顫抖，可是聽起來相當自然。（「老天，我猜我自己也被嚇到了。」）

「回頭討論那些事情已經沒有意義了。我只能對妳說，我恐怕沒辦法馬上還妳我欠妳的兩百英鎊，因為我根本沒錢，可是我會慢慢還清。雖然我不想拜託妳再給我一點時間，但我是逼不得已。」

她在沙發上坐起身子，雙手放在自己破碎的心上。

「我不懂。我已經整整兩個晚上沒有闔眼，腦子裡不停地想這件事。我還以為自己已經發瘋了。我一直試著理解出了什麼問題，可是沒辦法，我真的沒辦法理解。」

（「這是我在哪一齣戲裡說過的台詞？」）

「噢，妳一定理解，妳根本清清楚楚。妳在生我的氣，所以妳想報復我。妳已經做到了，妳已經狠狠地報復我了，妳明白地表現出妳對我的蔑視。」

「我為什麼要報復你？我為什麼要生你的氣？」

88《波希米亞人》（*La Bohème*）：根據法國小說家亨利·穆傑（Henri Murger）的作品《波希米亞人的生活》（*Scènes de la vie de Bohème*）所改編歌劇，劇中的女主角名為咪咪（Mimi）。

「因為我和羅傑一起去美登赫參加派對，但妳希望我不要去。」

「我明明告訴你你們可以去，我還說我希望你們玩得開心。」

「妳確實是這麼說的，可是妳的眼中燃燒著怒火。我一點都不想去，是羅傑想去。我跟他說我覺得我們應該回去陪妳和麥可一起吃晚餐，但他說妳會樂意讓我們出去玩，所以我也沒堅持為了這點小事大驚小怪。當我看到妳大發雷霆時，我知道一切都已經覆水難收。」

「我沒有生氣，我不知道你腦子裡怎麼會有這種想法。你當然會想去參加派對，畢竟你難得可以休假兩個星期，難道我會狠心剝奪你這點樂趣嗎？你覺得我真的那麼可惡嗎？可憐的孩子，我只擔心你會覺得無聊。我當然希望你去玩得開心。」

「那妳為什麼要寫那封信，還給我那些錢？實在太侮辱人了。」

茱莉亞回答時故意有點結結巴巴。她的下顎微微顫抖，並且以怪異的方式動著下巴，彷彿肌肉失控。湯姆因此不自在地移開視線。

「我無法忍受你必須把錢花在小費上。我知道你手頭不是很寬裕，也知道你打高爾夫球花了很多錢。我很討厭那些和年輕男人約會就一直要他們出錢的女人，這麼做很不體貼。我替你出小費是因為我把你當成羅傑，我從沒想過這會傷到你的自尊。」

「妳敢發誓這是妳的真心話？」

「我當然可以發誓。老天，我們認識那麼久了，你該不會連這一點都不了解我吧？如果真的如你所想，我就是卑鄙、殘忍、惡劣的女人，是一頭下流、無情、粗俗的野獸！我在你心中就是這樣的人嗎？」

我可真會裝模作樣。

「不管怎麼說，這些都不重要了。我不應該接受妳那些貴重的禮物，還讓妳借錢給我，這讓我陷入一種糟糕的處境。我覺得妳鄙視我，我忍不住覺得妳有權利這麼做。事實上，我根本不應該與那些比我富裕許多的人來往。我真是個大傻瓜，還以為自己可以和他們變成朋友。那段日子很有意思，我度過了一段美好的時光，但現在一切都已經過去了，我不能再繼續和妳交往。」

茱莉亞深深嘆了一口氣。

「你一點也不在乎我，我想你這就是這個意思。」

「妳這麼說並不公平。」

「對我來說，你就是我的全世界。你知道我很寂寞，你的友誼對我而言意義非凡。我身邊都是一些馬屁精和寄生蟲，但我知道你對名利不感興趣，所以我以為自己可以依靠你。我非常喜歡和你相處，你是這個世界上唯一能讓我做自己的人。難道你不知道，幫你一點小忙讓我多麼開心嗎？我送你那些小禮物並不是為了你，而是為了我自己。看到你使用我送給你的東西，讓我無比開懷。如果你也關心我，就不會覺得那些禮物羞辱了你，反而會因為虧欠我一些人情而深受感動。」

她再次將目光轉向他。她一向可以說哭就哭，不過她現在真的很傷心，因此不費力氣就開始掉眼淚。他以前從未看過她哭。她可以在掉眼淚時不發出啜泣聲，只睜大她那雙美麗的黑色眼眸，臉上幾乎沒有表情，就讓淚水不停滑落。她的無聲落淚與靜止不動的悲戚體態，可以深深觸動人心。自從她在《受傷的心》那齣戲之後就沒有這樣哭過，老天，那齣戲讓她身心交瘁。她沒有看著湯姆，而是直視自己前方。她因悲傷而分神，然而是什麼事情讓她如此悲傷呢？她心裡的另一個自我清楚自己在做什麼，那個自我分擔著她的不快樂，同時又注視著自己的表現。她感覺到湯姆已經臉色發白，這使她感到一陣突如其來的痛楚，覺得自己不應該揪著他的心。她覺得湯姆的血肉之軀無法支撐住她這種難以承受的苦痛。

「茱莉亞。」

他的聲音嘶啞。她慢慢地把水汪汪的眼睛轉向他。他看到的不是一個哭泣的女人，而是全人類的不幸。這就是人類的命運，這種悲痛無法測量也無法安慰。他跪到地上，將她擁入懷裡。他已經被茱莉亞粉碎了。

「我最親愛的，我最親愛的。」

她動也不動地僵了一會兒，彷彿沒有感覺到他的擁抱。他親吻她流淚的雙眼，接著親吻她的嘴唇。她任憑他擺布，彷彿無力抵抗，也彷彿不知道自己遭遇了什麼，她已經沒有意志。她以一種幾乎無法察覺的動作將身體壓在湯姆身上，然後慢慢用她的雙臂環抱住他的脖子，躺進他的懷中，雖然不至於死氣沉沉，但宛如她所有的力量、所有的生命力都已經從身上消失。他的嘴嘗到她眼淚的鹹味。最後她耗盡力氣，以軟弱的雙臂緊勾著他，並且躺回到沙發上。他的嘴唇緊緊貼著她的嘴唇。

如果你十五分鐘前看過她，絕對想不到她現在可以如此沉靜又愉悅，還有一點臉紅，但她剛才明明還哭得無法自拔。此刻，她和他都喝著威士忌加蘇打水並且抽著香菸，以深情的眼神注視著彼此。

「他真是個可愛的小傢伙。」她心想。

她突然想到自己可以給他一點獎賞。

「瑞卡比公爵與公爵夫人今晚會來看戲，然後我們要去薩伏伊飯店吃宵夜。你願意一起來嗎？我需要男伴，以便湊成四人用餐。」

「如果妳希望我去，我當然非常樂意。」

他脹紅的臉頰顯示他非常興奮能與這些名人見面。她沒有告訴他，只要有免費的餐點，瑞卡比公爵與公爵夫人哪裡都願意去。湯姆收回他退還給她的那些禮物，雖然有點不好意思，但他還是收下了。湯姆離開之後，茱莉亞坐在梳妝檯前仔細端詳著自己。

「我哭完之後眼睛不會紅腫，真是非常幸運。」她邊說邊按摩著雙眼，「每個男人都一樣好騙。」

她很高興一切都沒事了，她已經讓湯姆回頭。然而在她的心靈深處，她開始對湯姆有一種輕蔑感，因為湯姆是個頭腦簡單的大傻瓜。

第十六章

茱莉亞與湯姆的爭執以奇怪的方式打破了他們之間的障礙，使他們更加緊緊相繫。茱莉亞再次提起那間公寓時，湯姆的反對已經沒有她預期中那麼強烈。在他們和解之後，湯姆除了拿回她送的禮物並同意忘記她借錢給他，在道德上似乎也不再良心不安。他們一起裝潢那間公寓時，兩人都很開心。麥可司機的太太會替湯姆打掃公寓並且為他做早餐。茱莉亞有鑰匙，她有時候會自己開門進去那間公寓，坐在小小的客廳裡等湯姆下班。他們每個星期會見面兩三次，一起出去吃晚餐和跳舞，然後搭計程車返回那間公寓。那個秋天茱莉亞過得開心。劇院上演的新戲十分成功，她覺得自己變得很靈活也很年輕。羅傑在聖誕節時從伊頓公學回家，可是只待兩個星期就去維也納。茱莉亞知道羅傑又會獨佔湯姆，但她已下定決心不再耿耿於懷，畢竟年輕人當然喜歡跟年輕人玩在一起。她還告訴自己如果那幾天湯姆又因為和羅傑膩在一起而忘了她，她也不必焦慮。她現在已經完全抓住湯姆，湯姆也以身為她的情人自豪。這麼做賦予他更多自信，畢竟他是透過茱莉亞才能認識許多頗具知名度的人，他很高興能與那些人變得熟識。他渴望能加入不錯的俱樂部，因此茱莉亞正在替他安排。查爾斯從來不會拒絕茱莉亞的任何要求，茱莉亞相信自己能以甜言蜜語哄騙查爾斯推薦湯姆，幫助湯姆成為查爾斯所屬的俱樂部成員。有錢可花讓湯姆覺得新奇又有趣，茱莉亞也鼓勵他盡量揮霍。她認為一旦湯姆習慣了這種方式生活，就會發現自己離不開她。

「當然，這段關係不可能永遠持續下去。」茱莉亞對自己說：「可是當這段關係結束時，對湯姆而言會是一次美好的經歷，幫助他成為真正的男人。」

雖然茱莉亞告訴自己這段關係不可能長久，但她也覺得就算維持長久也不錯。隨著時間經過，湯姆會越來越老，他們之間不會再有明顯的差異。十年或十五年之後，湯姆看起來不會那麼年輕，而她和現在不會有什麼兩樣，他們會變得很自在。男人是習慣的動物，因此女人可以控制男人。

茱莉亞一向不覺得自己比湯姆大多少，也相信湯姆從不覺得他們有年齡上的差距，然而此時此刻，她突然對這件事情有點不安。她現在正躺在他的床上，他只穿著襯衫在梳妝檯前梳頭。她全身赤裸，擺出與提齊安諾．維伽略筆下的維納斯相同的姿態，她曾在她住過的鄉間別墅裡看過這幅畫，認為自己看起來一定非常美麗迷人，因此故意保持著這種姿勢。她很開心且滿意自己的一切。

「這個姿勢很浪漫。」她心想，嘴角帶著一抹淺淺的微笑。

湯姆從鏡子看見她之後，不發一語地轉身拿被子蓋住她的身體。雖然她溫柔地對著他微笑，但他的反應讓她嚇了一大跳。他究竟是擔心她會感冒，還是他的英式禮儀被她的裸體嚇到？或者，因為他的男性欲望已經獲得滿足，就嫌惡她衰老的身體？茱莉亞回家之後脫掉全身衣物，對著鏡子檢視自己的身體，不打算對自己寬容。她檢查自己的脖子，那裡沒有一點歲月的痕跡，尤其當她抬起下巴時；她的乳房小而結實，看起來就和年輕女孩的乳房沒有兩樣。她的腹部平坦，臀部很小，雖然像香腸一樣帶點脂肪，但每個人的臀部都是如此。而且不管怎麼說，菲利普斯小姐可以想辦法替她減掉那些脂肪。沒有人會說她的腿不好看，她的腿修長苗條又漂亮。她伸手摸摸自己的身體，她的肌膚就像天鵝絨般柔軟，沒有一點瑕疵。當然，她的眼睛下方有一點皺紋，但必須仔細看才看得出來。聽說現在有一種手術可以擺脫這種眼部細紋，可能值得她好好研究一下。幸運的是她的頭髮還保有原來的顏色，因為無論頭髮染得多好看，染料都會導致臉部僵硬。她的頭髮依然是華麗的深棕色，她的牙齒也毫無問題。

「湯姆一定是假正經，就是這樣。」

她突然想起臥鋪火車上那個蓄鬍的西班牙人，不禁對著鏡中的自己露出淘氣的笑容。

「那個人可是一點也不拘謹啊。」

不過從那天開始，她就謹慎地讓自己符合湯姆端莊正經的行為標準。

由於茱莉亞的名聲很好，她覺得自己可以毫無顧忌地與湯姆一起出現在公共場合。到夜總會跳舞對她而言是一種新體驗，她很樂在其中。雖然她比任何人都清楚，無論她去任何地方都會引人矚目，可是她從未想過自己的新體驗會招來議論。由於茱莉亞對麥可忠誠了二十年（她沒有把那個西班牙人算進來，畢竟任何女人都可能遇上那種事），她相信沒有人會猜到她與一個年紀足以當她兒子的年輕人發生外遇。她沒有想過湯姆可能不像外表看起來的那麼低調，也沒有想過他們共舞時她看著湯姆的眼神會洩漏她的祕密。她以為自己享有特權，因此從未想到別人會開始討論她的八卦。

這個八卦消息傳進朵莉．德弗里斯的耳朵時，她先是一笑置之。朵莉在茱莉亞的要求下曾邀請湯姆來參加她舉辦的派對，也邀請他一兩次前往她位於鄉間的別墅度周末，可是她從來沒有真的注意過湯姆這個人。他看起來是個還不錯的年輕人，在麥可忙碌時可以充當茱莉亞的護花使者，但外型一點也不起眼，是那種在任何地方都不會受到注意的人。就算你見過他，也不會記得他長什麼樣子。他是你在舉辦晚宴時為了將人數湊成雙數才會想邀約的對象。茱莉亞曾經興高采烈地稱他為「我的男朋友」或「我的小男人」，如果她和他真的有什麼見不得人的事，不可能表現得如此輕鬆且如此坦白。除此之外，朵莉知道茱莉亞生命中只有兩個男人：麥可和查爾斯．泰默利。奇怪的是，茱莉亞在潔身自愛那麼多年之後，竟然會突然開始每星期到夜總會跳舞三四次。朵莉最近很少見到茱莉亞，對於茱莉亞的冷淡態度確實有點不滿。朵莉在戲劇圈裡有很多朋友，於是她開始四處打聽。她並不喜歡自己聽到的事實，但又不知道應該怎麼處理。有一件事是顯而易見的：茱莉亞還不知道別人在傳她的八卦，因此必須告訴她，只不過不該由朵莉出面，因為朵莉沒有勇氣開口。即使經過了這麼多年，她還是有點怕茱莉亞。茱莉亞是脾氣不錯的女人，雖然朵莉說話直率，茱莉亞也很少動怒。然而茱莉亞身上有一種讓人不敢對她暢所欲言的特質，你會覺得如果自己說得太超過，將會後悔一輩子。儘管如此，朵莉覺得自己必須做點什麼。她焦急地思考了兩個星期，試著將自己受傷的情緒放到一旁，只從關注茱莉亞事業的角度來看待此事。最後她得出結論：應該由麥可來告訴茱莉亞。朵莉一向不喜歡麥可，但他畢竟是茱莉亞的丈夫。朵莉覺得自己有責任告訴麥可足夠的資訊，好讓他阻止茱莉亞犯錯。

她打電話給麥可，約他在劇院見面。麥可討厭朵莉的程度不亞於她討厭他，但他們討厭對方的原因並不相同。當麥可聽見朵莉想見他時，不禁咒罵了一句。他很氣自己一直無法誘使朵莉賣掉她在劇院持有的股份，而且他不喜歡朵莉提出的任何建議，覺得那些建議根本只是無理的干涉。然而當朵莉被請進他的辦公室時，他依然熱情友好地歡迎她，並親吻她的雙頰。

「請坐，不要客氣。妳是來看看這間老劇院有沒有繼續為妳賺錢嗎？」

朵莉．德弗里斯已經六十歲了，她的身材很胖，臉上的大鼻子和塗得紅紅的嘴唇看起來非常醒目。她的黑色緞面洋裝帶有一絲陽剛氣息，不過她的脖子上戴著一串雙環珍珠，腰際與帽子上各有一枚鑽石胸針。她的短髮染成華麗的紅銅色，嘴唇和指甲都塗成鮮紅色。她的聲音低沉宏亮，但每當她情緒激動時，說起話來就變得含糊不清，並且有一點倫敦東區人的口音。

「麥可，我因為茱莉亞的事情心煩意亂。」

一向表現得像個完美紳士的麥可微微揚起眉毛，緊閉薄唇。他不打算與任何人談論他妻子的事，即使是和朵莉談論也一樣。

「我覺得她做得太過分了，我不明白她在想什麼，但她現在經常參加各種派對，還跑去夜總會跳舞。畢竟她也不年輕了，她會把自己累壞的。」

「噢，胡說八道。她像馬一樣壯，身體狀況非常好，而且她現在看起來比以前還要年輕。妳該不會抱怨她在工作一整天之後出去找點樂子吧？她現在扮演的角色難不倒她，我很高興她願意出去開心一下，這表示她充滿活力。」

「她以前從來不會做這種事。她突然開始去那些烏煙瘴氣的地方，跳舞跳到凌晨兩點鐘，似乎相當不尋常。」

「這是她唯一的運動，我不指望她會願意換上短褲和我一起去公園跑步。」

「我想你應該知道別人開始說閒話了，這會對她的聲譽造成很大的傷害。」

「這句話是什麼意思？」

「呃，她都已經到這個年紀了，竟然還和一個年輕人如此明目張膽，實在太荒謬了。」

麥可看著朵莉一會兒，一時之間不明白她所說的話。等到他弄懂她的意思，便開始哈哈大笑起來。

「妳是指湯姆？朵莉，妳別傻了。」

「我不傻，我知道自己在說什麼。茱莉亞這麼有名，當她總是和同一個男人出雙入對時，自然會引來別人的議論。」

「湯姆不僅是她的朋友，也是我的朋友。妳知道我不可能帶茱莉亞出去跳舞，我每天早上八點鐘起床，必須在一天的工作開始前先去運動。放輕鬆點，我在這個圈子裡打滾了三十年，對人性還算有些了解。湯姆是非常單純又誠實的英國大男孩，他是紳士。我猜他非常仰慕茱莉亞，這個年紀的小夥子經常會以為自己愛上比他年長的女性。呃，這種事對他不會造成任何傷害，反而對他有好處。但如果妳認為是茱莉亞勾引他——可憐的朵莉，妳讓我覺得可笑。」

「那個年輕人很無趣也很沉悶。他很平凡，而且是個愛慕虛榮的傢伙。」

「好，如果妳認為他是這種人，但又覺得茱莉亞迷上他了，這不是很奇怪嗎？」

「只有女人才知道女人的荒唐。」

「這句話說得真不錯，朵莉，我們接下來應該找妳來寫劇本。現在我們就直接了當地說清楚吧！妳可以看著我的眼睛，告訴我妳真心覺得茱莉亞和湯姆有染嗎？」

朵莉看著麥可，眼裡充滿了痛苦。雖然她一開始對別人談論的八卦一笑置之，但現在她完全無法壓抑心中的懷疑。她想起許多件小事，那些小事當時都沒有引起她的注意，可是等她冷靜思考之後，那些事情變得非常可疑。她從未想過自己可以忍受那些事，因此飽受折磨。但是她要如何證明？她沒有證據，只有一種直覺，而且她的直覺不會出錯。她很想回答麥可：「是的，她覺得茱莉亞和湯姆有染。」雖然她幾乎控制不了這種說真話的衝動，但她還是忍住了。她不能出賣茱莉亞，麥可這個傻瓜可能會去告訴茱莉亞，然後茱莉亞就再也不會理她了。麥可也許會去跟蹤茱莉亞，並找出她外遇的證據。如果她這個時候說出真話，沒有人知道會發生什麼樣的後果。

「不，我不覺得。」

朵莉的眼眶裡盈滿淚水，眼淚開始從她大大的臉上滑落。麥可看得出她的痛楚，他原本覺得她很荒謬，但現在意識到她很難過，便好心地安慰她。

「我知道妳一定不是真心這麼覺得。妳知道茱莉亞很喜歡妳，就算她交了其他的朋友，妳也不應該嫉妒。」

「老天，我從來沒有恨過她。」朵莉啜泣著說：「她最近太疏離我了，她變得好冷酷。麥可，我才是她最忠實的朋友。」

「是的，親愛的，我知道妳是。」

「如果我能用侍奉國王的一半熱忱來侍奉上帝[89]……」

「噢，好了，事情沒那麼糟。妳知道，我不是那種會和別人談論自己妻子私事的人，我覺得這麼做很卑劣，不過坦白說，妳對茱莉亞一無所知。其實她根本不在乎性愛那方面的事。我們剛結婚的時候，她很熱衷於性愛，但那已經是好多年前的事了。我不介意告訴妳，她那時候讓我覺得相當吃力。我無意指稱她沉溺於色欲，不過當時她真的讓我很累。性愛是好事，可是生活中還有其他事情得做。幸好在羅傑出生後，她就變了個人。有了孩子，她的心也就定下來了，並將所有的欲念都投注在她的表演中。朵莉，妳讀過佛洛伊德[90]吧？佛洛伊德怎麼解釋這種現象？」

「噢，麥可，我才不管佛洛伊德說什麼。」

「情感昇華。就是這樣。我經常覺得這就是使她成為偉大女演員的原因。演戲是一項全職的工作，如果你想變得非常傑出，就必須全心全意地投入。我很受不了有些觀眾認為演員都過著淫亂的生活，其實演員根本沒時間做那種亂七八糟的事。」

麥可的話讓朵莉感到憤怒，她因此恢復了自制。

「不過，麥可，就算你我都很清楚茱莉亞和那個可悲的小人物沒有亂來，這種流言蜚語還是會損害她的名譽，畢竟你們最大的資產之一，就是你們堪稱模範的婚姻生活。每個人都景仰你們，觀眾也視你們為一對忠誠又恩愛的夫婦。」

「我們確實是忠誠又恩愛的夫婦。」

朵莉越來越不耐煩。

「但是我得告訴你，人們已經在談論這件事了，你不能愚蠢到不去注意這個狀況。我的意

---

89 這句話原文的完整版為「Had I but served my God, with half the zeal I served my King, he would not in mine age have left me naked to mine enemies.」。出自莎士比亞《亨利八世》第三幕第二場，為紅衣主教沃爾西（Wolsey）的台詞，意思為「如果我能用侍奉國王的一半熱忱來侍奉上帝，上帝就不會讓我在這個年紀還得毫無防備地面對敵人。」

90 西格蒙德・佛洛伊德（Sigmund Freud，一八五六—一九三九）：奧地利心理學家、精神分析學家、哲學家暨性學家，為二十世紀最具影響力的思想家之一。

思是，如果茱莉亞從前就一直公然搞婚外情，沒有人會特別注意她，可是她潔身自愛這麼多年後突然爆出這種事——很自然地，大家會開始說長道短。這對劇團來說是件壞事。」

麥可很快地看了朵莉一眼，微微一笑。

「我明白妳的意思了，朵莉，而且我覺得妳這番話很有道理。在這種情況下，我覺得妳完全有權表達自己的想法。我們這個劇團剛成立時，妳對我們非常好，因此我不希望讓妳失望。告訴妳，我很樂意買下妳的股份。」

「買下我的股份？」

朵莉坐直身子並拉長了臉，她剛才因為不安而皺巴巴的表情，現在突然變得堅硬冷酷。她相當氣憤。麥可接著又以圓滑的口吻繼續說道。

「我明白妳的意思。如果茱莉亞夜夜笙歌，必然會影響她的演出，這是顯而易見的。她有一群很可愛的戲迷，一群老太太經常來看我們的日場演出，因為她們覺得茱莉亞是個可愛的好女人。我承認，如果茱莉亞被人說長道短，對我們的營收可能會產生一些負面的影響。但是我非常了解茱莉亞，知道她不會容忍別人干涉她的行動自由。我是她的丈夫，必須包容她這種個性。妳和我的處境不同，如果妳想趁劇團還沒有被茱莉亞拖垮之前退出，我不會怪妳。」

朵莉此刻變得十分警覺。她不是笨蛋，談到做生意方面的事情，她絕對不比麥可遜色。她現在氣得不得了，可是她的怒氣使她得以自制。

「麥可，都經過這麼多年了，我還以為你會更了解我一點。我只是覺得自己有義務來警告你，但這筆投資無論是好是壞，我都會吞下去。我不是那種棄別人於不顧的女人，而且我敢說我比你更能承受虧損的打擊。」

麥可臉上明顯露出失望的表情，讓朵莉相當得意。她知道金錢對麥可而言有多麼重要，希望自己說的這番話能刺激到他。不過麥可立刻又打起精神。

「好吧，朵莉，但妳最好考慮一下。」

朵莉起身並拿起皮包，然後兩人客氣地道別。

「這個愚蠢的老婊子。」麥可在關上門之後咒罵。

「這個自以為是的臭老頭。」朵莉在搭電梯下樓時氣得咬牙切齒。

當朵莉坐進她那輛華麗昂貴的轎車並返回位於蒙塔古廣場的住處時，忍不住流下痛苦的淚水。她覺得自己又老又孤單，她不快樂，而且對茱莉亞這件事感到非常吃味。

第十七章

麥可自以為很有幽默感。在他與朵莉談過話之後的那個星期天晚上，他走進茱莉亞的房間。當時茱莉亞正在換衣服，他們準備提早吃晚餐然後去看電影。

「今晚除了查爾斯之外，還有誰要一起去看電影？」麥可問茱莉亞。

「我找不到女伴，所以我約了湯姆。」

「很好，我正想見他。」

一想到自己暗中準備的笑話，麥可就忍不住笑了起來。茱莉亞非常期待這個晚上，看電影時她會刻意安排座位，讓湯姆坐在她旁邊，讓他牽著她的手，她還可以與坐在她另一邊的查爾斯小聲交談。親愛的查爾斯人很好，這麼久以來一直全心全意地愛著她，因此她會對他特別好一點。查爾斯和湯姆一同抵達史坦霍普廣場，湯姆穿著他新訂做的晚禮服，與茱莉亞偷偷交換眼神：他表示自己很滿意這套晚禮服，她則表示讚美。

「呃，年輕人。」麥可搓搓雙手愉快地說：「你知道我聽說了一些關於你的事情嗎？我聽說你在和我的妻子約會。」

湯姆驚訝地看了麥可一眼，臉色瞬間脹紅。臉紅的習慣讓他覺得丟臉，可是他沒有辦法控制自己。

「噢，親愛的。」茱莉亞馬上大喊一聲：「這太有趣了！我一直想找個約會對象。麥可，是誰告訴你的？」

「某人。」他淘氣地表示。

「好吧，湯姆，要是麥可和我離婚，你就得娶我了，你知道的。」

在一旁的查爾斯笑了一下，眼神溫柔但憂鬱。

「湯姆，你最近做了什麼嗎？」查爾斯問。

這個年輕人明顯的尷尬讓查爾斯變得一臉嚴肅，麥可則依然嘻嘻哈哈的。茱莉亞雖然表現出被他們逗樂的樣子，可是她小心警戒著。

「呃，這個年輕小混混一直帶茱莉亞去夜總會跳舞，她原本應該乖乖躺在床上睡覺。」

茱莉亞發出一聲歡呼。

「湯姆，我們應該否認到底，還是厚著臉皮承認呢？」

「好吧，讓我告訴你們我怎麼回答那個通風報信的人。」麥可插話表示：「我對她說，如果茱莉亞不希望我陪她去夜總會……」

茱莉亞沒有繼續聽下去。是朵莉說的，她在心中暗忖。有趣的是，此刻她心中也浮現出麥可前幾天用來罵朵莉的字眼：這個愚蠢的老婊子。男管家宣布開飯，他們便聊到其他的話題，繼續愉快地談天。茱莉亞表面上興高采烈地參與，而且似乎全心全意地招呼客人，甚至以讚賞的表情聆聽麥可講述一個他已經講過二十遍的劇場故事，但她心裡其實正在與朵莉進行一場激烈的對話，朵莉在她面前瑟瑟發抖。她將自己對朵莉的看法全部說出口。

「妳這頭老母牛。」她對朵莉說：「妳怎麼敢干涉我的私事？不，妳不要說話，不要試圖替自己找藉口。我清清楚楚地知道妳對麥可說了什麼。妳說的話不可原諒。我還以為妳是我的朋友，我還以為我可以依靠妳。好了，一切到此結束，我再也不會和妳說話了。永遠不會，永遠不會。妳以為我在乎妳那些臭錢嗎？噢，別說妳是無心的，這種藉口一點用都沒有。我真的很好奇，如果沒有我，妳算什麼東西？妳的地位，妳在這個世界上唯一的重要性，就是妳碰巧認識我。這些年來是誰在妳的派對上炒熱氣氛？妳以為大家去參加妳的派對是因為妳的緣故嗎？他們是去看我的。但是我再也不會去參加妳的派對了，絕對不會。」

事實上，這是一段獨白，而不是對話。

後來在電影院裡，她仍故意坐在湯姆旁邊並且握著他的手，可是她覺得湯姆怪怪的，死氣沉沉地完全沒有反應。她懷疑湯姆可能因為想著麥可所說的話而感到不自在，她希望能有機會和他說幾句話，告訴他不要擔心，畢竟沒有人比她更具有解決這種事情的才能，此刻最重要的就是保持冷靜。茱莉亞很想知道朵莉到底對麥可說了什麼，她最好找出答案。她不可能去問麥可，那麼做只會顯得她很在意這件事。她必須直接從朵莉那裡找到答案，不與朵莉大吵是比較明智的做法。她想像自己與朵莉對質的場面，忍不住笑了出來。到時候一定非常有趣，她會用甜言蜜語哄騙朵莉說出一切，不讓朵莉發現她在生氣。奇怪的是，一想到人們在說她的閒話，她不禁背脊發冷。如果連她都沒辦法做自己喜歡做的事，還有誰有辦法？她的私生活根本不關別人的事，可是她無法否認，如果人們在背地裡嘲笑她，並不是一件好事。倘若麥可發現了真相，不知道他會有什麼樣的反應。他不可能既與她離婚又繼續擔任她的經紀人。如果他夠聰明，就會睜一隻眼閉一隻眼。麥可在某些方面很有趣，他有時候會變得很霸氣，表現得像個軍人。他還會突然說：「該死，我必須表現得像個紳士。」男人就是這麼愚蠢，每個男人都會做出一些無意義的自我毀滅之舉。當然，就算麥可真的與她離婚並且不再擔任她的經紀人，對她而言也無所謂。她可以去美國演一年戲，等這樁醜聞平息之後，再加入別的劇團，可是這樣很討厭。她還得考慮到羅傑，羅傑會因此受到傷害。可憐的孩子，他一定會感到相當羞恥。無視這件事情對她沒有任何好處，以她這種年紀，為了一個二十三歲的年輕人而離婚，會被別人當成傻瓜。當然，她絕對不會笨到嫁給湯姆，可是查爾斯會願意娶她嗎？她在陰暗的電影院裡轉過身，看著查爾斯尊貴的輪廓。這麼多年來，查爾斯一直瘋狂地愛著她，他是那種具有騎士風度的白痴，女人可以輕易玩弄他於股掌。也許他不介意代替湯姆，成為她離婚官司的共同被告，這可能會是很好的解決方式。查爾斯．泰默利夫人，聽起來還不錯。也許她有一點點過於輕率。每當她去湯姆的公寓時，她總是非常小心，但可能是住在那邊的某個司機看見她進進出出，因此做出一些想像，畢竟那種階級的人想法都很齷齪。至於夜總會，她只希望和湯姆一起去那些沒有人會看到他們的小型夜總會，可是湯姆不喜歡那種地方，他喜歡熱鬧的夜總會，他想看到名人，也想被人看見。他喜歡炫耀他和她在一起。

「該死。」她對自己說：「該死，該死。」

茱莉亞最後未能如她所願地好好享受她的電影之夜。

第十八章

第二天，茱莉亞用她的私人專線打電話給朵莉。

「親愛的，我好像很久沒見到妳了。妳這段時間都在忙什麼？」

「沒什麼。」

朵莉的聲音聽起來很冷淡。

「聽我說，羅傑明天就要回來了。妳也知道他要離開伊頓公學了，我會派車去接他。我希望妳來吃午餐，不是什麼盛大的派對，就只有妳、我、麥可和羅傑。」

「我明天有約了。」

這二十年來，每當茱莉亞要求朵莉陪她時，朵莉從來沒有拒絕過。此刻茱莉亞覺得電話另一頭的聲音充滿敵意。

「朵莉，妳怎麼能夠這麼不友善呢？羅傑一定會非常失望的，這是他回家的第一天。再說，我很想見妳，我已經很久沒有見到妳了，我很思念妳。親愛的，難道妳就不能取消妳的約會嗎？吃完午餐之後，我們可以聊聊八卦，就只有妳和我。」

每當茱莉亞想要說服別人時，沒有人比她更具有說服力，沒有人的聲音會比她的聲音更溫柔，也沒有人擁有比她更難以抗拒的吸引力。朵莉沉默了一會兒，茱莉亞知道朵莉正在與自己受傷的情緒拔河。

「好，親愛的，我會想辦法。」

「妳真好。」茱莉亞說。但是等她掛上電話之後，她咬牙切齒地罵道：「老母牛。」

朵莉來了。她對羅傑說，他現在長大了，要懂事一點。她還說了一些她認為這個年紀的男孩子應該要聽的話，羅傑很有禮貌地聽她說話，臉上帶著穩重的微笑，並且適切地回應她，但是茱莉亞不理解羅傑在想什麼。在吃飯過程中，羅傑沒有多說什麼，看起來全神貫注地聆聽其他人交談，可是茱莉亞有種奇怪的感覺，認為他其實沉浸在自己的思緒中。他似乎以一種超然的好奇心觀察著他們，就像在看動物園裡的動物一樣，這有一點令人感到不安。茱莉亞一直等到恰當的時機，才發表一段她特別為朵莉準備的對話。

「噢，羅傑，親愛的，你知道你可憐的父親今晚很忙，而我有兩張守護神劇院[91]的戲票。你和湯姆看完戲之後，他想找你去皇家咖啡飯店吃宵夜。」

「噢！」羅傑遲疑了一會兒，「好吧。」

茱莉亞轉頭對朵莉說。

「對羅傑來說，有湯姆這種年紀的人陪他一起玩真的很好。他們是很要好的朋友，妳知道的。」

麥可看了朵莉一眼，他的眼中閃過一絲光芒，然後開口說話。

「湯姆是很正派的年輕人，他不會帶壞羅傑。」

---

91 守護神劇院（London Palladium）：英國倫敦最有名的劇院之一。

「我還以為羅傑會比較願意和他在伊頓公學認識的朋友們一起玩。」朵莉表示。

「老母牛。」茱莉亞在心裡暗罵：「老母牛。」

吃完午餐後，茱莉亞請朵莉到她的房間去。

「我要上床午睡了，但妳可以在我休息時陪我說說話，說些八卦給我聽，我想聽八卦。」

她親切地摟著朵莉肥碩的腰部，帶著朵莉上樓。她們先聊了一些無關緊要的事情，例如衣服、僕人、化妝品和別人的醜聞，然後茱莉亞將手肘撐在床上，手托著臉，以信任的眼神看著朵莉。

「朵莉，我有件事想和妳聊一聊，我需要一點建議，而這世界上我唯一會採納的建議就是來自於妳，因為我知道我可以信任妳。」

「當然囉，親愛的。」

「似乎有人說了一些關於我的壞話。有人去找麥可，告訴他現在流傳著許多關於我和那個可憐的湯姆．芬納爾的八卦。」

雖然茱莉亞的雙眸依然透著她知道朵莉無法抗拒的誘惑魅力，但她同時也緊盯著朵莉，希望朵莉的表情能開始出現變化，然而朵莉完全無動於衷，

「是誰去告訴麥可的？」

「我不知道，因為他不肯說。當他表現得像個完美的紳士時，妳知道他是什麼樣子。」

她覺得朵莉的表情似乎放鬆了一下，但也不禁好奇是不是她自己的想像而已。

「我想知道真相，朵莉。」

「我很高興妳問我這件事，親愛的。妳也知道我多討厭干涉別人的事，如果不是因為妳自

己提起這件事，我根本不會想與妳討論。」

「親愛的，除了我之外，沒有人知道妳是如此忠實的朋友。」

朵莉脫掉她的鞋子，在椅子上重重地坐下。茱莉亞的目光始終沒有離開過朵莉。

「妳也知道人心險惡。妳向來過著安靜又規律的生活，很少出去玩，而且男伴不是麥可就是查爾斯・泰默利。當然，查爾斯不會引來流言蜚語，因為大家都知道他崇拜妳非常多年了。突然間，妳開始與替劇團管理帳目的辦事員出雙入對，這點當然會引人注意。」

「他不只是辦事員。他父親買了他們事務所的股份給他，而且他是會計師事務所的初級合夥人。」

「是的，他一年的薪資是四百英鎊。」

「妳怎麼知道？」茱莉亞急忙問。

這一次她很確定朵莉顯出倉皇失措的神情。

「妳之前建議我去他公司談一談我的所得稅，他們一位首席合夥人告訴我的。以他的薪資而言，他住得起公寓、穿得起那種高級西裝，還可以帶人去夜總會玩，實在讓人難以置信。」

「據我所知，他父親會給他零用錢。」

「他父親是倫敦北部的律師，妳自己也很清楚，如果他父親買了事務所的股份給他，就不會再給他零用錢。」

「妳該不會以為我包養他吧？」茱莉亞發出銀鈴般的笑聲。

「親愛的，我什麼都沒多想，但其他人是這麼想的沒錯。」

茱莉亞不喜歡朵莉所說的話，也不喜歡她說話的方式，可是她沒有表現出一絲侷促不安。

「這實在很荒謬，他其實和羅傑比較熟。當然，我經常和他出去，因為我覺得自己的生活太一成不變了。我已經厭倦每天只去劇院並且小心翼翼地照顧自己，這種生活根本不是人生。如果我現在不稍微享受一下，將來也沒有機會，畢竟我會慢慢變老，妳知道的，朵莉，否認也沒有用。再說，妳知道麥可是什麼樣的人，雖然他很體貼，可是也很無趣。」

「他從以前就是這麼無趣。」朵莉尖酸刻薄地說。

「我原本以為任何人都不會想到我與一個比我小二十歲的年輕人有染。」

「小二十五歲。」朵莉糾正她，「我也這麼想。不幸的是，他不太低調。」

「妳這句話是什麼意思？」

「呃，他告訴艾薇絲．克萊頓，他有辦法讓她在妳的下一齣戲裡演出一個角色。」

「艾薇絲．克萊頓是誰？」

「噢，她是我認識的年輕女演員，她美得像一幅畫。」

「湯姆只是個傻孩子，我猜他應該以為自己有辦法說服麥可。妳知道，麥可聽了他的小建議之後，省下了多少稅金。」

「他還說他有辦法讓妳為他做任何事。他說他把妳治得服服貼貼的。」

他怎麼可以說出這種話呢？那個傻瓜，那個該死的傻瓜。朱莉亞非常幸運，因為她是出色的女演員，雖然有那麼短短的一瞬間，她的心臟幾乎停止跳動，不過她馬上就恢復鎮定，並且輕輕笑了起來。

「胡說八道！這些話我一個字都不信。」

「他是個非常平庸、非常粗鄙的年輕人。如果妳大費周章為他做的那些事情使他昏了頭，其實一點也不足為奇。」

茱莉亞親切地笑了一下，以一種無邪的目光注視著朵莉。

「可是，親愛的，妳該不會覺得他是我的情人吧？」

「如果我不覺得，那麼我就是唯一不這麼覺得的人。」

「那麼妳到底覺不覺得他是我的情人？」

朵莉沉默了片刻，沒有回答。她們定睛看著彼此，她們的心因為仇恨而變黑，不過茱莉亞的臉上依舊帶著笑容。

「如果妳鄭重向我保證他不是，我當然會相信妳。」

茱莉亞把聲音壓低成一種沉穩又嚴肅的語調，使它聽起來充滿真誠：

「我從來沒有對妳說過謊，朵莉，而且我不可能到這把年紀才開始說謊。我鄭重地向妳保證，湯姆對我而言只是普通朋友。」

「妳讓我放下了心中的大石頭。」

茱莉亞知道朵莉不相信她，朵莉也知道茱莉亞很清楚她不相信她。於是朵莉接著開口說道：

「既然如此，親愛的茱莉亞，為了妳自己好，妳應該要明智一點，不要再和這個年輕人廝混了，快點甩掉他吧。」

「噢，我辦不到。如果我這麼做，不就等於承認那些人的想法是對的？畢竟我問心無愧，我可以抬頭挺胸。如果我因為那些惡意的流言蜚語就改變自己的行為，我會看不起自己的。」

朵莉穿上鞋子，從皮包裡拿出口紅抹抹嘴唇。

「好吧，親愛的，以妳的年紀，妳應該要知道自己在做什麼。」

她們冷冷地互相道別。

朵莉的這些話讓茱莉亞感到震驚，讓她怨恨難消。更令人不安的是，那些流言蜚語幾乎已經貼近真相。但是那又如何呢？很多女人都有情人，誰會在乎？她只是個女演員，沒有人會期望女演員必須是社會的道德典範。

「都怪我自己太有道德感，這就是問題的根源。」

她擁有品德高尚的名聲，醜聞向來與她無關，但現在看來，她的名聲似乎是她自己打造的監獄。目前還有更糟糕的問題：湯姆說他可以將她玩弄於股掌之中，這句話到底是什麼意思？這句話深深羞辱了她。那個愚蠢的小傻瓜，他怎麼敢說這種話？她不知道應該怎麼辦。她原本想譴責他，但這麼做又有什麼好處？他會否認一切。她唯一能做的就是什麼話都不說。現在一切都已經太遲了，她必須接受一切。不坦然面對真相完全沒有好處，他根本不愛她。他之所以當她的情人，是因為這麼做能滿足他的自尊、能為他帶來他想要的各種東西、能讓他自以為獲得某種地位。

「如果我夠聰明，我就應該要甩掉他。」茱莉亞憤怒地笑了笑，「可是說得容易，我那麼愛他。」

奇怪的是，當她審視自己的內心時，並非茱莉亞．蘭伯特這個女人對這些羞辱感到不滿，因為她根本不在乎自己；是女演員茱莉亞．蘭伯特遭到羞辱，才深深刺痛了她。她經常覺得自己的才華（也就是劇評家稱為「天賦」的那種東西，但「天賦」是一個崇高的詞彙，如果你願意的話，也可以將之稱為「才能」）並不是她真實的自己，甚至不是她的一部分，而是在她身外的某種東西，那種東西利用茱莉亞．蘭伯特這個女人來表述自己。那是一種奇怪且非物質的人格，似乎降臨在她的身上，透過她做出她完全不知道自己有能力做到的事。她只是個平凡、漂亮但逐漸老去的女人。她的才華既沒有年齡也沒有形式，只是一種精神，像小提琴家演奏小提琴那樣透過她的身體來表現。湯姆對這種才華的輕蔑，才是讓她憤怒的原因。

她試著入睡。她已經很習慣午睡，所以總是可以在靜下心來的那一刻馬上睡著，不過今天她焦躁地翻來覆去，怎麼樣也無法入睡。最後她看看時鐘，湯姆經常會在五點鐘過後從辦公室回到家。她渴望著湯姆，想要在他懷中得到平靜。她和他在一起的時候，所有的一切都變得不再重要，於是她撥打了他的電話號碼。

「哈囉？喂，找誰？」

她將聽筒放在耳邊，整個人陷入驚慌，因為接電話的人是羅傑。她匆忙地掛斷電話。

第十九章

那天夜裡茱莉亞也睡不好，羅傑回到家時她還醒著。她聽見聲音後開燈一看，時間是凌晨四點鐘，她不禁皺起眉頭。第二天早上她正準備起床時，羅傑沿著石砌樓梯走下樓來。

「媽媽，我可以進來嗎？」

「進來吧。」

羅傑還穿著睡衣和睡袍，茱莉亞對著他笑了笑，因為他看起來神清氣爽且青春洋溢。

「你昨天晚上很晚回家。」

「不太晚。我回到家時才凌晨一點。」

「你說謊，我當時看了時鐘，是凌晨四點。」

「好吧，那就凌晨四點。」羅傑坦然承認。

「你們去哪裡玩到這麼晚？」

「我們看完戲之後去吃宵夜，接著又去跳舞。」

「跟誰跳舞？」

「我們隨便找了兩個女孩子，湯姆原本就認識她們。」

「她們叫什麼名字？」

「一個叫做吉兒，一個叫做瓊恩，我不知道她們姓什麼。瓊恩是舞台劇演員，她問我能不能在您的下一齣戲裡擔任候補演員。」

反正這兩個女孩子都不是艾薇絲．克萊頓。自從朵莉提到艾薇絲．克萊頓這個名字之後，茱莉亞的腦子裡就一直惦記著。

「可是那些跳舞的地方不會營業到凌晨四點鐘。」

「我們後來去了湯姆住的公寓，湯姆要我保證不告訴您，他說您一定會火冒三丈。」

「噢，親愛的，我絕對不會因為這種小事就生氣的。你放心，我不會告訴湯姆。」

「如果您想責怪任何人，那就怪我吧。昨天下午我去找湯姆，然後我們就安排了這些活動。關於談戀愛的事，我在戲劇裡看過，也在小說裡讀過。因為我已經快要十八歲了，我想我應該親身體驗一下談戀愛的感覺。」

茱莉亞在床上坐起身子，睜大眼睛好奇地看著羅傑。

「羅傑，你**這些話**是什麼意思？」

羅傑看起來鎮定沉著且一臉嚴肅。

「湯姆說他認識兩個還不錯的女孩子，他和她們都上過床。她們兩人住在一起，所以我們打電話邀她們，等我們看完戲之後碰個面。湯姆告訴她們我還是處男，她們就擲銅板決定由誰和我上床。我們回到湯姆的公寓之後，湯姆就把吉兒帶到臥房，把客廳留給我和瓊恩。」

此時茱莉亞已經不再惦記著湯姆，因為她被羅傑這番話搞得心慌意亂。

「我覺得這不是什麼大不了的事，我不認為值得大驚小怪。」

茱莉亞說不出話來，她的淚水在眼眶裡打轉，然後從她的臉頰滑落。

「媽媽，您怎麼了？您為什麼突然哭了？」

「你還只是個孩子啊。」

羅傑走到她的床邊坐下，將她擁入懷中。

「親愛的媽媽，別哭了。早知道說出這些事會讓您心煩，我就不告訴您了。不過，這種事情遲早都會發生。」

「發生得太早了，太早了。這讓我覺得自己很老。」

「親愛的媽媽，您不會變老的。『歲月無法使她衰老，習俗也無法將她腐蝕。她的變化無窮[92]。』」

茱莉亞噙著淚水笑了出來。

「羅傑，你這個小傻瓜。你覺得克麗奧佩托拉會喜歡那個老蠢驢這樣讚美她嗎？你應該再多等幾年才找人上床。」

「不多等幾年也無妨，現在我已經完全明白那方面的事了。坦白說，我覺得有點噁心。」

茱莉亞深深嘆了一口氣。羅傑溫柔地抱著她，讓她深感安慰，可是她心中充滿懊悔。

「親愛的媽媽，您不會生我的氣吧？」羅傑問。

「生你的氣？不會。但如果你真的希望提早體驗這種事情，我希望不要發生得這麼平淡。聽你剛才的描述，彷彿那只是一次基於好奇的實驗。」

「我想確實如此。」

茱莉亞對著羅傑淺淺一笑。

「你真心以為這就是愛情嗎？」

「呃，大部分的人所說的愛情就是這樣，不是嗎？」

「不，不是的。大部分的人認為愛情是痛苦與折磨、是羞辱、是狂歡、是天堂與地獄。他們認為愛情是活得更認真、是難以言喻的無趣。他們認為愛情是自由與奴役、是平靜與不平靜。」

羅傑聽她說話時不發一語，她因此偷看他一眼。羅傑的眼中透著一種異樣的神情，她不知道那代表什麼意思，宛如他正全神貫注地聆聽從遠方傳來的某種聲音。

「愛情聽起來不太有趣。」他喃喃地說。

茱莉亞用雙手捧住羅傑光滑的臉頰並親吻他的嘴唇。

「我很傻，對不對？你看，我還把你當成我懷裡的小嬰兒。」

羅傑眼中閃過一絲光芒。

「你這孩子在笑什麼？」

「我們可以把愛情拍成一幀很棒的照片，對不對？」

茱莉亞聞言後哈哈大笑。

「你真淘氣，你這個壞孩子。」

「剛才我提到讓瓊恩當候補演員的事情，您可以安排一下嗎？」

「你叫她改天來找我。」

---

92 此句原文為「Age cannot wither her, nor custom stale Her infinite variety.」，出自莎士比亞的悲劇作品《安東尼與克麗奧佩托拉》（*Antony and Cleopatra*）第二幕第二場。

羅傑離開之後，茱莉亞又嘆了一口氣。她很沮喪，她很孤單。她的人生一直非常充實、非常刺激，以致她根本沒時間好好關心羅傑。當然，在羅傑罹患百日咳和麻疹的那段時間，她一直處於焦慮的情緒中，可是羅傑大部分的時候都很健康，因此她很自然地就把羅傑拋諸腦後。不過，當她想好好照顧羅傑時，羅傑也會乖乖配合。她經常想：等羅傑長大之後，她就能與他分享她的喜好，到時候感覺一定很棒。這一刻她突然發覺，自己還不曾真正擁有過羅傑，就已經失去他了，這使她相當震驚。茱莉亞一想到那個從她手中奪走羅傑的女孩子，忍不住咬緊了嘴唇。

「候補演員，去你的。」

由於她已經被痛苦吞噬，因此對於發現湯姆另結新歡所造成的悲傷沒有一絲感覺。她早就知道湯姆會對她不忠，因為湯姆年紀尚輕、個性放蕩，加上她被劇院的演出和她的社會地位所牽制，湯姆顯然有很多機會為所欲為。她總是睜一隻眼閉一隻眼，希望自己什麼都不要知道。湯姆在外面亂來這件事，還是第一次明確地擺在她面前。

「我必須忍耐。」她嘆氣道，腦子裡有各種想法，「就好比明明說謊卻不知道自己正在說謊，是最糟糕的事，我覺得當了傻瓜但知道自己是個傻瓜，好過當了傻瓜卻不知道自己是大傻瓜。」

第二十章

湯姆和他的家人到義本[93]過聖誕節，但由於茱莉亞在節禮日[94]還有兩場演出，因此聖誕假期期間葛斯林一家會留在倫敦。他們到薩伏伊飯店參加朵莉．德弗里斯舉行的大型跨年派對。幾天後，羅傑動身前往維也納。羅傑在倫敦的時候，茱莉亞幾乎見不到湯姆，但她也從不問羅傑每天和湯姆在城裡忙些什麼，她一點都不想知道。她努力不去思考那些事，並且盡可能參加各式各樣的派對來轉移注意力。再說她還得演戲，每次只要一走進劇院，她的痛苦、她的屈辱、她的嫉妒就能得到緩解。演戲使她擁有戰勝一切的力量，這種力量彷彿潛藏在她演戲時塗抹的化妝品，讓她獲得一種人類的悲傷無法入侵的人格。由於她隨時可以躲進劇院這個避難所，因此能夠持續地前進。

羅傑前往維也納那天，湯姆從會計師事務所打電話給茱莉亞。

「妳今晚有空嗎？要不要出去開心一下？」

「不行，我沒空。」

93 義本（Eastbourne）：英國東南部東索塞克斯郡（East Sussex）的自治市鎮。

94 節禮日（Boxing Day）：英國在聖誕節翌日（十二月二十六日）慶祝的國定假日。

這不是事實，然而這句話自己就從茱莉亞的嘴裡跑了出來。

「噢，妳沒空嗎？那麼明天如何？」

假如他能表現出失望的樣子，或者要求她推掉他信以為真的約會，她一定會立刻與他一刀兩斷。然而湯姆這種不在意的態度擊倒了茱莉亞。

「明天可以。」

「好，明天晚上妳演完戲之後，我去劇院接妳。」

當湯姆抵達茱莉亞的更衣室時，茱莉亞早已準備好並等著他來。她有一種莫名的緊張。湯姆見到茱莉亞時笑容滿面，而且他等伊芙一走出更衣室就立刻將茱莉亞擁入懷中，熱情地吻她的唇。

「這下子我感覺好多了。」

湯姆看起來如此年輕、清新、率直且興高采烈，別人絕對想不到他有辦法讓茱莉亞如此痛苦，更想不到他是如此虛偽的人。他顯然沒注意到自己已經超過兩個星期沒來找茱莉亞。

(「噢，老天，我真希望能叫他去死。」)

不過茱莉亞那雙漂亮的眼睛含笑看著湯姆。

「我們要去哪裡呢？」

「我已經在奎格飯店訂好位子了，那裡有新節目，一個從美國來的魔術師，聽說他的表演非常精采。」

吃宵夜時茱莉亞愉快地聊天，她與湯姆分享了她去參加的每一場派對以及她無法推掉的劇場界聚會，彷彿因為這些活動才害她無法與他約會。沒想到湯姆似乎覺得這個原因順理成章，讓茱莉亞感到掃興。湯姆看起來很高興見到茱莉亞，他對於她這段時間做了哪些事和遇到哪些人深感興趣，不過他顯然一點也不想念她。茱莉亞告訴湯姆有人打算邀她將目前正在倫敦上演的戲碼搬到紐約公演，並告訴湯姆對方所開出的優渥條件，想藉此看看湯姆有什麼反應。

「這些條件非常好。」湯姆的眼睛發亮，「這是大好的機會，妳不會有任何損失，而且還能大賺一筆。」

「唯一的問題是我不想離開倫敦。」

「噢，為什麼？我覺得妳應該馬上接受。你們那齣戲已經上演很久了，大概還能繼續演到復活節就差不多了。如果妳打算去美國大顯身手，這個劇本是最適合妳的。」

「我不覺得我們這齣戲撐不到夏天結束。除此之外，我不喜歡身邊都是陌生人，我喜歡有朋友陪伴。」

「我認為妳的想法太愚蠢了。妳在紐約一定會過得很開心，而且妳的朋友們少了妳也可以過得很好。」

茱莉亞發出的爽朗笑聲會讓人以為她是真心在笑。

「你這些話讓我覺得你千方百計想趕我走。」

「我當然會非常想妳，可是妳頂多只去幾個月。我要是能有這麼棒的機會，一定會緊抓著不放。」

他們吃完宵夜後，飯店門口的服務生為他們招了計程車。湯姆告訴司機他那間公寓的地址，彷彿他們理所當然應該回到他的住處。他在計程車裡伸手摟住茱莉亞的腰並且親吻她。他們躺到他那張小小的單人床上，她躺在他的懷裡，覺得過去兩星期的種種痛苦能換來此刻的歡愉與平靜，代價不算太大。

茱莉亞繼續與湯姆前往各個時髦的餐廳和俱樂部，假如人們要覺得他是她的情人，那就隨他們去說吧，她已經完全不在乎了。不過好幾次她找湯姆陪她去一些地方，湯姆都推說沒空。茱莉亞那些有錢有勢的朋友們都表示湯姆在替人節省所得稅方面確實很有一手，丹諾倫特夫婦曾邀請湯姆到他們的鄉間別墅度周末，他在那裡認識了一些願意倚重他專業知識的人。開始有一些連茱莉亞也不認識的人邀請他，還有一些茱莉亞的熟人會在她面前提起他。

「妳認識湯姆．芬納爾對不對？他真的非常聰明，我聽說他替吉里安家省下好幾百英鎊的所得稅。」

茱莉亞聽了一點也不覺得開心，因為湯姆原本必須透過她才有辦法受邀參加他一直想去的派對，如今他在這方面似乎已經不需要她了。他親切和藹、為人謙虛、穿著體面、眉清目秀、魅力無窮，而且還能幫別人節省不少稅金。茱莉亞對於湯姆一心想投入的世界非常了解，她知道他很快就可以站穩自己的腳步。她對於湯姆在那個世界能夠認識的女性並沒有太高的品德評價，會樂於從她手中搶走他的貴婦絕對不只一個。唯一令茱莉亞感到欣慰的是那些女性都很低賤，而且朵莉說湯姆一年只賺四百英鎊，他光靠那點薪水絕對無法在那個圈子裡生存。

在茱莉亞向湯姆提到美國方面的邀約之前，其實心裡早已打定主意要拒絕，畢竟他們這齣戲在倫敦的票房一直很好。殊不知這時突然有一波莫名其妙的不景氣席捲倫敦，票房收入因此大幅下滑，過了復活節之後，這齣戲可能真的就得下檔了。於是他們找了新劇本，並且對這個新劇本抱持相當大的期望。這齣新戲名為《當今時下》，預計初秋上演，裡面有個能讓茱莉亞發揮她精湛演技的好角色，還有一個也不錯的角色適合麥可演出，這種劇本通常可以輕易公演一整年。麥可原本不太贊成這齣新戲在五月上檔，因為夏季緊接著而來，人們會出城度假，但他們似乎已經沒有別的辦法可行，於是他開始物色參與演出這齣新戲的演員。

某天下午，在日場的中場休息時間，伊芙遞了一張紙條給茱莉亞，茱莉亞驚訝地發現那是羅傑的親筆信。

親愛的媽媽，

我要向您介紹我曾提過的瓊恩．丹佛小姐。她非常希望能有機會參與西登斯劇院的演出，只要讓她當候補演員，無論演什麼角色，她都會深表感激。

您的兒子羅傑

羅傑一本正經的句子讓茱莉亞忍不住微微一笑，她被逗笑是因為她覺得羅傑已經長大了，還開始幫朋友找工作了。但她突然想起了瓊恩．丹佛是誰。吉兒和瓊恩！瓊恩就是那個誘拐可憐的羅傑上床的女人。茱莉亞的臉色瞬間變得陰沉。不過她很好奇對方長什麼樣子，因此想見見她。

「喬治在嗎？」茱莉亞問伊芙。喬治是劇場的看門警衛。伊芙點點頭，然後將更衣室的門打開。

「喬治！」伊芙喊了一聲。

喬治過來了。

「拿這封信來的小姐還在門外嗎？」

「是的，蘭伯特小姐。」

「告訴她，我演完戲之後可以見她。」

茱莉亞在最後一幕中穿著一件有長裙擺的晚禮服，那件晚禮服非常華麗，完美地展現出她身材的優點。她深色的頭髮上戴著鑽石頭飾，手上戴著鑽石手環，整個人就像劇中角色一樣雍容華貴。最後一次謝幕之後，她馬上接見了瓊恩．丹佛。茱莉亞可以在一轉眼之間從劇中的角色回到她的私人身分，不過此時此刻她要繼續扮演劇中那個高傲、冷漠、尊貴且教養良好的女人。

「我已經讓妳等太久了，所以我沒卸妝，以免妳還要等我換衣服。」

茱莉亞展露出女王般的親切笑容，她的優雅讓人想與她保持一種尊敬她的距離。她一眼就看透了這個走進她更衣室的年輕女孩。這女孩的年紀還很輕，有一張漂亮的小臉蛋和一個朝天鼻，臉上畫了濃妝，可是化妝技巧不太高明。

「她的腿太短了。」茱莉亞暗忖，「整體而言相當平凡。」

這個女孩子顯然穿著她最好的衣服前來，茱莉亞只看了一眼，就已經可以評估出她全身的裝扮價值多少錢。

（顯然是以賒帳的方式在沙夫茲伯里街的服裝店買的。）

這個可憐的女孩非常緊張，茱莉亞叫她坐下，並遞給她香菸。

「火柴在妳旁邊。」

茱莉亞發現她點燃火柴時雙手不停地發抖。火柴斷了，她又拿了一根，在火柴盒上擦了三下才將火點燃。

（真希望羅傑也在這裡看見她這副蠢樣。廉價的胭脂和口紅，整個人還嚇得不知所措。他還以為這個女孩能給他美妙的愛情。）

「妳演戲很久了嗎？——對不起，我忘了妳的名字。」

「瓊恩．丹佛。」她的喉嚨乾澀，幾乎發不出聲音。她的香菸這時突然熄滅了，她不知道如何是好，只能依然夾在手上。她回答茱莉亞的問題：「兩年了。」

「妳幾歲？」

「十九歲。」

「（說謊。妳看起來至少二十二歲了。）妳認識我兒子，對嗎？」

「是的。」

「他剛離開伊頓公學，現在去維也納學德文了。當然，他還很年輕，不過他父親和我都認為，先讓他去國外待幾個月，然後再去劍橋大學念書，對他會有好處。妳通常都演什麼樣的角色？妳的香菸熄了，要不要換一根？」

「噢，沒關係，謝謝。我剛結束在外地的巡迴演出，非常渴望能在倫敦演戲。」瓊恩．丹佛在絕望中找到勇氣，說出她顯然早已預先準備好的台詞：我非常仰慕您，蘭伯特小姐，我認為您是最了不起的舞台劇女演員，我從您身上學到的東西比我多年來在皇家戲劇藝術學院學到的還多。我最大的願望就是進入您的劇團，蘭伯特小姐，如果您願意為我安排演出一個小角色的話。我相信任何女孩子都希望擁有這種天大的好機會。」

「妳可以脫下帽子嗎？」

瓊恩．丹佛從頭上摘下她廉價的帽子，然後以俐落的動作甩開她剪得短短的捲髮。

「妳的頭髮真漂亮。」茱莉亞說。

她注視著瓊恩，臉上依舊帶著有點高傲卻無限親切的微笑——那種女王在皇家隊伍中對人民所展露的笑顏——並且不發一語。她想起珍．黛布的格言：「除非妳有好理由，否則說台詞時永遠不可以停頓；可是如果妳停下來，就要盡可能拖長時間。」她幾乎可以聽見瓊恩的心跳聲，覺得這個女孩正在那件便宜的成衣裡蜷縮著、在她那身皮囊裡蜷縮著。

「妳怎麼會想到要叫我兒子寫那張紙條給我？」

瓊恩的臉頰在濃濃的胭脂下脹紅了，她吞吞口水才開口回答。

「我在一個朋友家裡認識他，我告訴他我非常仰慕您，他說您或許會願意讓我參與您的下一齣戲。」

「我確實正在選角。」

「我不敢奢望得到角色，只要能當候補演員就心滿意足了——我的意思是，這麼一來我就有機會參與排練，學習到您的表演技巧。透過觀摩也可以培養演技，這是大家一致公認的事。」

「（愚蠢的小東西，想拍我馬屁？妳以為我看不出妳這點小詭計嗎？我幹嘛要培養妳的演技？真是活見鬼了。）謝謝妳這麼吹捧我，我只是很普通的人。觀眾對我太好了，他們真的太好了。妳是長得很漂亮的女孩子，而且還很年輕，青春是多麼美好啊。我們劇團的經營方針就是多給年輕人機會，畢竟我們無法永遠在舞台上表演，所以我們致力培養年輕演員，等時機到了就讓他們接棒。我們認為這是劇團對觀眾應盡的責任。」

茱莉亞刻意以悅耳動人的聲音將這番話說得坦率天真，讓瓊恩．丹佛的心情變得暖洋洋的，以為自己已經成功說服了這位老大姊，她將可以成為候補演員。湯姆．芬納爾早就跟她說過，只要她能搞定羅傑，就一定會有收獲。

「噢，蘭伯特小姐，年輕人要在舞台上接替您，恐怕還需要很久很久的時間。」瓊恩說。

她的眼睛，那雙烏黑亮麗的眼睛，正閃耀著喜悅的光芒。

（妳說對了，小丫頭。妳說得沒錯，我到七十歲的時候都還有辦法在舞台上搶走妳的鋒頭。）

「我還得思考一下，因為我不清楚我們下一齣戲需要哪些候補演員。」

「我聽說艾薇絲．克萊頓將會演出那個少女的角色，我想或許我可以當她的候補演員。」

艾薇絲．克萊頓！茱莉亞不動聲色，外人一定看不出這個名字對她有什麼意義。

「我丈夫提過她，可是一切都還沒有決定。我不認識她。她很精明嗎？」

「我想是的。我和她是皇家戲劇藝術學院的同學。」

「我聽說她美得像一幅畫。」茱莉亞站起身子，暗示她們的談話已經結束。她放下尊貴的態度，說話的語調變成愉悅善良且樂於助人的女演員，「好啦，親愛的，妳把妳的名字和地址留給我，我一有消息就通知妳。」

「蘭伯特小姐，您不會忘了我吧？」

「親愛的，別擔心，我保證不會忘了妳。很高興見到妳，妳的個性很可愛。妳自己可以找得到路出去吧，是嗎？再見了。」

等瓊恩離開之後，茱莉亞心想：「她休想踏進這間劇院。這個骯髒的女人玩弄了我兒子，我可憐的孩子。她真可惡，可惡極了，我絕對不會饒恕這種女人。」

茱莉亞脫掉身上那件華麗的戲服，看著鏡中的自己。她的目光冷酷，嘴角因露出譏諷的笑意而上揚。她對著鏡子裡的自己說：

「老朋友，我可以明白地告訴妳：有個人絕對別想要演出《當今時下》。那個人就是艾薇絲．克萊頓。」

第二十一章

過了一個星期，麥可提起了這個名字。

「妳聽說過一個叫艾薇絲・克萊頓的女孩子嗎？」

「沒聽說過。」

「有人告訴我她很不錯，說她是端莊的淑女，她的父親在軍隊服役。我正在考慮要不要讓她演荷娜這個角色。」

「你從哪裡聽說她的？」

「是湯姆介紹的。湯姆認識她，他說她非常聰明。她即將演出某一齣星期天晚上公演的戲劇，事實上，就在下個星期天。湯姆說他覺得我們應該去看看。」

「噢，那你為什麼不去呢？」

「我要去桑威奇打高爾夫球。可以麻煩妳去看看嗎？我猜那齣戲應該不會太有趣，但是妳去看過之後，可以決定要不要找她來試試那個角色。湯姆會陪妳一起去的。」

茱莉亞的心跳突然加速。

「沒問題，我當然可以去鑑定一下。」

於是她打電話給湯姆，請他先過來吃點點心，然後他們再去看戲。湯姆在茱莉亞還沒準備好之前就已經來到史坦霍普廣場。

「是我動作太慢還是你來得太早？」茱莉亞走進客廳時說。

她看得出來湯姆已經等得不耐煩了，他顯得緊張又急迫。

「他們八點鐘準時開演。」湯姆說：「我不希望開演後才進場。」

湯姆迫不及待的神情說明了茱莉亞想了解的一切，於是她故意慢吞吞地吃起點心。

「我們今晚要去看的那個女演員叫什麼名字？」她問。

「艾薇絲．克萊頓。我很好奇妳會如何評斷她的演技，我認為她是不可多得的女演員。她知道妳今晚會去看戲，所以非常緊張，但我叫她不必緊張。妳知道那些星期天晚上演出的戲碼都是什麼樣子，盡是一些臨時拼拼湊湊就端上台的玩意。我告訴她妳一定明白這一點，所以妳會將評斷的標準降低一些。」

吃晚餐時湯姆一直不停地看手表。茱莉亞表現得像個世故的女性，分享了一個接一個故事，但她同時也注意到湯姆根本沒有專心聆聽。他一有機會就把話題帶回到艾薇絲．克萊頓身上。

「當然，我沒有和她提過這件事，但是我相信她非常適合荷娜這個角色。」湯姆早已在《當今時下》開始製作之前就搶先讀完了劇本，茱莉亞主演的每一個劇本他都讀過，「她很適合這個角色，這一點我相當確定。她非常努力，這個角色對她來說會是很好的機會。她十分仰慕妳，非常渴望和妳同台演戲。」

「這是可以理解的，因為得到這個角色將表示她一整年都會有工作，而且她就有機會被許多經紀人看見。」

「她頭髮的顏色很適合這個角色，而且她長得很漂亮。她和妳可以形成明顯的對比。」

「戲劇圈裡有很多把頭髮染成淡金色的女演員。」

「她是天生金髮。」

「是嗎？今天早上我收到羅傑寄回來的一封長信，他在維也納似乎過得很開心。」

湯姆對這個話題沒興趣。他看看手表。這時服務生端了咖啡過來，茱莉亞說咖啡很難喝，要求餐廳廚房重煮一杯。

「噢，茱莉亞，不值得這麼做，我們會因此遲到的。」

「我認為剛開演的前幾分鐘應該不太重要。」

湯姆的聲音變得痛苦。

「我答應過她，說我們絕對不會遲到。這齣戲一開始就有一場她演得非常精采的戲。」

「對不起，如果不先喝杯咖啡，我就沒辦法看戲。」

他們等咖啡的時候，她繼續興高采烈地談天說地，但他幾乎沒有回應，只是一直焦急地看著餐廳門口。等咖啡端上來之後，她又故意慢條斯理地喝。當他們上車時，他已經氣到完全不想說話，沉默地怒視前方，還因為不高興而嘟起嘴巴。茱莉亞非常滿意自己的表現。他們在布幕升起前兩分鐘抵達劇院，全場觀眾一看見茱莉亞，立刻以熱烈的掌聲歡迎她。茱莉亞走到位於前排座位區中央的位子，先向被她打擾的觀眾致歉，然後以淺淺的微笑回應迎接她華麗進場的掌聲，但隨即又低下頭否認觀眾是為她鼓掌。

布幕拉開後，過了一會兒便有兩個女孩子走到舞台正中央，其中一個漂亮又年輕，另外一個年長且長相平淡。茱莉亞看見後便轉頭低聲問湯姆：

「艾薇絲．克萊頓是年輕的還是老的？」

「年輕的。」

「噢，當然，你說過她長得很漂亮，不是嗎？」

她瞥看他一眼，他已經沒有悶悶不樂的表情，而且嘴角露出幸福的笑容。茱莉亞把注意力轉向舞台，艾薇絲．克萊頓長得非常漂亮，沒有人會否認這一點，她有一頭美麗的金色秀髮、一雙漂亮的藍色眼睛和一個高挺精緻的鼻子，但這正好是茱莉亞最不喜歡的類型。

「平淡無奇。」她對自己說：「只能當配角。」

她看了幾分鐘，而且是目不轉睛地看著，然後才在座位上往後一靠，嘆了一口氣。

「她演得很爛。」她肯定地說。

當布幕落下時，湯姆急切地轉頭看著茱莉亞。這時他已經不再對茱莉亞生悶氣了。

「妳覺得她怎麼樣？」

「她美得像一幅畫。」

「我知道，但我是問妳覺得她的演技如何。妳是不是覺得她演得很好？」

「是的，很好。」

「我希望妳能夠到後台一趟，親自對她說這句話，這會帶給她很大的鼓勵。」

「我？」

他是不是搞不清楚自己要求她做什麼？他竟然要求茱莉亞．蘭伯特到後台恭喜一個演小角色的女演員演出成功？這是聞所未聞的事。

「我答應過她，第二幕結束之後，我會帶妳去後台。茱莉亞，妳就大方一點嘛，這麼做會讓她非常開心的。」

「（傻瓜，該死的傻瓜。好吧，我就好人做到底。）當然。如果你認為這麼做對她很重要的話，我就樂意去做。」

第二幕結束後，湯姆帶茱莉亞穿過後台門，兩人來到艾薇絲・克萊頓的更衣室。艾薇絲和那個開場時與她一起上台的平凡女演員共用一間更衣室。湯姆向茱莉亞介紹艾薇絲，艾薇絲裝模作樣地伸出軟綿綿的手。

「很高興見到您，蘭伯特小姐，這間更衣室不太像樣，請您見諒。但是我們只演一晚，所以好像也沒有必要特別整理和布置。」

她一點也不緊張。事實上，她似乎充滿自信。

（「這個女孩子冷酷無情，隨時等待機會上門。她現在是在擺架子嗎？」）

「您願意大駕光臨真是太好了，這齣戲恐怕不怎麼樣，但是像我這種剛剛起步的演員，就必須忍耐一切，有戲就演。他們找我來試鏡時，我對這齣戲抱著懷疑的態度，但後來我很喜歡我飾演的角色。」

「妳演得十分迷人。」茱莉亞說。

「您這麼說實在太好了。我真希望我們能夠多彩排幾次，因為我很希望向**您**展現我的演技。」

「呃，妳知道，我在這一行已經很久了。我認為如果一個人有演戲的天分，就一定可以自然而然地表現出來。妳不覺得嗎？」

「我懂您的意思。當然，我需要累積更多經驗，我明白這一點。我真正需要的是機會。我知道我會演戲，但如果我能得到一個我可以真正專注演出的角色就好了。」

艾薇絲停了一會兒，希望茱莉亞主動說出她的新戲裡有個適合艾薇絲的角色，可是茱莉亞只是繼續面帶微笑地看著她。茱莉亞覺得艾薇絲似乎自以為是親切和善的大地主夫人，而且把她當成是助理牧師的太太，這點讓她感到非常有趣。

「妳演戲很久了嗎？」茱莉亞最後終於開口：「真奇怪我從來沒有聽過妳的名字。」

「呃，我演過一陣子的滑稽劇，但我覺得那只是在浪費我的時間。上個戲劇季我都在外地巡迴演出。如果有辦法的話，我不想再離開倫敦了。」

「戲劇界的人太多了。」茱莉亞說。

「噢，我明白，除非擁有影響力，否則在這個圈子裡幾乎別想要有發展。我聽說您正在籌備新戲。」

「是的。」

茱莉亞繼續面露笑容，溫柔得幾乎令人無法忍受。

「如果這齣新戲裡有適合我的角色，我非常希望能與您一起演出。我真遺憾葛斯林先生今晚沒辦法過來。」

「我會轉告他關於妳的表現。」

「您覺得我有機會參與您的新戲嗎？」在她的自信中、在她為了讓茱莉亞留下深刻印象而裝出來的大地主夫人氣勢中，正透露出一種焦慮的渴望，「如果您能為我美言幾句，一定會對我大有幫助。」

茱莉亞若有所思地看她一眼。

「我比較常聽我丈夫的建議，他很少聽我的建議。」茱莉亞笑著說。

他們離開更衣室，好讓艾薇絲．克萊頓換上第三幕要穿的戲服。茱莉亞看見艾薇絲與湯姆道別時向他投以詢問的目光。茱莉亞看得十分清楚，雖然湯姆沒有做出明顯的動作，可是他微微地搖搖頭。茱莉亞當下的感受非常敏銳，馬上將他們之間的無聲對話轉化為文字。

「待會兒要不要一起吃宵夜？」

「不行，該死，我沒辦法，因為我得送她回去。」

茱莉亞一臉陰沉地看完第三幕。她擺出這種表情不會有問題，因為這齣劇原本就很嚴肅。整齣戲落幕後，一個臉色蒼白的劇作家上台發表了一段結結巴巴的演說。湯姆問她想去哪裡吃宵夜。

「我們回家聊天吧。」茱莉亞說：「如果你肚子餓，我想我們可以在廚房裡找點東西讓你吃。」

「妳是指妳在史坦霍普廣場的家嗎？」

「對。」

「好吧。」

茱莉亞覺得湯姆因為她無意前往他住的公寓而鬆了一口氣。湯姆在乘車時沉默不語，茱莉亞知道他因為不得不陪她回家而感到厭煩。她猜一定有人舉辦了宵夜派對，艾薇絲．克萊頓會去參加，因此湯姆也想去。他們回到家時屋裡黑漆漆的，因為僕人們都已經上床休息。茱莉亞提議他們到地下室去吃東西。

「除非妳想吃。我一點都不餓。」湯姆表示：「我只想喝杯威士忌加蘇打水，然後回家睡覺。明天我在辦公室裡有很多事情要忙。」

「好。你把酒拿到客廳去，我去開燈。」

當湯姆走進客廳時，茱莉亞正在照鏡子。直到他倒好威士忌並且坐下，她才從鏡子前轉過身。他看起來非常年輕，非常迷人，穿著一身漂亮的衣服，坐在大大的扶手椅上。那天晚上她所承受的各種苦澀以及過去幾天吞噬她的各種妒意，突然都被她強烈的欲望驅散一空。她坐到他那張椅子的扶手上，伸手愛撫他的頭髮。他不高興地往後退縮。

「不要這樣。」他說：「我不喜歡別人弄亂我的頭髮。」

這句話就像一把刀刺進她的心，他以前從來沒有用這種口氣對她說話。然而她輕輕一笑，起身拿起他替她倒的威士忌，在他對面的椅子坐下。他的舉動、他的話語，全都是出於本能的反應。他感到有點羞愧，因此迴避著她的目光。他的臉再次露出悶悶不樂的表情，那一刻決定了接下來的發展。他們沉默了一會兒，茱莉亞的心痛苦地跳著，但是她最後強迫自己開口。

「告訴我。」她微笑著說：「你和艾薇絲．克萊頓上過床了嗎？」

「當然沒有。」他大聲地說。

「為什麼沒有？她很漂亮。」

「她不是那種隨便的女孩，我非常尊重她。」

茱莉亞臉上沒有顯露出一絲情緒，她的態度看起來十分輕鬆，宛如正在談論帝國的衰亡或君王的死去。

「你知道我怎麼想嗎？我會說你已經瘋狂愛上了她。」

湯姆仍然迴避著茱莉亞的視線。

「你和她訂婚了嗎？」

「沒有。」

他現在終於轉過頭看著茱莉亞，可是他的目光充滿敵意。

「你向她求婚了嗎？」

「怎麼可能？我只是個無賴。」

他的情緒如此激動，令茱莉亞感到驚訝。

「你在說什麼？」

「噢，說話何必拐彎抹角？我怎麼能夠要求一個像她這麼體面的女孩子嫁給我？我只不過是個被包養的年輕人。拜託，妳應該最清楚了。」

「別傻了，我只不過送了幾件小禮物給你，有必要大驚小怪嗎？」

「我不應該收下那些禮物。我一直知道這麼做是不對的，但事情就是這樣慢慢發生了，等到我意識到不對勁的時候，我早已深陷其中。我根本負擔不起妳讓我過的生活，我入不敷出，因此不得不收下妳給的錢。」

「收我的錢不好嗎？反正我非常有錢。」

「妳那些該死的錢。」

他手裡原本拿著酒杯，此刻因為一時的衝動，便將酒杯扔進壁爐裡，玻璃杯摔得粉碎。

「你不必破壞這間可愛的房子吧？」茱莉亞諷刺地說。

「抱歉，我不是有意的。」他坐回椅子上，並且轉過頭去不看茱莉亞，「我覺得自己十分可恥，失去自尊的感覺很不好受。」

茱莉亞停頓了片刻，不知道該說什麼才好。

「你陷入困境時，我當然會想幫你，因為這麼做讓我覺得快樂。」

「我知道，而且妳這方面做得相當圓滑。妳幾乎讓我相信，妳替我解決債務其實是我幫了妳一個忙。妳輕易地讓我表現得像個渾蛋。」

「我很遺憾你有這種感覺。」

茱莉亞尖酸刻薄地說。她開始有點不耐煩。

「妳根本不覺得遺憾。妳想得到我，所以花錢買了我。是我自己卑鄙，我讓自己被妳收買，這不是妳的錯。」

「你有這種想法多久了？」

「我從一開始就這麼覺得。」

「不要騙我。」

茱莉亞很清楚，因為湯姆自以為愛上了一個純潔的女孩，所以才會良心發現。可憐的大傻瓜！難道他不知道艾薇絲．克萊頓這種女人會為了得到演出機會而陪舞台助理上床嗎？

「如果你愛上了艾薇絲．克萊頓，為什麼不坦白告訴我？」

湯姆一臉痛苦地看著茱莉亞，但是沒有回答。

「你是不是擔心坦承一切會破壞她參與這齣新戲的演出機會？你應該很懂我，我絕對不會讓私人情緒影響工作。」

湯姆不敢相信自己的耳朵。

「妳這句話是什麼意思？」

「我認為她還不錯，我會告訴麥可，我覺得她可以勝任那個角色。」

「噢，茱莉亞，妳人真好。我從來不知道妳是這麼了不起的女人。」

「如果你曾開口問我，我就會告訴你。」

湯姆鬆了一口氣。

「親愛的，我真的太喜歡妳了。」

「我知道，我也很喜歡你，和你在一起很有趣。而且你總是表現得那麼好，你讓任何女人都會覺得很有面子。我喜歡和你上床，我有一種你也喜歡和我上床的感覺。不過，我們還是面對現實吧！我從來沒有愛過你，你也從來沒有愛過我。我知道這段關係不可能維持下去，因為你遲早會墜入愛河，並且結束我們之間的事。現在你已經墜入愛河了，不是嗎？」

「是的。」

茱莉亞早已下定決心要湯姆親口說出這句話，然而當他真的說出口時，她卻感到無比痛苦。儘管如此，她還是以愉悅的表情地笑了一笑。

「雖然我們共度了一段非常愉快的時光，但你不覺得現在正是結束的好時機嗎？」她說這句話的時候態度如此自然，聽起來幾乎像是在開玩笑，因此沒有人能猜到她已經無法承受心中的痛苦。她懷著一種令自己深感不安的恐懼等待回答。

「我很抱歉，茱莉亞，我必須找回我的自尊。」湯姆以一種為難的眼神看著她，「難道妳不生我的氣嗎？」

「氣你把你輕浮的情感從我身上轉移到艾薇絲．克萊頓身上？」茱莉亞眼中帶著一抹頑皮的笑意，「親愛的，當然不會。畢竟你所愛的還是這個行業的人。」

「我非常感謝妳為我所做的一切，我不希望妳覺得我不知感恩。」

「噢，可愛的孩子，別胡說了，我沒有為你做任何事。」她站起身來，「現在你該離開了，你明天在辦公室還有一堆事情要忙，而且我也累了。」

這讓湯姆卸下了心中的大石頭，不過他並沒有因此感到高興，因為茱莉亞的語氣使他感到困惑。她的語氣如此友善，卻又帶點淡淡的諷刺，讓他覺得有一點失望。他走過去想要親吻她並且道晚安，她猶豫了非常短的時間，然後才帶著親切的微笑讓他親吻兩邊的臉頰。

「你不需要我送你出去吧？」她將手放到嘴邊，打了個刻意裝出來的呵欠，「噢，我好睏啊。」

湯姆一離開，她立刻關燈並且走到窗前，小心地隔著窗簾往外偷看。她聽見湯姆砰的一聲關上前門，接著看他走出來。他左顧右盼，她猜他應該是在找計程車。但因為附近都看不到計程車經過，於是他開始往公園的方向走去。她知道他一定是要去找艾薇絲·克萊頓吃宵夜，並且告訴她這個好消息。茱莉亞坐到椅子上，她剛才演了一場戲，演得十分精采，但現在她覺得自己崩潰了，眼淚從她的臉頰滑落，沒人看得到她流淚。她真的很不快樂，現在只有一件事能讓她忍受自己的悲慘，那就是冰冷地蔑視那個傻小子。那個傻小子寧可選擇一個不會演戲的小演員也不要她，實在太奇怪了。那個只能演小角色的女演員根本不懂得善用手勢，甚至不知道如何在舞台上走路。

「如果我有幽默感，我應該會笑掉大牙。」她哭了，「這是我聽過的最荒唐的笑話。」

她很好奇湯姆接下來會怎麼做。公寓租金的結算日期將至，屋裡很多東西都是她的，他應該不會想回到他在塔維斯托克廣場的那間兼當客廳的小房間。她想起他透過她才交到的那些朋友，他在他們面前表現得很精明，他們覺得他很有用，所以他才有辦法留住那些人。可是他沒辦法帶艾薇絲出去吃喝玩樂，艾薇絲是無情又貪財的小東西，茱莉亞相信當艾薇絲發現湯姆的手頭不夠寬裕時，就會馬上離他而去。那個傻瓜被艾薇絲假裝出來的美善所迷惑，茱莉亞很清楚艾薇絲這種女人。她顯然只是利用湯姆，以便在西登斯劇院獲得一個角色。等她拿到角色之後，她就會與湯姆斷絕來往。茱莉亞腦子裡閃過這個想法時，便開始籌計一切。雖然她剛才答應湯姆要讓艾薇絲參與《當今時下》的演出，可是她只不過是在演戲，她一點也不重視這個承諾，而且反正最後做決定的人是麥可。

「然而我對天發誓，我一定要讓她得到這個角色。」茱莉亞大聲地說，然後充滿惡意地笑了笑，「雖然我是善良的好女人，但凡事都有個限度。」

如果能夠給湯姆和艾薇絲．克萊頓一點顏色瞧瞧，她必然會感到相當滿足。她坐在黑暗中，陰森地思忖著自己該怎麼做。不過她偶爾也會忍不住哭泣，因為她的潛意識深處會湧現出可怕的痛苦回憶。她想起了湯姆纖瘦且年輕的身體貼在她身上的感覺。他溫暖的裸體、嘴唇的奇妙觸感，還有他害羞又淘氣的笑容，以及那頭捲髮的氣味。

「我之前是個大傻瓜，所以才會這樣忍氣吞聲。現在我已經看清楚他的真面目了。他對她只是一種迷戀罷了，我會讓他忘掉她並且饑渴地回到我身邊。」

現在茱莉亞真的累了，她站起身然後走回房間，爬到床上並吞下一顆安眠藥。

第二十二章

第二天早上六點鐘她就醒來了，她開始想著湯姆的種種。她喃喃自語地重複她曾對他說過的話以及他曾對她說過的一切。她心煩意亂，很不開心。她唯一的安慰是他們撕破臉時她依然表現出輕鬆愉悅的態度，因此他不會知道她有多麼痛苦。

她這天過得極為悲慘，腦子裡只能想著湯姆。她很氣自己，因為她無法將他從她腦中抹去。如果她能找個朋友傾吐悲傷，也許情況就不會這麼糟。她希望有人能安慰她、告訴她湯姆不值得讓她心煩，並且讓她知道他對待她的方式很可恥。平常如果她有煩惱，她會去找查爾斯或朵莉。查爾斯當然會給她所需的同情，但是這件事對查爾斯而言會是可怕的打擊，畢竟他已經瘋狂地愛她二十年了，讓他知悉他願意犧牲自己十年壽命換取的東西，她卻輕易給了一個平凡無比的年輕人，這未免太殘忍了。她是查爾斯的夢中情人，她不想無情地摧毀查爾斯的夢想。一想到查爾斯．泰默利這個卓越不凡、學識豐富、優雅高貴的男人一直深愛著她，讓她心裡頓時舒坦了一些。當然，如果她向朵莉傾吐心聲，朵莉會很高興。雖然她們兩人最近很少碰面，但是茱莉亞很清楚，只要她打通電話，朵莉就會立刻飛奔而來。儘管朵莉早就已經懷疑這件事，不過當茱莉亞向她坦承一切時，她還是會感到震驚且嫉妒。可是她也會很高興這件事已經結束了，她會原諒茱莉亞。她們兩人一同咒罵湯姆，會帶給她們莫大的安慰。問題是，要茱莉亞承認自己被湯姆拋棄，感覺很不好受，而且朵莉十分精明，就算茱莉亞騙朵莉是她甩了湯姆，朵莉也會永遠心存懷疑。茱莉亞很想大哭一場，但既然提分手的人是她，她似乎沒有大哭一場的理由，因此朵莉會馬上看出真相。無論朵莉多麼同情茱莉亞，人性就是人性，千萬別指望她會因為茱莉亞被人挫了威風而真心感到遺憾。加上朵莉一直很崇拜茱莉亞，茱莉亞不希望朵莉看到自己不堪的模樣。

「看來我唯一能找的人只有麥可。」茱莉亞咯咯地笑說：「但我想這行不通。」

茱莉亞很清楚麥可會說什麼。

「親愛的，我真的不是妳應該分享這種故事的對象。該死，妳會害我陷入一種非常尷尬的處境，讓我以為自己必須表現出心胸寬闊的樣子。我的身分也許是演員，但關於我所說的話和我所做的事，只顯示我是一名紳士。呃，我的意思是，我的意思是這太糟糕了。」

麥可下午才回到家，當他走進茱莉亞的房間時，她正在休息。麥可告訴茱莉亞他這個周末過得如何以及高爾夫球賽的結果。他打得非常好，有幾局以非常出色的方式扭轉了局勢。他詳細地描述了那些轉機。

「對了，妳昨晚去看的那個女孩子表現如何？她是好演員嗎？」

「我認為她是好演員。你知道，她長得很漂亮，你一定會愛上她的。」

「噢，親愛的，我不會愛上別人的。她會演戲嗎？」

「她當然經驗不足，但我認為她很有才華。」

「噢，好吧。我最好把她找來，讓她看看劇本。我要如何與她聯絡呢？」

「湯姆有她的地址。」

「我馬上就打電話給湯姆。」

麥可拿起電話筒，撥了湯姆的號碼。湯姆接起電話，麥可在筆記本寫下地址。

他們兩人繼續進行對話。

「噢，我親愛的老朋友，真遺憾聽到這個消息，你的運氣真不好！」

「怎麼了？」茱莉亞問。

麥可示意要茱莉亞先安靜。

「噢，好啦，我不會對你太苛刻，你別擔心。我相信我們能做出一些讓你滿意的安排。」

麥可用手遮住話筒，轉身問茱莉亞：「我們下個星期天請他吃飯好嗎？」

「如果你希望的話。」

「茱莉亞想邀請你星期天過來吃飯。噢，我真抱歉。嗯，再見了，朋友。」

麥可放下電話筒。

「他已經有約了。這個年輕小痞子和那個女孩有染嗎？」

「他向我保證他沒有。他非常尊重她，她是上校的女兒。」

「噢，她是個淑女。」

「那我可就不清楚了。」茱莉亞酸溜溜地說：「你和湯姆到底在聊什麼？」

「他說事務所減了他的薪水，因為時機不好，所以他想放棄那間公寓。」茱莉亞聞言後心臟猛烈狂跳，「但我告訴他不必擔心，我會讓他免費住在那裡，直到經濟好轉。」

「我不知道你為什麼要這麼做，畢竟該賺的錢還是要賺。」

「這個年輕人只是運氣不好。妳知道，他對我們很有用處。如果我們舉行派對時需要湊足人數，隨時可以打電話找他；如果我想找人陪我打高爾夫球，他也可以就近前來。再說，每季的房租只有區區二十五英鎊。」

「我還以為你是最不可能隨便做出這種慷慨行為的人。」

「噢，別擔心，就算我在這一頭受了損失，還是可以從那一頭賺回來。」

這時按摩師走了進來，他們因此結束對話。茱莉亞很慶幸又到了該去劇院的時間，她可以暫時結束這天漫長的痛苦。等她演完戲回家後，她會再一次吞下安眠藥，讓自己什麼都不記得，安穩地睡上幾個小時。她有一種感覺：幾天之後，她悲慘的痛苦情緒就會過去，因此現在最重要的就是盡可能熬過眼前的難關，她必須轉移注意力。於是在她出門前往劇院時，她請男管家打電話給查爾斯·泰默利，約他明天和她一起到麗池酒店吃午餐。

查爾斯吃午餐時表現得非常親切。他的外表、他的舉止，都表現出他生活在截然不同的世界，讓茱莉亞突然對自己去年為了湯姆而踏入的社交圈感到無比厭惡。查爾斯與茱莉亞聊了政治、藝術、書籍，讓她的靈魂感到平靜。她對湯姆的感覺一直是種迷戀，如今她明白迷戀會傷人。儘管如此，她會躲開那種傷痛，她的精神會重新振奮起來。她不想獨處。她知道即使吃完午餐回到家，她也不可能午睡，因此她問查爾斯願不願意陪她去國家美術館。這讓查爾斯感到非常開心，他喜歡談論畫作，而且他評論得非常好。這個下午讓他們重新回到她剛到倫敦時初獲成功的舊時光。當時他們曾經共度過許多個下午，一起在公園裡散步或者在博物館裡閒逛。由於隔天她有日場演出，再隔天有一場午餐派對必須出席，所以當他們道別時，他們約了星期五再一起吃午餐，然後去逛泰特不列顛美術館。

過了幾天，麥可告訴茱莉亞，他已經和艾薇絲·克萊頓簽約了。

「她的長相很適合這個角色，這點毫無疑問，而且她可以和妳形成很好的對比。我是因為妳的大力推薦才會聘用她。」

第二天早上，僕人從樓下打來電話上來給茱莉亞，說芬納爾先生來電找她。茱莉亞覺得自己的心臟停了一下。

「把電話接上來吧。」

「茱莉亞，我想告訴妳一件事：麥可已經和艾薇絲簽約了。」

「是的，我知道。」

「麥可告訴艾薇絲，他之所以與她簽約，是因為妳希望他這麼做。妳人真的太好了。」

茱莉亞的心臟狂跳。她努力控制自己的聲音。

「噢，別這麼說。」她故作愉悅地回答：「我告訴過你不必擔心。」

「我很高興這件事終於塵埃落定了。她之所以願意接演這個角色，是因為我大力說服她。她通常要先讀過劇本才會同意接戲。」

茱莉亞聽湯姆說這句話時露出嫌惡的表情，幸好湯姆在電話另一頭看不到。茱莉亞原本來想刻薄地回答湯姆，表示他們劇團找人扮演小角色時根本不會提供劇本，不過她只溫柔地說：

「呃，我想她會喜歡這個角色的，這個角色真的很棒。」

「妳知道，她一定會盡全力演好，我相信她的演出會造成轟動。」

茱莉亞深深吸了一口氣。

「這樣很好，不是嗎？我的意思是，這對她是件好事。」

「是的，我也是這麼對她說。對了，我什麼時候可以再與妳見面？」

「我再打電話給你吧，接下來幾天我會非常忙碌。」

「妳該不會因為這件事情就甩掉我吧？」

茱莉亞發出一聲低沉嘶啞的笑聲，觀眾都很喜歡茱莉亞這種笑聲。

「別傻了。噢，老天，我的浴缸水滿出來了，我得去處理一下。親愛的，再見。」

她放下電話聽筒。他的聲音依舊令她心動！她心裡的痛苦讓她難以承受。她在床上坐起身子，極度痛苦地來回搖晃身體。

「我該怎麼辦？我該怎麼辦？」

她以為自己已經從情傷中恢復，但是剛剛簡短又愚蠢的對話讓她明白自己一如既往地愛著湯姆。她想要得到他，她無時無刻不思念他，她離不開他。

「我大概永遠都走不出來了。」她嗚咽地說。

劇院再一次成為她唯一的避難所。諷刺的是，她當下演出的那齣戲，最精采動人的一幕就是講述兩個戀人基於責任而決定分手。茱莉亞在劇中的角色為了一種正直的理念而犧牲自己的愛情、犧牲她對幸福的期望，並且犧牲她所珍視的一切，茱莉亞從一開始就被這場戲深深吸引。她演得非常感人，而且現在把她自己精神上所遭遇的各種痛苦都投入其中，她所詮釋的不再是劇中人的心碎，而是她自己的心碎。在日常生活中，她試著壓抑那種無比荒謬的情欲，她知道那種愛情根本配不上她，她也逼自己盡量不去想起那個深深傷害她的卑劣年輕人。然而每當她演到這幕戲時，她就盡情地釋放自己。她將自己的痛苦情緒宣洩出來，也將她對自己失去一切的絕望宣洩出來。她傾注於男主角身上的愛，就是她依然深深感受的那種愛，那種熱情，那種貪戀湯姆的熾愛。劇中女主角面對的空虛人生，就是她自己面對的空虛人生。唯一值得安慰的，是她覺得自己從來沒有演得如此精采。

「我的老天，為了這場表演而經歷這麼可怕的遭遇，也算是值得了。」

她從來不曾對任何角色如此投入過。

過了一兩個星期，某天晚上當她在謝幕後走進更衣室時，發現麥可已經坐在裡面等她。雖然她被演出時的各種情緒搞得筋疲力竭，但是次數多到數不清的謝幕讓她十分得意。

「哈囉？你今天沒有坐在觀眾席裡看戲嗎？」

「沒有。」

「可是過去兩三天你都有看吧？」

「是的，過去四個晚上我都坐在觀眾席裡看完整齣戲。」

茱莉亞開始換衣服時，麥可從椅子上站起來，在更衣室裡來回走動。她瞥看他一眼，發現他微微皺著眉頭。

「怎麼回事？」

「我也想知道怎麼回事。」

茱莉亞暗吃一驚，腦中閃過一個念頭：麥可八成又聽到了她與湯姆的流言。

「伊芙跑到哪裡去了？」她問。

「我要她先離開一會兒。茱莉亞，我有話對妳說。妳就算發脾氣也無所謂，但妳必須好好聽我說。」

茱莉亞感到背脊傳來一陣涼意。

「好吧，你要說什麼？」

「我聽說出了一點狀況，我認為最好親自確認一下。原本我以為只是小小的意外事件，因此我在完全確定之前什麼話都沒說。茱莉亞，妳到底是怎麼回事？」

「我？」

「對。妳為什麼演得那麼糟糕？」

「我？」茱莉亞壓根兒沒料到麥可會說出這種話。她怒火中燒地看著他，「你這個該死的大傻瓜，我這輩子從來沒有演得這麼好過。」

「胡說八道。妳演得爛透了。」

還好，麥可只是想討論她的演技，這讓她鬆了一口氣，可是他說的話太荒謬了。茱莉亞實在太生氣了，結果卻笑了出來。

「你這個白痴，你根本不知道自己在說什麼。談到演技方面的事，我比任何人都懂。你會的那些本事，也都是我教你的。如果你稱得上是還算可以的演員，全都是我的功勞。演技好或不好，事實勝過雄辯。你知道我今天晚上謝幕多少次嗎？自從這齣劇上演以來，觀眾從來沒有表現得如此熱情過。」

「我看到了，但大部分的觀眾都是笨蛋。妳只需要在台上鬼吼鬼叫、摔來摔去，就會有很多該死的傻瓜為妳喝采。妳最近這四個晚上都只是在作秀，從頭到尾都演得很虛妄。」

「虛妄？我是發自內心說出每一句台詞。」

「我才不在乎妳是不是發自內心，妳根本不是在演戲。妳演得一團亂。妳太浮誇、太做作，一點說服力都沒有。我這輩子沒有看過這麼蹩腳的演技。」

「你這頭豬玀，怎麼敢這樣跟我說話？你才是蹩腳的演員。」

她伸出手，在他臉上狠狠打了一巴掌。他笑了。

「妳可以打我，也可以罵我，還可以大吼大叫，但事實不會改變，妳的演技爛透了。如果妳繼續這樣演戲，我絕對不會開始排練《當今時下》。」

「那你就去找一個演得比我更好的人來取代我吧。」

「別傻了，茱莉亞。我本身可能不是很優秀的演員，我也從來不覺得自己演得好，但我很懂什麼是好演技、什麼是爛演技。更重要的是，我很懂**妳**。我這個星期六會張貼公告，我要妳出國休假。我們把《當今時下》延到秋天再上演。」

麥可平靜且果決的說話方式讓茱莉亞平靜了下來。確實，在演戲方面，麥可非常了解她。

「我演得真的很差嗎？」

「爛透了。」

她沉思了一會兒，便明白出了什麼問題。她將自己的情緒宣洩過頭了，她一直在發洩，而不是在演戲。她的背脊再次傳來一陣寒意，因為這件事很嚴重。心碎了其實無所謂，但如果影響了她的演技……不行、不行、不行，事情得一碼歸一碼，她的演藝事業比這世上任何一場戀愛都還要重要。

「我會努力振作起來。」

「試著強迫自己並沒有好處。妳累了，這是我的錯，我早就應該堅持讓妳去度個假。妳現在需要的是好好休息。」

「劇院的生意要怎麼辦？」

「如果沒辦法出租給其他的劇團，我可以重新上演一些以前演過的戲碼。可以演《紅心王牌》，妳不喜歡妳在這齣戲裡飾演的角色。」

「可是大家都期待這個戲劇季應該有精采的作品，如果演員陣容中缺少了我，票房可能大受影響，你會賺不到錢的。」

「我不在乎，我唯一在乎的是妳的健康。」

「噢，老天，你不要這麼寬宏大量。」茱莉亞喊道：「我會受不了的。」

茱莉亞突然開始大哭起來。

「親愛的！」

麥可將茱莉亞擁入懷裡，先讓她坐到沙發上，然後自己也在她身旁坐下。她因為絕望而緊緊抓著他。

「麥可，你對我太好了。我恨我自己。我是禽獸，我是蕩婦，我是該死的婊子，我從頭到腳都爛透了。」

「妳說得可能沒錯。」麥可笑著說：「但有一件事不會改變：妳是非常了不起的女演員。」

「我對待你的態度那麼惡劣，我不明白你為什麼總是對我那麼有耐性。你太好了，我卻冷酷無情地犧牲你。」

「親愛的，不要說太多會讓妳自己後悔的話，因為我們以後吵架時，我可能會拿這些話出來跟妳算帳。」

麥可的溫柔將茱莉亞融化了，她滿心痛苦地責怪自己，因為多年來她一直覺得麥可很無趣。

「感謝老天讓我擁有你。要是沒有你，我該如何是好？」

「妳不能沒有我。」

他緊緊地抱住她。雖然她還在哭泣，但是已經開始覺得比較舒坦。

「對不起，我剛才對你太野蠻了。」

「噢，親愛的。」

「你真心覺得我的演技很蹩腳嗎？」

「親愛的，杜斯演得再誇張都比不上妳。」

「你真的這麼認為？手帕借我擦擦眼淚。你是不是沒看過莎拉．伯恩哈特演戲？」

「沒有，我沒看過。」

「她演戲時會像惡鬼一樣大聲咆哮。」

他們兩人安靜地坐了一會兒，茱莉亞的情緒終於平復了。她心中充滿了對麥可的愛。

「你依然是全英國長得最好看的男人。」她最後溫柔地說：「沒有人會反對我這個看法。」

她覺得他又偷偷地縮起肚子、伸出下巴。在她看來，這些小動作既甜蜜又感人。

「而且你說得沒錯，我真的累了。我的情緒低落且淒慘悲哀，我覺得自己的內心相當空虛。我唯一該做的事，就是離開這裡一陣子。」

第二十三章

茱莉亞做出暫時休息的決定後，整個人變得很開心。一想到她即將可以擺脫折磨人的痛苦，她就更能忍受每一天。麥可張貼了公告，並且為了舊戲重新上演而物色演員，然後開始彩排。茱莉亞悠閒地坐在觀眾席看擔任主角的女演員排練她多年前演過的角色，感覺十分有趣。自從她站上舞台演戲以來，坐在沒有燈光且座椅蓋著防塵布的觀眾席欣賞演員們將生命投注到角色裡的彩排過程，總能帶給她興奮的感受。光是待在劇院裡，就讓她有一種精力充沛的感覺，她在其他地方完全無法感覺到這種快樂。欣賞演員彩排能使她情緒放鬆，幫助她晚上登台演戲時表現出新鮮感。她已經明白麥可對她的批評完全沒錯，因此她學會了控制自己，將私人的情感藏在背後，因而更能掌握角色，再次發揮以往精湛的演技。她的表演不再是宣洩情緒的管道，而是創作本能的展現。就這樣，她恢復了對戲劇演出的精準掌控，並且從中獲得一種無聲的歡悅，使她擁有一股力量，讓她得到解放。

然而這種為了致勝所做的努力使她精疲力竭，她沒登台演出時，整個人就會變得無精打采且垂頭喪氣。她失去了旺盛的生命力，一股壓抑的力量將她壓垮。她覺得自己的時代已經過去了，不禁開始唉聲嘆氣，告訴自己已經沒有人要她了。麥可建議她去維也納找羅傑，她原本應該會喜歡這個點子，不過她卻搖搖頭。

「我去那裡只會妨礙他過自己的生活。」

茱莉亞擔心羅傑會覺得她很煩人。羅傑在維也納過得很開心，她去了只會讓他覺得礙手礙腳。她不希望他覺得必須帶她四處走走及偶爾陪她吃午餐或晚餐是討厭的差事。他和他在那裡結識的同齡友人一起玩會玩得比較開心，這是合乎常理的。因此她決定去探往她的母親。蘭伯特太太——麥可堅持用法語稱呼她「蘭伯特夫人」——與她姊姊法盧夫人在法國的聖馬洛同住許多年，不過每年都會到倫敦來找茱莉亞，並且住上幾天，然而今年她因為身體狀況不佳沒來。她是一個七十幾歲的老太太。如果她的女兒到聖馬洛陪她一段時間，她肯定會很高興，茱莉亞很確定這一點。再說，維也納沒有人在乎英國女演員，如果茱莉亞去維也納找羅傑，她只能當個無名小卒；可是如果她去法國聖馬洛，她將會引起轟動。她母親和她阿姨會向朋友炫耀她的身分，茱莉亞覺得這會比較有趣。

「這是我的女兒，她是全英國最了不起的女演員。」她會聽到諸如此類的介紹詞。

兩個可憐的老太太，她們大概沒有多少日子可活了，而且她們的生活單調又乏味。當然，茱莉亞在那裡可能會覺得無聊，但是她們會樂在其中。茱莉亞一直覺得自己在成績斐然的職業生涯中有一點點冷落了母親，現在她可以做些補償，她將會盡力對母親百依百順。茱莉亞對麥可非常溫柔，因為多年來她經常覺得自己待他不公，所以滿心懺悔。她覺得自己自私自利、傲慢跋扈，因此很想要贖罪。她渴望做一些犧牲奉獻的事。於是她寫信給母親，宣布她即將前往聖瑪洛探望。

她以最自然的方式避免與湯姆見面，直到她在倫敦的最後一天。她的演出在前一天晚上已經正式結束，這天傍晚她就要出發前往聖馬洛。大約六點鐘的時候，湯姆來向她道別。麥可、朵莉、查爾斯．泰默利和另外幾個朋友都在場，所以他們完全沒有獨處的機會。茱莉亞覺得自己以平常的心態與湯姆交談一點也不困難，見到湯姆並沒有為她帶來她一直擔心害怕的痛苦，只有一種隱約的心痛。麥可沒有公開茱莉亞離開的日期以及預計前往的目的地，劇院的公關人員只把消息放給幾家龍頭報業，因此當茱莉亞和麥可抵達車站時，現場只有六名記者和三名攝像師。茱莉亞對他們說了幾句客套話，麥可也說了幾句，然後公關人員就把記者帶到一旁，簡單地向他們說明茱莉亞的休假計畫。與此同時，茱莉亞和麥可在攝影師的閃光燈下挽著手照相並且吻別。最後，坐進火車車廂裡的茱莉亞將身子探出窗外，伸手握住站在月台上的麥可的手。

「那些傢伙真討厭。」她說：「怎麼甩都甩不掉。」

「我真不知道他們怎麼會知道妳要休假的消息。」

月台上有一小群人發現茱莉亞，很有禮貌地隔著一小段距離看著他們兩人道別。劇院公關人員走過來告訴麥可，他已經提供記者足夠的資料，然後火車就開走了。

茱莉亞沒有帶伊芙同行。她覺得為了恢復平靜，就必須與原本的生活完全斷絕關係，而且伊芙到法國之後會顯得格格不入。法盧夫人（也就是茱莉亞的嘉莉阿姨）年輕時嫁給法國人，現在已經變成老太太的她，法語說得比英語還要流利。她守寡多年，唯一的兒子在戰爭中喪生。她住在一座小山上的一間高高窄窄的石頭屋裡。當人們從鋪設鵝卵石的街道跨過門檻走進那棟石頭屋時，會覺得彷彿走進了寧靜的舊時代。過去五十年來，屋裡的一切都沒有改變過：客廳裡的裝潢是路易十五那個年代的風格，家具上都罩著防塵布，但那些防塵布每個月會被拿掉一次，好讓僕人們仔細刷洗家具的絲綢布面。水晶吊燈也蓋著棉布，這樣蒼蠅就不會停在上面。煙囪前方有一道雕刻著孔雀羽毛紋飾的爐柵，並且巧妙地用玻璃隔開加以保護。雖然客廳從來沒有人使用，可是嘉莉阿姨每天都會親自撣去灰塵。餐廳的牆面上有精緻的鑲板，餐桌椅也罩著防塵布。餐具櫃裡擺著銀製的燭台、銀製的咖啡壺、銀製的茶壺和銀製的托盤。嘉莉阿姨和茱莉亞的母親蘭伯特太太住在起居室裡，那是一間狹長型的房間，裡面擺放著十九世紀帝國風格的家具，牆上掛有許多幅橢圓形畫框的油畫肖像，畫中人物包括嘉莉阿姨與她已故的丈夫以及她的公公婆婆，還有她已故的兒子小時候的粉彩畫。她們在這個房間裡做針線活，也在這裡閱讀《天主教十字架報》[95]與《雙世界評論》雜誌[96]以及當地的日報。每天晚上她們會在這個房間裡玩多米諾骨牌和吃晚餐，除了星期四晚上，因為每個星期四晚上修道院院長和一位退休的海軍軍官拉加德指揮官會來吃晚餐。茱莉亞來訪之後，她們決定改在餐廳用餐會比較方便。

嘉莉阿姨還在為她的丈夫和兒子服喪，身上總是穿著她自己鉤織的黑色喪服，反正天氣也很少溫暖到讓她穿不住厚重的衣服。蘭伯特太太也穿著一身黑，不過當修道院院長和指揮官來用餐時，她會把茱莉亞送她的白色蕾絲披肩披在肩上。晚餐後他們會玩一種名為「普拉馮德[97]」的紙牌遊戲並且小賭一番，賭注為每一百分兩蘇[98]。由於蘭伯特太太曾在澤西島生活多年且經

95《天主教十字架報》（*Catholic La Croix*）：法國的羅馬天主教會所創辦的日報。

96《雙世界評論》（*La Revue des Deux Mondes*）：法國的文學思想評論雜誌。

97 普拉馮德（Plafond）：一種從一九二〇年代開始在法國盛行的橋牌遊戲。

98 蘇（Sou）：法國以前使用的貨幣，自一七九五年被法郎取代，但法國人常以「蘇」來代表等同二十分之一法郎的金額。

常去倫敦，所以對外面的世界一清二楚，她說有一種叫「朗米合約[99]」的橋牌遊戲很受歡迎，可是指揮官說儘管美國人喜歡玩「朗米合約」，他自己還是偏愛「普拉馮德」。修道院院長則表示，就他個人而言，他認為現在大家都不玩「惠斯特[100]」實在很可惜，但人們從不滿足於自己所擁有的，總是想要改變、改變、改變，一直不斷地改變。

茱莉亞每年聖誕節都會送昂貴的禮物給她母親和她阿姨，可是她們從未使用那些禮物，只會驕傲地向朋友展示那些來自倫敦的奇妙玩意，再用棉紙把禮物包起來，收到櫥櫃裡。茱莉亞曾表示想要送給母親一輛車，可是遭到拒絕，因為她母親說她們很少出門，就算出門也可以走路。她還擔心司機會偷汽油，而且如果讓司機自己到外面吃飯，就會增加一筆開銷，但如果讓他和她們一起在家裡吃，安妮特就會不高興。安妮特是她們的廚師、管家兼女僕，她已經服侍嘉莉阿姨三十五年了。安妮特的侄女安潔拉也在她們家幫忙做點粗活，不過安潔拉還年輕，不到四十歲，要是屋裡經常有個男人在，其實也不太方便。

她們讓茱莉亞睡在她小時候來與嘉莉阿姨同住並且在法國受教育時所使用的房間，這讓茱莉亞萌生一種奇怪的情懷，因此變得有點情緒化。不過她很快就適應了這裡的生活。嘉莉阿姨在結婚後受洗為天主教徒，蘭伯特太太則在失去丈夫後來到聖馬洛定居，在修道院院長的指導下於適當的時機受洗。這兩位老太太都非常虔誠，她們每天早上去參加彌撒，星期天去參加大彌撒。除此之外，她們鮮少外出，每次出門都是為了基於禮節去拜訪一些遭遇喪親之痛或者孫兒訂婚的老太太。她們在家裡閱讀報紙和雜誌，為了響應慈善活動而做針線活，休閒時就玩紙牌及收聽茱莉亞送給她們的收音機。雖然修道院院長和指揮官多年來每個星期四都會與她們共進晚餐，但每當星期四來臨時，她們還是會慌慌張張。指揮官的個性就像大家對船員的印象一樣坦率直接，如果某些餐點不合他的口味，他會毫不遲疑地表達出來。修道院院長雖然道德崇高，但也有個人的喜好。例如他非常喜歡吃白酒煎比目魚，而且堅持一定要用最高級的奶油烹煮，不過自戰爭爆發以來，奶油的價格就變得非常昂貴。每個星期四早上，嘉莉阿姨會從她藏放鑰匙的地方拿出地窖的鑰匙，然後親自拿出一瓶紅酒。如果餐會結束後這瓶紅酒還有剩，她和她妹妹就會在周末時將它喝完。

她們無微不至地招呼茱莉亞，特別為她煮香草茶，不讓她坐在有風的地方。事實上，她們大部分的時間都致力於避免吹風。她們讓她坐在沙發上，熱心地希望她遮住雙腿。她們好聲好氣地告訴她應該穿什麼樣的衣服比較得體。那些絲襪太薄了，會被人看見她的雙腿。她都穿哪種樣式的內衣？當嘉莉阿姨得知茱莉亞只穿無袖的寬鬆內衣時，顯得十分驚訝。

「她有時候甚至連那種東西都不穿。」蘭伯特太太說。

「那她穿什麼？」

「內褲。」茱莉亞說。

「我想，妳應該還要穿胸罩吧？」

「當然不穿。」茱莉亞辛辣地表示。

「這麼說，親愛的外甥女，妳在洋裝裡面什麼都沒穿嗎？」

「差不多。」

---

99 拉米合約（Contract Rummy）：第二次世界大戰期間在美國深受歡迎的一種紙牌遊戲。

100 惠斯特（Whist）：一種傳統的英國紙牌遊戲。

「這太瘋狂了。」嘉莉阿姨說。

「女兒，這樣實在不合理。」蘭伯特太太也表示。

「我不是老古板。」嘉莉阿姨補充道：「但是我必須說，這樣不太合乎禮儀。」

茱莉亞將自己的衣服拿給她們看。在茱莉亞抵達後的第一個星期四，她們討論起茱莉亞吃晚餐時應該穿什麼，但嘉莉阿姨和蘭伯特太太有不同的看法。蘭伯特太太認為茱莉亞既然帶了晚禮服，就應該穿上，但嘉莉阿姨覺得沒有必要穿得那麼正式。

「親愛的，我以前到澤西島探望妳時，如果有紳士要來用餐，我記得妳都會換上茶會的長袍。」

「是的，穿茶會的長袍也很合適。」

她們滿懷希望地看著茱莉亞，可是茱莉亞搖搖頭。

「不如拿塊裹屍布將我包起來。」

嘉莉阿姨穿了一件高領且厚重的黑色絲綢洋裝，並且戴上黑玉項鍊；蘭伯特太太也穿類似款式的洋裝，但搭配她的蕾絲披肩和人造寶石項鍊。指揮官是個體格健壯但個子不高的男人，臉上都是皺紋，白髮剪成平頭，鬍子染成深黑色，整個人豪氣十足。雖然他已經七十多歲，但是吃晚餐時他一直在餐桌底下偷摸茱莉亞的腿。在他離開之前，他還趁機捏了茱莉亞的屁股一下。

「誰叫我這麼性感呢？」茱莉亞喃喃自語道，並且擺出尊貴的態度，跟著兩位老太太走回到居室。

兩位老太太對茱莉亞照顧得無微不至，不是因為她是了不起的女演員，而是因為她們覺得她身體不好，需要休息。茱莉亞驚訝地發現，對兩位老太太而言，茱莉亞的名氣讓她們覺得尷尬而非驕傲。她們不僅不想炫耀她的身分，甚至不想帶她出去拜訪朋友。嘉莉阿姨從多年前曾到澤西島探望蘭伯特太太，因而養成了喝下午茶的習慣，至今未曾改變。茱莉亞抵達後不久，有天兩位老太太邀請幾位女士過來喝下午茶，蘭伯特太太在吃午餐時對她女兒說：

「親愛的，我們在聖馬洛有一些非常好的朋友，不過即使經過這麼多年，她們依然把我們當成外國人。我們不希望自己被她們當成怪人。當然，我們不希望妳說謊，但如果妳必須說點小謊，妳的嘉莉阿姨認為妳最好不要告訴她們妳是演員。」

茱莉亞相當吃驚，不過她很有幽默感，忍不住想笑出來。

「假如今天下午來喝茶的朋友碰巧問到妳丈夫從事哪一行，妳就說他是做生意的。這不算說謊，對吧？」

「一點也不。」茱莉亞讓自己面帶微笑地回答。

「當然，我們知道英國女演員和法國女演員不一樣。」嘉莉阿姨親切地補充：「法國女演員幾乎每一個都搞婚外情。」

「我的天啊，我的天啊。」茱莉亞驚呼。

無論茱莉亞在倫敦的生活是興奮、得意或痛苦，現在都已經開始離她遠去。她很快就發現自己能夠以平靜的心智來思考湯姆的言行及她對湯姆的情感，並且意識到傷得最重的不是她的心，而是她的虛榮感。日子就這樣單調乏味地過去，不久後唯一能夠讓她想起倫敦的東西，就是每個星期一送抵法國的英國周日報。她買了一堆，然後花一整天的時間閱讀。她覺得有點煩躁。她走在這座城市的外牆邊，遠眺散布在海灣上的小島，灰色的天氣讓她想起英國灰濛濛的天空。然而到了星期二早上，她又重新沉浸在平靜的鄉村生活中。她讀了很多本書，都是她在當地書店買的英語小說和法語小說，還有她最喜歡的魏爾倫[101]詩集。魏爾倫的詩句中有一種溫柔的憂鬱情懷，似乎很適合布列塔尼區的這個灰暗小鎮。這裡的老舊石屋帶有一絲悲戚感，陡峭又曲折的街道安靜無聲。兩位老太太習慣平靜的日子，她們平淡地生活、安靜地閒談，讓茱莉亞心生憐憫。這麼多年來她們沒有遭遇到任何事，現在也不會有任何事發生在她們身上，直到她們死去。她們的人生多麼微不足道啊，但奇怪的是，她們對此相當滿意。她們既沒有怨恨也沒有嫉妒，她們已經達到茱莉亞站在舞台上向熱情鼓掌的觀眾鞠躬時的那種超然的境界。茱莉亞有時候覺得這種超然的態度是她最珍貴的寶藏。茱莉亞的超然是源自於高傲，但她們的超然是源自於謙卑，不過這兩種超然都能帶來一種非常寶貴的東西，那就是靈魂的自由，只不過她們的靈魂在享受自由時更具有安全感。

麥可每個星期寫一封信給茱莉亞，那些信的內容充滿活力，但是就像商業書信。他在信中告訴她西登斯劇院的營運狀況以及他為下一齣戲所做的準備。查爾斯·泰默利則是每天都寫信給茱莉亞，告訴她倫敦的最新八卦，並且以他迷人又有學識的方式分享他欣賞了哪些畫作、閱讀了哪些書籍。他體貼地引經據典，以俏皮的方式展現博學。他可以高談闊論卻不賣弄學問。他還告訴她他有多麼愛慕她。這些信是茱莉亞所收過最美的情書，為了讓後代子孫都能讀到，她決定要將這些信保留下來，將來也許可以集結成書出版。人們會前往國家肖像館[102]欣賞她的肖像，由畫家麥克沃伊[103]所畫的肖像。當人們想起她那悲傷又浪漫的愛情故事時，都會忍不住發出輕輕的嘆息。

茱莉亞剛失去湯姆的最初兩個星期，查爾斯對她非常好。如果沒有查爾斯，她不知道要如何熬過那段時間。查爾斯對她唯命是從，而且與查爾斯談天能讓她進入不同的世界，因此撫慰了她的焦慮。雖然她的靈魂已經滿是污濁，可是透過他高貴的心靈，她可以將自己清洗乾淨。與他一起逛畫廊並欣賞畫作，讓她得以放鬆心情。因此，她有充分的理由感激他。她還想起他這些年一直深愛著她，他等她已經超過二十年了，但她對他不是很好。如果讓他擁有她，他一定會非常高興，對她而言也沒有什麼損失。她不知道自己為什麼要抗拒他這麼久，或許是因為他忠心可靠、他的愛情如此卑微，也或許是因為她想在他心中保有完美的形象。這實在很愚蠢，她太自私了。她欣喜若狂地想到，如今她終於可以回報他所有的溫柔、耐性與無私。她並沒有忘記麥可的仁慈使她覺得自己配不上麥可的羞愧，她至今仍非常懊悔長期以來對麥可充滿不耐煩。不過，她離開英國時想要犧牲奉獻自己的渴望，也仍在她胸中燃燒著熊熊的火焰。她覺得查爾斯是值得她做出犧牲奉獻的對象，忍不住懷著同情的心親切一笑。當查爾斯獲悉她打算為他做出什麼樣的犧牲時，一定會驚訝得說不出話來。他會幾乎不敢相信自己的耳朵，然後歡天喜地、心醉神迷！他累積多年的愛情，將會宛如洪流般衝破水閘，將她完全淹沒。一想到查爾斯會無限感激她，她就相當自豪。查爾斯不會相信自己有多麼好運，等到完事之後，她會依偎在查爾斯懷中輕聲溫柔地問：

101 保羅・魏爾倫（Paul Verlaine，一八四四—一八九六）：法國詩人。

102 國家肖像館（National Portrait Gallery）：英國的肖像藝術畫廊，座落於倫敦特拉法加廣場（Trafalgar Square）旁，位於國家美術館（National Gallery）北側。

103 安布羅斯・麥克沃伊（Ambrose McEvoy，一八七七—一九二七）：英國藝術家，以肖像畫家的身分聞名。

「這些年的等待值得了嗎？」

「妳就像海倫一樣，妳的一個吻就能讓我永垂不朽[104]。」

能為別人帶來如此大的快樂，感覺真的很棒。

「我離開聖馬洛之前要寫信給查爾斯。」茱莉亞下定決心。

春天過完了，時令進入夏天。到了七月底，茱莉亞應該去巴黎看看她訂製的衣服。麥可希望新戲在九月初上檔，因此八月就要開始彩排。茱莉亞帶著劇本來到聖馬洛，原本打算好好研究她的角色，但是這裡的生活環境使她完全無法讀劇本。儘管茱莉亞的時間很多，可是住在這個灰暗、簡樸又舒適的小鎮，加上身邊有兩位只對教區教堂及家庭事務感興趣的老太太，就算劇本相當精采，她還是提不起勁來閱讀。

「現在我該回去了。」茱莉亞說：「我不可能來這裡住一陣子就覺得演戲不值得我花心思投入。」

茱莉亞向她母親及嘉莉阿姨道別。她們對她很好，但她覺得她們不會因為她要離開而感到遺憾，畢竟她們可以重新擁有被她打亂的生活，而且她們還會稍微鬆一口氣，不需要再忍受茱莉亞某些古怪的行為，畢竟和女演員住在一起總有一些風險，可能會引來聖馬洛女性的批評和議論。

茱莉亞在下午抵達巴黎。當她走進她在麗池酒店的豪華套房時，忍不住發出滿意的讚嘆，因為重回奢華的生活是一種莫大的享受。有三四個人送花來給她，她先洗了個澡並且換衣服。向來為她訂製衣服的老友查利·狄佛瑞爾來找她，帶她去布洛涅林苑[105]吃晚餐。

「我度過了一段非常美好的時光。」茱莉亞告訴查利：「當然，兩位老太太非常開心我去陪她們，但如果我再繼續住下去，我會被她們討厭的。」

在這個美好的夜晚，他們開車經過香榭麗舍大道，讓她感到無比興奮。再次聞到汽油味實在太美妙了。汽車、計程車、喇叭聲、栗子樹、路燈、人行道上的人潮以及坐在咖啡館外的人群，就像是施了魔法一般。當他們抵達馬德里城堡[106]時，氛圍如此歡愉、如此文明、如此豪華，能夠再次見到衣著體面、臉上化著像樣妝容的女性，還有膚色晒得黝黑且身穿晚禮服的男性，真的是太棒了。

「我感覺自己就像個流亡歸來的女王。」

茱莉亞花了幾天的時間愉快地挑選衣服並進行試穿，她非常享受每一刻。由於她是富有個性的女人，做出決定之後就會堅持做到底，因此在出發返回倫敦之前，她寫了一封短信給查爾斯。查爾斯去了古德伍德[107]和考斯[108]，接著又要去奧地利的薩爾茲堡，但是會先在倫敦停留二十四小時。

104 此句引自英國劇作家克里斯多福·馬羅（Christopher Marlowe）所寫的《浮士德博士》（*Doctor Faustus*）一劇。該劇原本的台詞為：「親愛的海倫，用一個吻讓我永垂不朽吧（Sweet Helen, make me immortal with a kiss）。」

105 布洛涅林苑（Bois de Boulogne）：法國巴黎西邊的森林區。

106 馬德里城堡（Châteaude Madrid）：法國文藝復興時期的建築。

107 古德伍德（Goodwood）：位於英國西索塞克斯郡（West Sussex）的一座鄉村莊園。

108 考斯（Cowes）：英國的一個港口城鎮。

親愛的查爾斯：

真高興我很快就能再見到你。我星期三有空，我們可以一起吃飯嗎？你還愛我嗎？

你的茱莉亞

茱莉亞黏好信封口，不禁喃喃自語地說：「Bis dat qui cito dat[109]。」這是每當麥可被要求捐錢給慈善機構時都會隨口說出的拉丁諺語。麥可總是馬上開立支票並交給送信人帶回去，不過他捐出的金額永遠只有對方期望值的一半。

109 本文為拉丁文，意思為「迅速給付相當於二倍給付」。

第二十四章

星期三早上，茱莉亞找人來替她按摩臉，並且燙了頭髮。她無法決定吃晚餐時應該要穿有花紋的蟬翼紗洋裝，還是穿剪裁優美的白色緞面洋裝。蟬翼紗洋裝非常美，就像春天一樣，令人聯想到義大利畫家波提且利[110]的《春》；白色緞面洋裝可以炫耀她有如年輕人的曼妙身材，就像處女般純潔。洗澡的時候，她決定要穿白色緞面洋裝，因為這件洋裝可以微妙地表現出她打算做出的犧牲，而且在本質上是對她長期以來對麥可忘恩負義的贖罪。她沒有佩戴很多珠寶，只戴一串珍珠和一條鑽石手鐲，手指上除了她的結婚戒指之外，也只有一顆方形切割的鑽石。她原本想晒黑一點，好讓自己看起來像經常在室外活動的陽光女孩，陽光女孩的形象很適合她。但是一想到晒黑之後會給自己增添多少麻煩，她就忍住了。她當然不可能像那個為了飾演奧賽羅就把自己塗黑的演員那樣將全身晒黑。她向來是個守時的女人，當僕人為查爾斯打開大門時，她正好走下樓來。她以一種溫柔的眼神向查爾斯打招呼，將溫柔與淘氣的魅力以及親密感都融入其中。查爾斯現在已將他稀疏的白髮留長，而且隨著年齡增長，他的知識與高貴的外表都已經有點下垂。查爾斯對著茱莉亞微微一鞠躬，他身上的衣服看起來好像應該熨一熨。

110 山德羅．波提且利（Sandro Botticelli，一四四五—一五一〇）：義大利文藝復興初期的佛羅倫斯畫派藝術家。

「我們生活的世界真是奇怪。」茱莉亞心想，「演員竭盡全力想讓自己看起來像紳士，紳士則竭盡全力要讓自己看起來像演員。」

毫無疑問，茱莉亞對查爾斯產生了恰如其分的魅力，因此他一開口就是完美的開場白。

「為什麼妳今天晚上看起來這麼美麗動人？」他問。

「因為我期待和你一起吃晚餐。」

她以她美麗動人的眼睛深深注視著他，並微微張開嘴唇，宛如羅姆尼[111]所畫的漢密爾頓夫人的肖像一樣誘人。

他們到薩伏伊飯店用餐，領班侍者安排他們坐在最中央的座位，因此整間餐廳裡的人都看得到他們。他們原以為大家出城去了，沒想到今晚座無虛席，茱莉亞只好向每個遇到的朋友鞠躬微笑。查爾斯有很多事情想對茱莉亞說，茱莉亞也刻意表現得充滿興趣，靜靜聆聽查爾斯說話。

「查爾斯，你是世界上最好的夥伴。」她對他說。

他們到餐廳的時間比較晚，而且吃得很悠閒，當查爾斯喝完白蘭地時，已經開始有人陸陸續續進來準備吃宵夜。

「老天，劇院已經散場了嗎？」查爾斯瞥看手表一眼說：「和妳在一起的時間總是過得這麼快。妳覺得那些服務生是不是很想趕我們走？」

「可是我還不想上床睡覺。」

「我猜麥可不久後就會回到家了吧？」

「我想是的。」

「要不要到我家來聊天？」

查爾斯終於聽懂她的暗示了。

「我非常樂意。」茱莉亞回答時語氣中帶著羞澀，她覺得自己的臉頰也跟著羞紅。

他們坐上查爾斯的車返回希爾街，他帶她走進書房。他的書房位於一樓，房間裡的法式窗戶敞開著，可以看見外面的花園。他們在沙發上坐下。

「關掉幾盞燈，好讓夜色透進來。」茱莉亞說。她引用了《威尼斯商人》中的台詞：「在這樣的夜晚，甜美的風輕輕地吻著樹木[112]……」

查爾斯只留下一盞昏暗的燈，將其餘的燈都關掉。當他再次坐下時，她依偎到他身上。他伸出手摟著她的腰，她則將頭倚在他肩上。

「這裡就像是天堂。」她輕聲地表示。

「這幾個月我非常想妳。」

「你有沒有乖乖的？」

「呃，我買了一幅安格爾[113]的畫，花了不少錢。待會兒妳離開之前，我一定要讓妳欣賞一下。」

「等等可別忘了。你把這幅畫掛在哪裡？」

---

111 喬治・羅姆尼（George Romney，一七三四—一八〇二）：英國肖像畫家。

112 原文為「In such a night as this, when the sweet wind did gently kiss the trees .」。

113 尚・奧古斯特・多米尼克・安格爾（Jean Auguste Dominique Ingres，一七八〇—一八六七）：法國畫家。

茱莉亞打從進屋的那一刻就開始思忖，應該要在書房還是臥房裡與查爾斯發生性關係。

「掛在我的臥房裡。」查爾斯回答。

「在臥房舒服多了。」她心中暗忖。

她忍不住暗暗竊笑，覺得這個可憐的老查爾斯竟然會想出這種簡單的小把戲，打算把她騙進臥室裡。男人真傻，他們最大的毛病就是太過於害羞了。她突然想起湯姆，心裡感到一陣劇痛。該死的湯姆。查爾斯真的非常體貼，她決定要好好獎勵查爾斯長期以來的貢獻。

「你一直是我的好朋友，查爾斯。」她以低沉沙啞的聲音說。她稍微轉過身子，好讓她的臉緊緊貼著他的臉，她的嘴唇就像漢密爾頓夫人肖像的樣子微微張開，「但是我卻沒有好好善待你。」

她看起來如此誘人且柔順，宛如一顆成熟的蜜桃等人摘取，他一定會忍不住想親吻她，然後她就會用她柔嫩白皙的雙臂纏住他的脖子。不過，他只是笑了一笑。

「別這麼說，妳一直都是那麼神聖。」

「(他很害怕，真是個可憐的傢伙。)我想，從來沒有人像你這樣深愛著我。」

他握握她的手。

「我會一直待在妳的身邊，妳知道的。在我的生命中，除了妳之外，沒有別的女人。」

然而他沒有親吻她主動湊上來的嘴唇，她只好若有所思地看著電暖爐。真可惜電暖爐沒有打開，此時此刻他們之間需要一點火花。

「如果我們那個時候真的私奔了，現在一切都會有所不同。嗨唷。」

她從來不懂「嗨唷」是什麼意思，可是許多舞台劇演員都喜歡在台詞後面加上「嗨唷」並且嘆一口氣，聽起來會充滿感傷。

「如果我們當時真的私奔了，英國就會失去最了不起的女演員。現在我已經想清楚了，當初我提出那個建議實在非常自私。」

「功成名就不能代表一切。我有時候會想，我是不是為了滿足自己愚蠢的小野心，結果錯過了世界上最重要的東西。畢竟，唯一重要的不就是愛情嗎？」此時她用比平常看起來更美麗的雙眸凝視著查爾斯，眼神中透著動人的溫柔，「你知不知道，如果時光能夠重來，現在的我一定會說：帶我走吧。」

她伸手握住他的手，他也輕輕握住她的小手。

「噢，親愛的。」

「我經常想起我們夢想中的那棟別墅，那棟別墅旁邊種著橄欖樹與夾竹桃，而且面對著一片蔚藍色的海洋，令人心曠神怡。有時候我實在受不了人生的沉悶與庸俗，當初你提供我如此美好的願景，我明白現在後悔已經太遲了。那個時候我還不知道自己有多麼在乎你，而且我做夢也沒想到，隨著時間經過，你對我的意義變得越來越重要。」

「聽妳這麼說，我真的很感動。親愛的，妳這番話已經彌補我了。」

「我願意為你做任何事情，查爾斯。我一直非常自私，而且毀了你的人生，我根本不知道自己在做什麼。」

她低沉的聲音微微顫抖著。她將頭向後一仰，露出雪白的頸子，看起來有如白色的廊柱。她堅挺的小乳房從露肩洋裝露出一小部分，她還刻意用手將胸部往前推一點。

「別這麼說，別這麼想。」查爾斯以充滿教養的口吻回答：「妳一直都很完美，否則我不會像這樣一直守著妳。噢，親愛的，生命如此短暫，愛情變幻無常。人生中發生的悲劇，有時候就是因為我們得到了我們想要的東西。現在每當我回想起我們一同經歷的漫長歲月，就很慶幸妳比我聰明太多了。『什麼樣的鑲葉傳說出沒於你的形體[114]？』妳不記得這首詩嗎？『即使幾乎贏得芳心，也永遠沒有機會得到一吻——儘管如此，不要傷悲。就算你未能獲得至高的喜悅，她也不會因此失色，因為你永遠愛著她，她也永遠美麗[115]！』」

「（真是個大白痴。）好美的詩句啊。」茱莉亞輕嘆，「也許你是對的，晦嗬。」

查爾斯繼續背誦詩句，他這種行為總是讓茱莉亞感到有點厭煩。

「『啊，快樂的樹枝永遠不會斷落！

你的葉子也從不曾與春天道別；

愉悅的作曲家永遠不覺得疲倦，

永遠吹奏著歷久彌新的歌曲[116]……』」

這給了茱莉亞一個思忖的機會。她望著未點燃的電暖爐，目光專注，宛如被這些優美的詩句所吸引。很明顯的，查爾斯根本不懂她的意圖，這事也不令人意外。二十年來，她對他的熱情乞求一直無動於衷，如果他已經因為絕望而放棄，這也十分自然。就像攀登聖母峰，如果頑強的登山者一直嘗試攻頂卻徒勞無功，最後卻發現一道可以輕鬆通往山頂的階梯，一定不敢相信自己的眼睛，還會認為可能暗藏陷阱。茱莉亞覺得自己必須表現得更清楚一點，向疲憊的朝聖者直接伸出救援之手。

「時間有點晚了。」她輕聲地說：「讓我看看你新買的畫，然後我就要回家了。」

查爾斯站起身子，她將雙手伸向他，讓他將她從沙發上攙扶起來。他們上樓走進臥房，茱莉亞看見查爾斯的睡衣和睡袍都整整齊齊地擺在椅子上。

「你們這些單身男子都把自己照顧得很好。你的房間很舒服，很適合你。」

他將那幅裱好的畫作從牆上拿下來，讓她在燈光下欣賞。這是一幅以鉛筆畫成的肖像，畫中是一個有點肥胖的女人，頭上戴著帽子，身上穿著蓬蓬袖的低領連衣裙。茱莉亞覺得這個女人長得很平凡，而且她的衣服相當可笑。

「真美！」她叫道。

「我就知道妳會喜歡。這幅畫很棒，是不是？」

「太棒了。」

他將那幅小小的畫作掛回牆上。等他再次轉身時，發現她站在床邊，雙手放在背後，就像一名被太監總管帶去給輔政大將軍挑選的切爾克斯[117]女奴。她的姿態帶著一絲節制的退縮，有一種誘人的羞怯，也有一種處女即將獻身的期待。茱莉亞以帶點情欲的口吻嘆了一口氣。

---

114 此詩句與後兩句皆出自英國詩人葉慈（John Keats）的《希臘古甕頌》（*Ode On A Grecian Urn*），原文為「What leaf-fringed legend haunt about thy shape」。

115 原文為「(Bold lover,) never, never canst thou kiss, Though winning near the goal — yet, do not grieve; She cannot fade, though thou hast not thy bliss, For ever wilt thou love, and she be fair!」。

116 原文為「Ah, happy, happy boughs! that cannot shed, Your leaves, nor ever bid the spring adieu; And, happy melodist, unwearied, For ever piping songs for ever new.」。

117 切爾克斯人（Circassians）：居住在西北高加索地區的民族，因其身形高挑且相貌出眾，在土耳其帝國的後宮很受歡迎。

「親愛的，這是多麼美好的夜晚啊。我以前從來沒有和你如此親近過。」

她慢慢地將雙手從背後伸出來，在精心設計的時機以非常自然的方式往前伸去，張開雙臂，掌心朝上，彷彿端著一個高貴但無形的盤子，盤子上放著她要奉獻的心。她美麗的雙眸訴說著溫柔與臣服，嘴唇露出一抹完全交出自己的羞澀笑容。

她看見查爾斯臉上的笑容僵住了，這時他已經完全明白茱莉亞的打算。

(「天啊，他根本不想要我，我被愚弄了。」)這個事實真相讓茱莉亞大吃一驚。(「老天，我現在該怎麼找台階下？我看起來一定像個大傻瓜。」)

茱莉亞差點就失去了鎮定，但是她必須像閃電一般地做出反應。查爾斯站在那裡看著她，並且努力掩飾他的尷尬。茱莉亞驚惶失措，想不出應該如何處理她那雙端著高貴盤子的雙手。老天，她的手雖然很小，但此刻的感覺就像兩條大大的羊腿懸在那裡。她不知道應該說什麼，每經過一秒鐘，都讓她的姿態和處境變得更加難以忍受。

(「可惡的傢伙，可惡的臭傢伙，這些年來竟然一直欺騙我。」)

她做了唯一能做的事：她繼續保持這個手勢，在心裡默數幾下，以免馬上放下手來更顯尷尬。她緩緩地收攏雙手，直到雙手合十，然後把頭向後仰，將緊握的雙手慢慢地放到脖子旁邊。她此刻擺出的姿態就如同她所有的姿態一樣優雅動人，而且這個姿態可以帶出她接下來所說的話。她低沉渾厚的嗓音因為情緒激動而微微顫抖。

「我很高興將來回憶往事時，可以因為沒有做出需要自責的傻事而覺得安慰。生命的苦澀不是死亡，而是愛情的逝去。(她看戲時曾聽過類似的台詞。)如果我們是戀人，你早就已經厭倦了我，而我們現在除了後悔自己的軟弱，不會有其他的遺憾。你剛才分享的那段雪萊[118]的詩句是什麼？」

「那是葉慈[119]的詩。」他糾正道：「就算你未能獲得至高的喜悅，她也不會因此失色。」

「就是這句。請繼續。」

她想拖延時間。

「因為你永遠愛著她，她也永遠美麗！」

她將雙臂大大地張開，並且甩甩她那頭捲曲的秀髮。她明白了。

「這句詩說得很對，不是嗎？『你永遠愛著我，我也永遠美麗。』如果我們因為片刻的瘋狂而拋棄了友誼帶給我們的快樂，那就太愚蠢了。我們沒有什麼值得羞恥的事，因為我們清清白白。我們走路的時候可以抬頭挺胸，坦然面對世界。」

她本能地覺得這麼一來她就有台階可下，因此她的動作也配合話語的內容，抬頭挺胸然後轉身用力地將門打開。她的力氣如此之大，使得整個場面的氣勢一路跟隨著她下樓。最後她才放掉那股力量，以最簡單的方式轉身面對跟在她身後下樓的查爾斯。

「我的斗篷。」

「車子已經準備好了。」查爾斯一邊說一邊為她披上斗篷，「我送妳回家。」

「不了，我自己回去就好。我想把這個小時的相處烙在我心上。與我吻別吧。」

118 珀西·比希·雪萊（Percy Bysshe Shelley，一七九二—一八二二）：英國浪漫主義詩人。

119 威廉·巴特勒·葉慈（William Butler Yeats，一八六五年六月十三日—一九三九年一月二十八日）：愛爾蘭詩人、劇作家暨散文作家。

她對著他噘起嘴唇，他吻了她。她從他懷中掙脫，帶著壓抑的啜泣將大門打開，奔向在外面等候的座車。

等她回到家並站在自己的臥房裡時，才終於深深吐一口氣。

「該死的傻瓜，以為這樣就能欺騙我。感謝老天，還好我全身而退。他真是混蛋，我覺得他根本不明白我想做什麼。」然而他僵硬的笑容令她感到不安，「他可能懷疑過，但是無法確定。事後他一定知道自己犯了天大的錯誤。我的老天，我還得在那裡胡說八道，但我覺得自己說得似乎還算通順。幸運的是我及時理解情況，不然接下來可能就要開始寬衣解帶了，到時候可就沒辦法輕易一笑置之。」

茱莉亞開始竊笑。雖然查爾斯把她當成該死的傻瓜讓她非常丟臉，不過有幽默感的人一定可以看出這件事仍有好笑的一面。她很遺憾無法告訴任何人這件事，因為即使出糗的人是她自己，這仍不失為一個精采的故事。她無法釋懷的是，這些年來查爾斯演著一齣對她熱情不變的喜劇，害她受騙上當。查爾斯根本只是裝模作樣，他喜歡將自己塑造為永恆的崇拜者，顯然不希望自己的忠貞不渝得到回報。

「他騙倒了我，他完全騙倒我了。」

但茱莉亞突然想到一件事，以致她臉上的笑容消失了。當女人向男人求歡遭拒時，女人只會覺得有兩種可能性：第一種就是男方是同性戀，另一種則是男方性無能。茱莉亞一邊沉思一邊點燃一根香菸。她問自己查爾斯是不是以他對她的忠誠當成掩護，藉此轉移人們對他真實性傾向的關注，但她覺得不是。如果他是同性戀，她一定早就看出來了，畢竟在戰爭結束後社會上都在談論同性戀的議題。當然，查爾斯很可能已經陽痿了。她算了一下他的年紀，可憐的查爾斯。於是茱莉亞又笑了。倘若真是如此，陷入尷尬甚至荒謬處境的人就不是她，而是查爾斯。他一定被嚇壞了，可憐的傢伙。很顯然的，男人無法將這種問題告訴女人，尤其當他瘋狂愛著她的時候。她越想越覺得這個解釋最為合理，便開始替查爾斯感到難過，幾乎是帶著母性般的難過。

「現在我知道自己該怎麼做了。」她一邊說一邊開始脫衣服，「明天我要送他一大束白色的百合花。」

第二十五章

第二天早上茱莉亞醒來之後，先躺著思忖了一會兒，然後才拉鈴叫伊芙。她回想起前一天晚上的冒險經歷，不禁為自己如此機靈而沾沾自喜。雖然很難說她已反敗為勝，但如果將她的表現視為一種策略性的撤退，仍可說是非常高明。但她沒有因此感到安心自在，因為查爾斯的奇特反應可能還有別種解釋。他可能對她沒有興趣，因為她沒有吸引力。這個念頭在夜裡從她腦中閃過，只不過她馬上覺得可能性不高。無可否認的，這個想法到了早上又讓她耿耿於懷。她拉了鈴。由於麥可經常在茱莉亞吃早餐時進來找她，因此伊芙來為她拉開窗簾時，依照慣例會先將鏡子和梳子遞給她，還有她的粉撲和口紅。這天茱莉亞沒有草率地梳頭並機械性地撲臉，而是花了一番工夫，小心翼翼地塗上口紅，再抹上一點胭脂，並且將頭髮梳得整整齊齊。

「伊芙，如果不參雜個人的喜好，妳覺得我是長得好看的女人嗎？」茱莉亞在伊芙把早餐托盤放在床上時如此問她。茱莉亞的眼睛始終看著鏡中的自己。

「在回答這個問題之前，我必須先搞清楚說實話會有什麼下場。」

「妳這隻老母狗。」茱莉亞說。

「妳自己很清楚，妳並不是美女。」

「偉大的女演員都不是美女。」

「妳昨晚刻意打扮得花枝招展，可是當妳背對光源時，樣子看起來很糟，妳知道的。」

「（難怪我昨晚這麼不順利。）我想問的是，如果我真的下定決心想和某個男人上床，妳覺得我辦得到嗎？」

「我知道男人都是什麼樣子，如果妳釣到了哪個男人，我一點也不會覺得驚訝。妳現在想和誰上床？」

「沒有，我只是隨便說說。」

伊芙吸吸鼻子，然後用食指搓搓鼻孔。

「別老是那樣吸鼻子，如果妳想擤鼻涕，就把鼻涕擤出來。」

茱莉亞慢慢地吃著她水煮蛋，各種想法充斥於她的腦中。她看著伊芙，雖然伊芙只是個滑稽的老太婆，但人不可貌相。

「告訴我，伊芙，有沒有男人試圖在街上向妳搭訕？」

「向我搭訕？我很歡迎他們來搭訕。」

「說實話，我也很歡迎男人來向我搭訕。很多女人告訴我，街上會有男人跟著她們，如果她們停下腳步欣賞商店的櫥窗，那些男人就會走過去試圖引起她們的注意。有時候那些男人甩都甩不掉。」

「我覺得那種男人真噁心。」

「我不知道，我倒覺得那樣挺討人喜歡的。妳知道嗎？從來沒有男人在街上跟著我，這實在很不尋常。我也不記得曾有哪個男人試圖向我搭訕。」

「噢。呃，如果妳哪天晚上到埃奇韋爾路[120]走一走，馬上就會有人向妳搭訕的。」

「但如果有人向我搭訕，我會不知道應該如何回應。」

「叫警察來。」伊芙嚴肅地表示。

「我認識一個女孩子，她在龐德街[121]欣賞一間帽子店的櫥窗時，突然有個男人走過來問她想不想要一頂帽子。她說：『我想要。』然後他們一起走進店裡，她挑了一頂帽子，並且留下她的姓名和地址，那個男人立刻替她付了錢。她說：『非常謝謝你。』那個男人還在等著找零的時候，她就已經走掉了。」

「那是她告訴妳的版本。」伊芙習慣性地吸吸鼻子，懷疑地看了茱莉亞一眼，「她到底想要表達什麼？」

「噢，沒什麼。我只想知道，為什麼我從來沒有被男人搭訕過。該不會是因為我沒有性吸引力吧？」

她有性吸引力嗎？她決定要測試一下。

那天下午，她睡完午覺之後起床，化了比平時濃一點的妝，沒有叫伊芙來替她更衣，自己換上一件不算樸素但看起來也不會特別華麗的衣服，並且戴上一頂寬緣的紅色草帽。

「我可不希望自己看起來像個妓女。」她看著鏡中的自己說：「另一方面，我也不希望看起來太過端莊。」

她躡手躡腳地走下樓，不讓人聽到她的聲音，然後溜出去並且輕輕關上門。她有一點緊張，但也感到相當興奮，覺得自己像在做壞事。她穿過康諾特廣場[122]走到埃奇韋爾路，當時大約是五點鐘，路上有密密麻麻的公車、計程車和貨車，還有腳踏車騎士危險地在車陣中穿梭。

人行道上擠滿了人，她以從容的步調慢慢往北邊走去。一開始，她走路時眼睛直視前方，沒有左顧右盼，不過她很快就意識到這麼做是不對的。如果她希望別人看她，她就必須先看著對方。當她看見有幾個人正在欣賞商店櫥窗時，也停下腳步跟著他們一起看著櫥窗，她這麼做了兩三次，可是根本沒有人注意她。她又繼續往前走，人們從各個方向經過她身旁，每個人似乎都很匆忙，沒有人多看她一眼。她發現有個獨行的男人朝她走來，因此放肆地看了他一眼，但是對方面無表情地走開。她突然想到自己的表情可能太過嚴肅，便讓嘴角浮現一絲笑意，結果有兩三個男人誤以為她是對著他們微笑，趕緊移開他們的目光。他們從她身邊經過後，她回頭看了一眼，其中一個男人碰巧也回頭看，與她四目相接，那個男人急忙繼續往前走。她覺得自己被冷落了，決心不再回頭看。她不停地往前走去。她常聽說倫敦的人群是全世界行為最檢點的人，但在這種場合中行為檢點根本不合情理。

「如果我走在巴黎、羅馬或柏林的街上，這種事情絕對不可能發生。」她心中暗忖。

她決定走到馬里波恩路[123]就回頭，如果完全沒有人搭訕她，她就回家，但那樣實在太丟臉了。由於她走得很慢，結果有些路人會推撞她，讓她大為光火。

「我應該試試牛津街才對。」茱莉亞說：「那個愚蠢的伊芙。在埃奇韋爾路這裡顯然沒有希

---

120 埃奇韋爾路（Edgware Road）：英國倫敦的重要街道。
121 龐德街（Bond Street）：英國倫敦市中心的著名購物街。
122 康諾特廣場（Connaught Square）：英國倫敦的一個住宅廣場。
123 馬里波恩路（Marylebone Road）：位於倫敦市中心的重要道路。

望。」

突然間，她的心歡欣鼓舞地狂跳起來，因為她吸引了一個年輕人的目光，她很確定那人的眼中有一絲光芒。他從她身旁走過去，她努力不轉頭看他，繼續往前走。過了一會兒，那人又從她身邊經過，他肯定是特別走回來看她。這一次他目不轉睛地盯著她。她瞥了他一眼，然後端莊地低下頭。那人開始往後退，她已經察覺到他跟著她。沒關係。她停下來欣賞商店的櫥窗，那人也跟著停下腳步。她知道自己該怎麼做：她假裝全神貫注地欣賞櫥窗裡的展示品，但是在準備繼續往前走之前，她以帶著笑意的眼神匆匆看他一眼。那個男人十分矮小，看起來像是一般商店的店員或百貨公司的巡視員。他穿著灰色西裝，戴著一頂棕色的軟帽。她絕對不會樂意被這種男人搭訕，但目前的事實就是如此，他顯然想向她搭訕。她忘了自己已經開始感到疲倦，而且也不知道接下來會發生什麼事。當然，她不會讓那個男人太得寸進尺，不過她很好奇他下一步會怎麼做。她想知道他會對她說什麼。她既興奮又開心，心裡放下了沉重的大石頭。她慢慢地走著，並且知道他就跟在她的身後。她在另一間商店的櫥窗前停下來，這一次他在停下腳步之後就走到她身旁。她的心開始狂跳，現在真的開始變得像是一場大冒險了。

「不知道他會不會邀請我和他一起上飯店，我不覺得他負擔得起這種開銷。他可能會約我去看場電影吧。大概就是這樣，一定很有趣。」

她注視著他的臉，臉上幾乎露出笑容。他脫下帽子。

「妳是蘭伯特小姐嗎？」

她差點沒嚇得從自己這身皮囊裡跳出來。她太驚訝了，因此完全沒想到應該矢口否認。

「我一看到妳就馬上認出來了，所以又刻意走回來再次確認。我對自己說：你看，如果她不是茱莉亞．蘭伯特的話。我就是拉姆齊．麥克唐納[124]。後來妳停下來欣賞那間商店的櫥窗，我才有機會仔細看看妳。我覺得在埃奇韋爾路遇到妳實在不可思議，如果妳明白我的意思。我覺得真的很有趣。」

他不知道事實的真相遠比他想像的還要有趣。不管怎麼說，他認出她來並不重要，其實她早就應該想到，她在倫敦不可能不被路人認出來。這個人說話時有倫敦東區口音，而且臉色蒼白，不過茱莉亞依然對著他露出一個愉悅且友善的微笑，她不能讓他覺得她在擺架子。

「真抱歉，我沒有經過正式介紹就跑來找妳說話，但我不願錯過這個機會。妳可不可以幫我簽名？」

茱莉亞屏住了呼吸。這該不會就是他跟了她十分鐘的原因吧？但他可能只是把要簽名這件事當成與她攀談的藉口。好，她就陪他玩下去。

「我很樂意，可是我沒辦法在大街上簽名，因為路人會盯著看。」

「妳說得沒錯。呃，我正準備去喝下午茶。下一個街角處有一間叫做里昂的咖啡館，妳要和我一起喝杯茶嗎？」

事情總算有了進展。待會兒他們喝茶時，他可能會提議去看場電影。

「好吧。」她說。

---

124 詹姆士．拉姆齊．麥克唐納（James Ramsay MacDonald，一八六六—一九三七）：英國政治家，工黨出身，一九二四年一月至十一月曾出任英國首相兼外務大臣，一九二九年六月至一九三五年六月第二度出任首相，但任內於一九三一年八月與保守黨和自由黨合組國民政府，並且另組國民工黨，與工黨關係決裂。

他們往前走到咖啡館，然後在一張小桌子旁坐下。

「小姐，請給我們兩杯茶。」他對服務生說。然後他問茱莉亞：「妳想吃什麼茶點？」茱莉亞婉拒後，他又對服務生說：「小姐，加一份司康搭配奶油。」

茱莉亞現在可以好好看看他了。他雖然身材矮胖，可是五官長得還算不錯，一頭服貼的黑髮，眼睛很好看，但是牙齒很醜，蒼白的皮膚給人一種不健康的感覺。茱莉亞不太喜歡他有一點厚臉皮的言行舉止，但是經過理性分析之後，又覺得自己怎能奢望一個在埃奇韋爾路向女人搭訕的年輕人會個性羞澀且談吐謙虛。

「在我們喝茶之前，先把簽名這件事搞定吧！可以嗎？我的座右銘是『現在就去做』。」

他從口袋裡拿出一支自來水筆和一個厚厚的皮夾，並且從皮夾裡拿出一張大大的卡片。

「這是我們公司的集點卡。」他說：「妳簽在上面就可以了。」

茱莉亞覺得他還繼續停留在這個搭訕藉口有點愚蠢，不過她仍客客氣氣地在卡片背面簽上自己的名字。

「你蒐集簽名嗎？」她帶著微笑問他。

「我？不，我覺得這種事情無聊透頂，但我的女朋友喜歡蒐集簽名，她已經有查理・卓別林[125]、道格拉斯・費爾班克斯[126]和一大堆人的簽名了。妳想看她的照片嗎？」

他從皮夾裡拿出一張快照，照片中有一個看起來很時髦的年輕女子對著鏡頭露出所有的牙齒，擺出電影明星般的笑容。

「很漂亮。」茱莉亞說。

「那當然。我們今晚要去看電影。我把妳的簽名送給她時，她一定會嚇一大跳。剛才我確定是妳時，我對自己說的第一句話就是：我打死也要替葛雯弄到茱莉亞・蘭伯特的簽名。我們打算八月結婚，因為我八月可以休假。我們要去懷特島[127]度蜜月，我和她會在那裡享受難得的樂趣。如果我告訴她我和妳一起喝下午茶，她絕對不會相信我，認為我是在開玩笑，接著我就會把妳的親筆簽名拿出來給她看。這樣妳懂我的意思嗎？」

茱莉亞耐著脾氣聽他說話，可是臉上已經沒有笑容。

「我可能馬上就得走了。」茱莉亞說：「我已經遲到了。」

「我自己時間也不多。妳知道，我要和我的女朋友碰面，我也想要趕快離開這裡。」

服務生端茶過來，順便把帳單放在桌上。他們從椅子上站起來，茱莉亞從皮包裡拿出一先令。

「妳為什麼要掏錢？妳該不會以為我會讓妳付錢吧？是我邀請妳來喝茶的。」

「你人真好。」

「但妳可以報答我，改天讓我帶我的女朋友去後台看妳，然後妳和她握握手，明白嗎？這對她而言意義重大，她可以炫耀一輩子。」

茱莉亞的表情越來越僵硬，雖然她依然表現得十分親切，但是已經幾乎快要顯出傲慢。

「真抱歉，我們不會隨便讓陌生人到後台來。」

---

125 查理・卓別林（Charlie Chaplin，一八八九—一九七七）：英國喜劇演員暨導演。

126 道格拉斯・費爾班克斯（Douglas Fairbanks，一八八三—一九三九）：美國演員、導演暨劇作家。

127 懷特島（Isle of Wight）：大不列顛島南岸的島嶼，南臨英吉利海峽，北臨索倫特海峽（Solent）。

「噢，真可惜，不過妳總不介意幫我問問看吧？我的意思是，我並不是為了我自己。」

「我不介意。我完全可以理解。」

她向一輛在路旁等著載客的計程車招招手，並且伸手與這個年輕人道別。

「再見，蘭伯特小姐，再見，祝妳一切順利。謝謝妳的親筆簽名。」

茱莉亞坐在計程車後座的角落裡生悶氣。

「這個粗俗的小畜生，他和他的女朋友都去見鬼吧！竟然還有臉問我他能不能帶她來見我！」

她回到家之後立刻上樓回房間，脫下帽子並且憤怒地將帽子扔到床上，然後大步走到鏡子前盯著自己。

「老了，老了，老了。」她低聲咕噥著：「沒辦法了，我已經完全沒有性吸引力。誰會相信，是嗎？你會覺得這很不合理，可是難道還有其他的解釋嗎？我在埃奇韋爾路上從頭走到尾，而且我打扮得這麼美，結果沒有半個男人注意我，除了一個該死的小店員，但他只想替他的女朋友要我的親筆簽名。這真的很荒謬。那些沒有性欲的混蛋。我不知道英國怎麼會變成這樣。大英帝國啊！」

她最後帶著輕蔑的口吻說出的那句話，大概會讓英國議會坐在前排的內閣大臣們相當難堪。她開始做出手勢。

「如果你以為我沒有性吸引力就能達到我現在的地位，未免也太荒謬了。人們來看女演員是為了什麼？因為他們想和女演員上床。你告訴我，我沒有任何性吸引力，卻有辦法將一部爛戲演得那麼受歡迎，讓劇院連續三個月高朋滿座嗎？話說回來，性吸引力到底是什麼東西？」

她停頓了一會兒，若有所思地看著鏡中的自己。

「我當然有辦法演出充滿性吸引力的樣子，什麼角色我都能演。」

她想起那些以性感著稱的女演員，尤其是莉迪亞．梅恩。當劇團想找飾演蕩婦的演員時，總會先想到莉迪亞．梅恩。她的演技不怎麼樣，但某些角色她演得非常傳神。茱莉亞非常擅長模仿，她開始模仿起莉迪亞．梅恩。她模仿出莉迪亞性感慵懶的眼神，穿著洋裝的身體邪門歪道地扭來扭去。她還模仿出莉迪亞那種勾引人的猥褻目光及妖媚姿態，那些都是莉迪亞的長項。她並且開始用莉迪亞的聲音說話，將每一句話都懶洋洋地拉長語調，聽起來隱約帶著淫蕩的感覺。

「噢，親愛的，我經常聽到這種話，但是我不想在夾在你和你妻子之間，惹出不必要的麻煩。為什麼男人總是纏著我不放呢？」

茱莉亞以誇大且惡毒的方式模仿莉迪亞，顯得相當無情，可是這麼做讓她覺得很開心，她因此大笑起來。

「好吧，也許我可能沒有任何性吸引力，但是在看過我的模仿之後，也不會有多少人認為莉迪亞性感了。」

這點讓她覺得舒坦多了。

第二十六章

彩排開始了，心亂如麻的茱莉亞得以藉此轉移注意力。麥可在茱莉亞休假期間重新上演的那齣舊戲，票房不算特別亮眼，但也不是很差，所以他沒有關閉劇院，讓那齣舊戲演到《當今時下》上檔。由於麥可每星期要演出兩場日場，而且天氣還很熱，所以他決定先不急著開始彩排，讓劇組有一個月的時間可以慢慢準備。

雖然茱莉亞演了這麼久的戲，每次彩排還是能帶給她無比的刺激，而且每齣戲的第一次彩排更是令她興奮難耐，宛如要開始一場全新的冒險。她不覺得自己是女主角，而只是個初次演戲的小女孩，心中充滿喜悅和渴望。她同時也感受到自己的力量，很高興可以再次擁有鍛鍊本領的機會。

十一點的時候，茱莉亞走上舞台。全體演員都已經站在那裡等她，她先與她認識的演員親吻臉頰及握手問安，接著麥可就以溫文儒雅的姿態為她介紹她還不認識的演員。她親切地向艾薇絲．克萊頓打招呼，艾薇絲讚美茱莉亞容光煥發，還稱讚茱莉亞的帽子很漂亮，茱莉亞則告訴艾薇絲她在巴黎為她挑選了一件非常美的戲服。

「妳最近見過湯姆嗎？」茱莉亞問。

「沒有，他去度假了。」

「噢。他是個不錯的年輕人，是吧？」

「他很體貼。」

兩個女人相視一笑。艾薇絲讀劇本的時候，茱莉亞看著她並聽著她的語調，臉上露出冷冷的笑容。和她預期的一樣，艾薇絲是那種從第一次彩排開始就對自己充滿信心的女演員，這個傻妞還不知道自己會有什麼樣的下場。茱莉亞已經不在乎湯姆了，可是她和艾薇絲的帳還得算清楚，她不會輕易放過艾薇絲。這個賤人！

這齣戲是《第二位譚克拉雷夫人》[128]的現代改編版，而且隨著社會觀點的轉變，內容已經被改寫成喜劇。這個版本保留原劇中的諸多角色，原本的男主角奧布里．譚克拉雷在本劇的第二幕登場，如今他已是年邁的老先生，與他感情破裂的第二任妻子寶拉已經過世。他在寶拉過世後結了第三次婚，第三任妻子是個脾氣暴躁且傲慢無禮的老婦人，科特里昂太太。奧布里的女兒艾琳和她的男友休．亞岱爾已經結婚，他們都同意讓過去的事情過去，因為寶拉悲慘的離世使他們不再糾結於過去那段婚外情。亞岱爾已經以准將的軍銜退休，他每天打高爾夫球，為大英帝國的衰敗深感遺憾——「老天，如果我有辦法，我會叫那些該死的社會主義者全都在牆邊排排站，然後開槍射死他們。」此時的艾琳也已經不再年輕，她以前是個保守拘謹的少女，

128《第二位譚克拉雷夫人》（*The Second Mrs Tanqueray*）：英國作家亞瑟．溫．皮涅羅（Arthur Wing Pinero）所創作的現實社會劇，內容講述出身上流社會的鰥夫奧布里．譚克拉雷（Aubrey Tanqueray）娶了年輕的寶拉（Paula）為他的第二任妻子，殊不知奧布里的女兒艾琳（Ellean）心儀的對象休．亞岱爾（Hugh Ardale）是寶拉以前的舊情人。寶拉將自己與休．亞岱爾不堪的過去告訴奧布里，導致譚克拉雷一家感情破裂。

現在則變得開朗、時髦且有話直說。麥可飾演的角色是羅伯特・漢弗萊斯，這個角色就像《第二位譚克拉雷夫人》裡的奧布里一樣，是膝下有個獨生女的鰥夫。漢弗萊斯曾在中國擔任領事多年，錢賺夠了之後就辦理退休，住在譚克拉雷家附近，他的房子是一位堂親留給他的。他的女兒荷娜（由艾薇絲・克萊頓飾演）正在學醫，打算將來到印度當醫生。羅伯特・漢弗萊斯在倫敦很孤單，沒有朋友，因為他在國外住了很多年。他認識了一個名叫瑪騰夫人的知名女性。瑪騰夫人和寶拉一樣，是個名聲不佳的女子，而且社會層級沒有寶拉那麼高。她每年的夏季和冬季都會去坎城「交際」，其餘時間就住在雅寶街[129]的一間公寓，在那裡招待國王衛隊的軍官。她擅長打橋牌和打高爾夫球，這個角色非常適合茱莉亞。

《當今時下》的劇情與《第二位譚克拉雷夫人》非常接近：荷娜告訴她的父親，她即將放棄學醫，並且希望結婚之後就搬出去，因為她剛剛與艾琳的兒子訂了婚，艾琳的兒子是一名國王衛隊的年輕士兵。羅伯特・漢弗萊斯對此感到倉皇失措，並告訴荷娜他其實有意迎娶瑪騰夫人為妻。荷娜冷靜地聽完她父親所說的話。

「您知道她是個名聲不好的女人吧？」荷娜冷靜地說。

漢弗萊斯尷尬地表示瑪騰夫人過著不快樂的生活，他想彌補她不幸的遭遇。

「噢，別說這種鬼話。」荷娜表示：「如果您還明白事理，就知道不值得這麼做。」

艾琳的兒子是瑪騰夫人眾多情人中的一個，正如艾琳的丈夫曾是寶拉・譚克拉雷的情人一樣。當羅伯特・漢弗萊斯帶著新婚妻子回到鄉下的家中並發現這個事實時，他們決定必須告知荷娜。但令他們驚訝的是，荷娜聽了之後完全無動於衷，因為她早就已經知道了。

「當我得知這件事情時，我開心得不得了。」荷娜對她的繼母說：「您看，親愛的，您可以告訴我他在床上表現得如何。」

這是艾薇絲．克萊頓可以好好發揮演技的一場戲，時間長達十分鐘。麥可從一開始就知道這場戲非常搶眼也非常重要，而且他認為艾薇絲冷酷的氣質與出眾的外貌對這場戲而言極具說服力。然而經過六次彩排之後，麥可開始覺得艾薇絲沒辦法演好這個角色，於是他找茱莉亞討論。

「妳覺得艾薇絲的表現如何？」

「這麼早很難下定論。」

「我對她很不滿意。妳說她會演戲，但我完全看不出來。」

「這個角色非常穩當，她絕對不會搞砸的。」

「妳我都很清楚，沒有哪個角色可以穩當到不會被搞砸。無論角色多麼好，還是得靠演員演好。我在想，如果換掉她，找別人來演這個角色會不會更好？」

「這樣太費事了。我想你應該給她一個機會。」

「可是她演技很差，她的手勢沒有任何意義。」

茱莉亞思考了一會兒，因為她有留住艾薇絲的理由。茱莉亞了解艾薇絲，如果艾薇絲被解雇，一定會告訴湯姆是茱莉亞嫉妒她。湯姆很愛艾薇絲，無論艾薇絲說什麼他都會相信，他甚至可能認為茱莉亞是為了報復他才這樣羞辱艾薇絲。不行，不行，艾薇絲必須留下來，她必須飾演這個角色，並且在舞台上丟人現眼。湯姆必須親眼看見艾薇絲是多麼糟糕的女演員。他們

129 雅寶街（Albemarle Street）：英國倫敦市中心的一條街道。

以為這齣戲能讓艾薇絲一鳴驚人，真是愚蠢至極的想法。這齣戲只會毀了她。

「麥可，你也知道你多麼聰明，我相信只要你願意花點力氣，就有辦法訓練好她。」

「但問題就在這裡，她似乎無法掌握方向。我教她應該如何說出台詞，結果她又用自己的方式說出來。妳可能不相信，但我有時候會忍不住覺得她有一種錯覺，她似乎自以為比我更懂戲劇。」

「這是因為你讓她很緊張。每當你告訴她應該怎麼演才對時，她就會瑟瑟發抖，不知道自己應該怎麼做。」

「老天，沒有哪個導演比我客氣吧？我甚至從來沒有對她說過尖銳的話。」

茱莉亞對麥可露出深情的微笑。

「你想假裝自己真的不明白她怎麼了嗎？」

「我確實不知道。她到底怎麼了？」

麥可一臉茫然地看著茱莉亞。

「親愛的，你沒發現她已經瘋狂愛上你了嗎？」

「愛上我？我還以為她已經和湯姆訂婚了。妳別胡鬧了，妳老是喜歡開這種玩笑。」

「事實非常明顯，而且她不是第一個迷上你那致命美貌的女人。我也不覺得她會是最後一個。」

「老天，我可不想破壞湯姆的戀情。」

「這又不是你的錯，對吧？」

「妳希望我怎麼做？」

「呃，我覺得你應該對她好一點。你知道，她只不過是個可憐的小女孩。她現在需要有人伸出援手。如果你單獨和她談一談，指導她怎麼演好這個角色，我相信你一定有辦法創造奇蹟。你何不找一天約她出去吃頓午餐，與她好好聊一聊呢？」

茱莉亞看見麥可在思忖這項提議時眼中閃耀著光芒，以及他嘴角上揚時勾勒出一抹微笑。

「當然，最重要的是，我們應該盡可能讓這齣戲變得更好。」麥可表示。

「我知道這種事情對你而言相當無趣，但老實說，為了這齣戲好，我認為是值得的。」

「茱莉亞，妳知道我絕對不會做出任何讓妳不開心的事。我的意思是，我可以馬上與那個女孩子解約，找別人代替她演這個角色。」

「我認為這麼做就大錯特錯了。我相信，只要你願意花點力氣指導她，她就會有很好的表現。」

麥可在房間裡來回踱步，似乎正從各個角度思考這個問題。

「呃，我想我的工作本來就是讓每個演員都發揮出最佳的表現。無論在什麼情況下，我都必須找出最好的解決方法。」

麥可抬高了下巴、縮起了肚子、挺直了背脊。茱莉亞知道艾薇絲．克萊頓已經保住這個角色了，第二天彩排時，麥可把艾薇絲拉到一旁，與她進行了一段長時間的對話。茱莉亞用眼角餘光注視他們，並且從麥可的舉止明確知悉他對艾薇絲說了什麼。她看見艾薇絲面帶微笑地點點頭，麥可肯定是邀請她和他共進午餐。茱莉亞對此相當滿意，便安心地繼續鑽研她的角色。

第二十七章

羅傑從奧地利回來時，他們已經彩排兩個星期了。羅傑先在卡林西亞[130]那邊的一個湖泊區住了幾個星期，回到倫敦幾天之後，他就要去蘇格蘭找朋友。由於麥可必須早點吃飯然後趕去劇院，所以茱莉亞自己一個人去接羅傑。茱莉亞換衣服時，伊芙像平常一樣吸吸鼻子，說茱莉亞這樣費心打扮自己，彷彿要去和年輕男人約會。茱莉亞希望羅傑以她為榮，當她穿著這件夏季洋裝在月台上來回走動時，看起來肯定會顯得十分年輕漂亮。你以為她完全不會注意到自己吸引了所有人的目光，但其實她煞費苦心就是為了引人注目。羅傑晒了一整個月的太陽，膚色變成了古銅色，但臉上的雀斑還是很明顯。他看起來比新年假期後離開倫敦時還要纖瘦，茱莉亞深情地擁抱他，他微微一笑。

他們母子倆自己用餐。茱莉亞問羅傑想不想去看戲或看電影，但他說他比較想待在家裡。

「這樣更好。」茱莉亞表示：「我們可以聊聊天。」

麥可確實希望茱莉亞找個適當的時機與羅傑討論一個特定的話題。羅傑馬上就要去劍橋大學讀書了，他應該要決定自己將來想做什麼。麥可擔心他會在大學裡虛度光陰，畢業後只能找份股票經紀人的工作或者當舞台劇演員。麥可認為茱莉亞比他聰明，且對羅傑更具有影響力，因此敦促茱莉亞在羅傑面前聊聊在外交部工作的優勢以及擔任律師的輝煌前景。茱莉亞覺得自己在兩三個小時的對話中一定有辦法將話題引到這件重要的事情上，因此吃晚餐時她先試著讓羅傑談談他在維也納的生活，但是他沉默寡言。

「噢，您知道的，我做的事情都很普通。我去了一些名勝景點，並且努力學習德語。我會去酒吧喝點啤酒，也經常去看歌劇。」

茱莉亞很想知道他有沒有談戀愛。

「不管怎麼說，還好你沒有和哪個維也納女孩訂婚。」茱莉亞說，希望這句話能誘使他開口聊這方面的事。

羅傑若有所思地看了她一眼，表情似乎覺得茱莉亞的話很可笑。茱莉亞認為他應該明白她想問什麼，雖然茱莉亞是羅傑的親生母親，可是她和他相處時相當不自在。

「沒有。」羅傑回答：「我太忙了，沒時間做那種事。」

「我猜每一間劇院你都去過了吧？」

「我只看了兩三場舞台劇。」

「你有沒有看到什麼對我有用的東西？」

「您知道，我從來沒想過要幫您留意這種事。」

他的回答聽起來可能有一點不客氣，不過他臉上帶著微笑，他的笑容很討人喜歡。茱莉亞又暗忖，為什麼他沒能遺傳到麥可的美貌和她的魅力？他的紅頭髮很漂亮，但是蒼白的睫毛使他的臉看起來很空洞。他有如此優質的父母，結果卻長成這樣，只有老天能解釋為什麼。他已

---

130 卡林西亞（Carinthia）：奧地利最南邊的邦，位於東阿爾卑斯山脈，以其山脈和湖泊聞名。

經十八歲了，應該要確定自己的人生目標。他似乎對什麼事情都不感興趣，也沒有她這種閃閃發光的活力。如果她在維也納待了六個月，她可以想像自己會多麼生動地敘述出她在維也納的生活。光是她去聖馬洛拜訪嘉莉阿姨及她母親的經歷，就已經逗得人們哈哈大笑。他們都說她分享的故事就像戲劇一樣精采，但她個人覺得她的故事比大多數的戲劇還要有趣。現在她將那些故事與羅傑分享，雖然羅傑帶著遲鈍且安靜的笑容傾聽，可是她有一種不舒服的感覺，覺得他並不認為她說的故事有趣。她在心裡嘆了一口氣。可憐的孩子，他沒有幽默感。然後他說了幾句話，促使她談到《當今時下》。她告訴羅傑這齣戲的內容，並說明她所扮演的角色。她還告訴他演員陣容，並且描述布景的樣子。晚餐結束時，茱莉亞才突然意識到她一直在談論自己的事情和自己的喜好，但完全不知道為什麼自己要說這麼多話。她腦海中閃過一絲懷疑，覺得是羅傑刻意將談話內容引導到這個方向，好讓話題遠離他與他的情事。不過她把這種懷疑擱到一旁，因為他絕對沒有這麼聰明。後來，當他們坐在客廳裡聽收音機及抽菸時，茱莉亞終於找到機會，以一種聽起來最不經意的方式將她預備談論的主題帶入對話。

「你決定將來要做什麼了嗎？」

「還沒。這很急嗎？」

「你也知道我對很多事情都相當無知。你父親說，如果你打算成為律師，就應該在劍橋大學裡主修法律；但如果你想到外交部工作，就應該主修現代語言。」

羅傑以他那種古怪且若有所思的模樣盯著她看，而且看了很久，以致茱莉亞有點難以維持她隨興、俏皮又和藹的表情。

「如果我相信上帝，我會想當神父。」他最後說。

「神父？」

茱莉亞不敢相信自己的耳朵。她有一種極不舒服的感覺，然而他的回答已經沉入她的腦中。她想像他是紅衣主教，住在羅馬的一座美麗的宮殿，宮殿裡掛滿美麗的圖畫，他身邊圍繞著卑躬屈膝的高級教士。接著她又想像他是一名聖人，頭上戴著法冠，身上穿著繡有大量金線的祭服，以慈祥的姿態發放麵包給窮人。她看見自己穿著華麗的錦緞洋裝，還戴著一串珍珠，宛如波吉亞家族[131]之母。

「這種想法在十六世紀還算可行。」她回答：「但現在有點太晚了。」

「是的。」

「我不知道你為什麼會有這種想法。」茱莉亞說。然而羅傑沒有回答，因此茱莉亞不得不再繼續問道：「你不快樂嗎？」

「相當快樂。」他笑了。

「你想要什麼？」

他再次以那種令人不安的目光盯著她，她無法確定他是不是認真的，因為他眼中隱約閃爍著一種開玩笑的光芒。

「真實。」

「這是什麼意思？」

「您知道，我一輩子都生活在一種虛構的氛圍中，但是我想要具體的真實。您和爸爸都呼

131 波吉亞家族（Borgia）：歐洲中世紀的貴族家族。

吸著這種虛偽的空氣，因為那是您們唯一知道的氣息。您們認為那是天堂的氣息，但是我已經快要窒息了。」

茱莉亞專注地聽羅傑說話，並試著理解他的意思。

「我們是演員，而且是成功的演員，這就是為什麼你從出生以來就能享受榮華富貴。有本事把兒子送進伊頓公學念書的演員，你用一隻手就能數得出來。」

「我非常感謝您們為我所做的一切。」

「那你為什麼還要責怪我們？」

「我不是責怪您們。您們已經為我做了您們能做的一切。不幸的是，您們也奪走了我對一切的信念。」

「我們從未干涉過你的信仰。我知道我們不太虔誠，但我們是演員，每個星期有八場演出，所以我們星期天只想在家休息。我希望主日學的老師能明白這一點。」

羅傑猶豫了一會兒，然後才又開口。茱莉亞以為他是必須鼓起勇氣才有辦法繼續說出心裡的話。

「我小時候曾有一次站在舞台側翼看您演戲。當時我十四歲，那場戲一定相當不錯，因為您以非常真誠的樣子說出台詞，而且您的台詞非常感人，讓我忍不住哭了。我被您的演出深深打動，我不知道應該怎麼形容那種感覺，只覺得非常激動。我當時為您感到相當難過，而且我覺得自己是個小英雄，我再也不想做任何卑鄙或偷偷摸摸的事情。但是您突然退到後台邊，站在距離我不遠的地方，您的臉上還滿是淚水。您轉身背對觀眾，以您平常說話的聲音對舞台經理說：『那個燈光工人在搞什麼鬼？我說過了我不要藍色的光。』然後您又轉身面對觀眾，繼續痛哭並演完那一幕。」

「親愛的，那只是演戲。如果一個女演員感受到她劇中角色的情緒，她就可以把自己哭到肝腸寸斷。我記得很清楚，那幕戲深受觀眾喜愛，我這輩子從來沒有聽過這麼熱烈的掌聲。」

「那麼我猜我應該是個大傻瓜，所以才會被那幕戲所迷惑。我原本一直很相信您，也相信您說的話，可是當我發現一切都只是虛構時，我的心碎了。從那個時候開始，我就再也不相信您了。因為我曾經被您這樣愚弄，所以我下定決心，這輩子再也不要被人當成傻子。」

茱莉亞向羅傑投以一個愉悅且不帶敵意的微笑。

「親愛的，我覺得你只是在瞎說。」

「我不意外您有這種想法，因為您不知道真實和虛假的分別。您永遠無法停止演戲，演戲是您的第二天性。每當這裡舉行派對時，您就會開始演戲。您對僕人演戲、對爸爸演戲，也對我演戲。對我而言，您總是扮演深情、寬容又有名氣的母親。您根本不存在，您只是您扮演過的無數角色。我常常會懷疑您是否真的存在，或者您只不過是您扮演的那些角色的工具。當我看見您走進一個空房間時，我有時候會想要突然把門打開，可是我一直不敢這麼做，因為我怕自己會發現房間裡面根本沒有人在。」

茱莉亞快速地抬頭看他一眼。她正在發抖，因為他所說的話給她一種怪異的感覺。她懷著一種焦慮感，專心地傾聽他說話。由於他的態度如此嚴肅，以致她覺得他是說出多年來一直困擾他的想法。她這輩子從來沒聽過他說過這麼多話。

「你覺得我很假嗎？」

「也不能這麼說，因為您的一切都是假的，虛假就是您的真實。就好比人們都以為人造奶油就是奶油，因為他們不知道什麼才是奶油。」

茱莉亞有一種隱約的罪惡感。她想起《哈姆雷特》中王后的一段台詞：「我要扭擰你的心，如果它是以一種可以穿透的東西做成的，我就會這樣做[132]。」茱莉亞開始分心神遊。

（「不知道我現在是不是已經太老而無法扮演哈姆雷特了？西登斯和莎拉．伯恩哈特都演過哈姆雷特。但我的腿比任何一個演過哈姆雷特的男人都還要好看。我要問問查爾斯的想法。還有那該死的無韻詩台詞，莎士比亞不以散文寫劇本實在太愚蠢了。當然，我可以到法國，以法語演這個角色。老天，那一定很有賣點。」

她彷彿看見自己穿著黑色的緊身短上衣和長長的絲襪，「噢，可憐的約里克[133]。」但這只是她的想像。

「你總不能說你父親不存在吧？在過去二十年裡，他扮演的角色都與他本人差不多。（也許麥可可以在《哈姆雷特》裡飾演國王，如果我們決定在倫敦碰碰運氣的話，因為他當然沒辦法用法語演戲。）」

「可憐的爸爸，我相信他一定演得很好，但他不是很聰明，對不對？他只忙著當全英國最帥的男人。」

「我覺得你這樣說你父親實在很不友善。」

「難道您心裡不是這麼想嗎？」他冷冷地問答。

茱莉亞很想笑，可是她得維持臉上那種帶點痛苦又有尊嚴的表情。

「那些愛我們的人，喜歡的是我們的弱點，而不是我們的強項。」她回答。

「這是您在哪一齣戲裡說過的台詞？」

茱莉亞壓抑著憤怒。這些話很自然地出現在她嘴邊，當她說出口時，才想起這些話其實是演戲的台詞。這個小畜生！他總得承認這個時候很適合說出這句台詞吧？

「你很無情。」茱莉亞哀怨地說。她開始覺得自己越來越像哈姆雷特的母親，「難道你不愛我嗎？」

「如果我找得到您，也許我會愛您。可是您在哪裡呢？如果我脫去您的表現欲，如果我奪走您的演技，如果我像剝掉一層又一層的洋蔥皮般剝掉您的虛偽和不真誠、剝掉您身上那些舊角色的標籤和虛情假意，我最後能夠找到您的靈魂嗎？」羅傑以一種嚴峻又悲傷的眼神看著茱莉亞，然後微微一笑，「如果能找到，那麼我就會愛您。」

「你相信我愛你嗎？」

「您確實以您的方式愛我。」

茱莉亞的臉色一沉。

「如果你知道你生病的時候我有多麼擔心，你就不會說這種話了！萬一你病死了，我真的不知道該怎麼辦！」

「您會在棺材旁邊完美地飾演一個失去獨生子的母親。」

「就算我有機會彩排很多次，也不可能有那麼精湛的演出。」茱莉亞尖酸刻薄地回答：「你看，你不明白表演不是天性，而是藝術。藝術是創造出來的東西。因為真實的悲傷非常醜陋，

132 原文為「And let me wring your heart; for so I shall, if it be made of penetrable stuff」。

133 約里克（Yorick）是莎士比亞所寫的《哈姆雷特》劇中的鬼魂角色。

而演員的工作不僅僅是表現真實，還要以美的方式來呈現。如果我現在真的快要死掉了，就像我以前演過的那些角色一樣，你覺得我還會在乎我的手勢是否優雅、我顫抖的聲音是否能讓坐在最後一排的觀眾聽見？倘若演戲很假，也不會比貝多芬的奏鳴曲更假，而我也像演奏貝多芬奏鳴曲的鋼琴家一樣假。你說我不愛你，這句話太殘酷了。我已經將自己完全奉獻給你，你是我生命中的唯一。」

「不，當我年紀還小的時候，您確實很愛我。那時候我可以與您合照好看的照片，充當您的宣傳工具。在那之後您就不太在意我了，您只覺得我讓您感到厭煩。雖然您見到我的時候十分開心，但您也很高興我會自己找事情做，完全不佔用您的時間。我一點都不怪您，因為您這輩子沒有時間留給別人，只能把時間用在自己身上。」

茱莉亞開始有點不耐煩了，因為羅傑說的話太真實，讓她感覺很不舒服。

「你忘了，小孩子本來就很無趣。」

「我應該說，其實您覺得我很討人厭。」羅傑笑著說：「然而您為什麼又要假裝不希望我離開您的視線呢？反正您也只是對我演戲。」

「你這些話讓我很不高興，你讓我覺得我沒有盡到當母親的責任。」

「您當然盡了責任。您是非常好的母親，您做了我會永遠感激的事：您經常讓我自己獨處。」

「我不知道你到底想要什麼。」

「我剛才告訴過您了，我想要真實。」

「但是你要去哪裡去找所謂的真實？」

「我不知道，也許真實根本不存在。我還很年輕，我非常無知。我想，也許到劍橋大學讀書並結識新朋友之後，我可能就會知道應該去哪裡尋找真實。但如果他們說只有信仰上帝才能找到真實，那麼我就慘了。」

茱莉亞感到心煩意亂，因為她不是真的很理解羅傑所說的話。他說的話就像台詞，重點不在於內容，而是在於有沒有說出來。然而她必須審慎處理她從他身上感受到的情緒。當然，他才十八歲，如果太認真看待他所說的話，未免顯得太傻了。她還忍不住懷疑，這些話都是他從別人那裡聽來的，而且其中大部分只是裝腔作勢。現在還有沒有人有自己的想法？還有沒有人說話完全不會裝腔作勢？當然，這些話也可能是他此時此刻所感受到的一切，如果她不加以重視，可能會導致不好的結果。

「我懂你的意思。」她說：「我在這世上最大的願望，就是你能夠快快樂樂的。我會說服你父親，你如果想要做點什麼，你就盡量去做吧。你必須找到自己的救贖，這點我已經明白了，但我認為你應該先確定自己的這些想法不是出於病態。也許你在維也納過得太孤單了，我敢說你可能用功過度。當然，你父親和我都不是你這個世代的人，我想我們也沒辦法幫助你。你為什麼不找一個年紀比你稍長一些的人談一談呢？例如湯姆。」

「湯姆？那個可悲的勢利小人。他這輩子唯一的雄心壯志就是成為一名紳士，可是他卻沒有看出來，他越是努力就越沒有希望。」

「我還以為你很喜歡他。去年夏天你們兩人在塔普洛形影不離。」

「我不討厭他，但我只是利用他，因為他可以告訴我許多我想知道的事。我認為他只是微不足道而且愚蠢至極的小人。」

茱莉亞想起自己曾經瘋狂地嫉妒他們的友誼。一想到那些苦惱根本沒有必要，就讓她怒火中燒。

「妳已經甩掉他了，對不對？」羅傑突然問。

茱莉亞聞言一驚。

「大概吧。」

「我覺得您這麼做很聰明，因為他配不上您。」

羅傑以一種平靜且若有所思的眼神注視著她，茱莉亞突然有一種令她想吐的恐懼：羅傑已經知道湯姆是她的情人！她告訴自己這不可能，一定只是她內疚的良心讓她如此認為，畢竟他們在塔普洛什麼事都沒做，而且那些可怕的流言蜚語也不可能傳進羅傑的耳裡。然而羅傑的表情讓她確信他什麼都知道了，令她感到相當羞愧。

「我邀請他到塔普洛，是因為我覺得有個年齡相仿的同伴陪伴你，對你而言是件好事。」

「確實如此。」

羅傑眼中閃過一絲淡淡的興味，使茱莉亞感到無比絕望。她很想問他到底在笑什麼，可是又不敢開口問，因為她懂他。他沒有生她的氣，她寧可他生氣，然而他只覺得這件事情很有趣。茱莉亞深深受了傷害。她很想大哭一場，可是他只會冷笑。她還能對他說什麼？無論她說什麼他都不會相信，因為他認為她只是在演戲！這是她頭一次遇上不知道應該如何應對的狀況，因為她所面對的是她無法理解的東西，一種神祕又可怕的東西。難道這就是真實嗎？此時，他們聽見了一輛車駛近的聲音。

「你父親回來了。」她興奮地說。

真是如釋重負！這種場面讓茱莉亞無法承受，她很感激麥可及時出現，讓她得以結束這段對話。過了一會兒，麥可進來了。他抬著下巴並縮著肚子，看起來精力充沛。雖然他已經五十多歲了，可是依然英俊帥氣。麥可以一種充滿男子氣概的方式伸出手，與他離家六個月的獨生子握手致意。

第二十八章

三天後，羅傑出發前往蘇格蘭。在羅傑離開前，茱莉亞巧妙地使他們兩人盡可能不必獨處，即便他們偶爾有幾分鐘單獨相處的機會，也只會聊一些無關緊要的話題。茱莉亞並沒有真心因為羅傑即將離開而難過，因為她無法從心中抹去那次奇特的對話，而且其中有件事令她難以解釋地格外心煩，那就是他說如果她走進一個空房間，然後突然有人打開門，會發現房間裡根本沒有人。這句話讓她覺得很不舒服。

「我從來沒有想過要當個絕世美女，但我有一種任何人都無法否認的特質：我很有個性。如果只因為我能夠以一百種不同的方式詮釋一百種不同的角色，就認定我沒有自己的個性，那就太荒謬了。我之所以能詮釋不同的角色，是因為我是優秀的女演員。」

她試著想像自己走進一個空房間之後會發生什麼情況。

「可是我從來沒有獨自一人的體驗，即使在空蕩蕩的房間裡，我身邊總是有麥可，或是伊芙，或是查爾斯，或是觀眾。我當然不是真的和觀眾在一起，但他們的精神一直陪伴著我。我必須去找查爾斯談一談羅傑的事。」

不巧查爾斯出遠門了，不過他會趕回來看最後的總彩排和首演。過去二十年來，查爾斯從來沒有錯過總彩排和首演，並且會在總彩排結束後與茱莉亞一起去吃宵夜。麥可會留在劇院裡確認燈光等事項，因此茱莉亞和查爾斯可以單獨相處並且暢所欲言。

茱莉亞鑽研自己的角色時，不會透過觀察別人來刻意塑造她即將扮演的角色，因為她有一種本領，能以設身處地的方式進入她飾演的角色，並從角色的腦子來思考、以角色的五官來感受。她可以憑著直覺想出各種小花招，而且那些逼真的小花招能夠讓觀眾目瞪口呆。每當人們問她表演的靈感從何而來時，她自己也答不上來。現在她要扮演的這位瑪騰夫人基本上是很正派的中產階級婦女，她喜歡打高爾夫球、可以與男性像好朋友般自在交談，而且渴望婚姻為她帶來安定的生活。茱莉亞要將瑪騰夫人的勇往直前及故作灑脫表現出來。

麥可一向不喜歡總彩排時有一大堆人在場，加上這次為了要在首演之前保持神祕感，因此除了查爾斯之外，他只准許攝影師和服裝管理師等必要工作人員在場。茱莉亞刻意壓抑自己的演技，她不打算在首演之前發揮出渾身解數。在排練過程中，她只恰如其分地表演。麥可井然有序的導演手法使一切都進行得相當順利，到了晚上十點鐘左右，茱莉亞已經和查爾斯在薩伏伊飯店裡用餐了。茱莉亞對查爾斯說的第一句話，是問他覺得艾薇絲・克萊頓如何。

「她演得不算太糟，而且長得真的很漂亮。她穿上第二幕的那套戲服實在非常美麗。」

「我在第二幕的時候不打算穿我剛才那套戲服。查利・狄佛瑞爾已經替我設計了另外一套。」

查爾斯沒發現茱莉亞以一種幽默的眼神看了他一眼，但就算他發現了，也猜不出茱莉亞想要表達什麼。麥可聽取了茱莉亞的意見，花費不少工夫個別指導艾薇絲，並在他自己的私人休息室裡幫艾薇絲單獨彩排，修正她的各種聲調與手勢。茱莉亞相信麥可也一定約過艾薇絲吃了幾次午餐，並且帶她去吃宵夜。經過這些指導，艾薇絲將那個角色演得十分出色，讓麥可得意地搓搓雙手。

「我對她非常滿意。我認為她的演出一定會非常成功。我有點想與她簽經紀約。」

「不必那麼著急，等首演之夜結束後再說。」茱莉亞表示：「如果還沒在觀眾面前正式演出，你永遠無法確定到底會不會成功。」

「她是個好女孩，而且是個百分之百的淑女。」

「你覺得她是個好女孩，我想是因為她瘋狂愛著你。至於她是個百分之百的淑女，那是因為她懂得在正式簽經紀約之前拒絕你的引誘。」

「噢，親愛的，別傻了，我老得可以當她的父親了。」

然而麥可露出了得意的笑容。茱莉亞知道，麥可與艾薇絲調情時，頂多只是牽牽對方的手或者在計程車裡接吻一兩次。而且她也知道，麥可在覺得她懷疑他出軌時有一種受寵若驚的感覺。

茱莉亞在顧及身材的前提下滿足了食欲，她開始暢談心裡惦記著的話題。

「親愛的查爾斯，我想和你談談羅傑的事。」

「噢，對，他前幾天剛從維也納回來，對不對？他一切都好嗎？」

「老天，發生了一件很可怕的事。他回來之後變得一本正經，我不知道應該怎麼辦才好。」

茱莉亞從自己的觀點轉述她與羅傑之間的對話，並且刻意避開那些不宜告訴查爾斯的部分，但是基本上該說的都說了，也沒有加油添醋。

「可悲的是他沒有任何幽默感。」茱莉亞最後表示。

「畢竟他才十八歲。」

「他對我說出那些話時，我真的十分驚訝。我就像是突然聽見驢子說話的巴蘭[134]。」

茱莉亞熱情地看著查爾斯，可是查爾斯臉上毫無笑意，似乎不覺得她說的話像她自己認為的那麼有趣。

「我無法想像他那些念頭從何而來。如果你認為那些胡言亂語是他自己想出來的，那就太荒唐了。」

「妳覺得這種年紀的男孩子胡思亂想的程度會少於我們大人的想像嗎？這是一種精神上的發育，而且結果往往千奇百怪。」

「倘若羅傑這些年來一直懷著這種想法卻守口如瓶，未免太不老實了。他竟然還敢指責我虛偽。」這時茱莉亞咯咯一笑，「我跟你說句實話：羅傑對我說這些話的時候，我突然覺得自己彷彿是哈姆雷特的母親。」她接著馬上又問：「我現在演哈姆雷特會不會年紀太大了？」

「葛楚[135]這個角色並不是很好，妳不覺得嗎？」

茱莉亞顯然覺得查爾斯的回答十分逗趣，因此哈哈大笑。

「別傻了，查爾斯。我不是要演王后，我是要演哈姆雷特。」

「妳認為由女演員來飾演哈姆雷特恰當嗎？」

134 出自聖經《民數記》第二十二章。巴蘭（Balaan）原本被摩押人的（Moab）國王派往詛咒以色列人，但是耶和華讓巴蘭的驢子開口說話，進而促使他勸服摩押王打消攻擊以色列人的念頭。

135 葛楚（Gertrude）：《哈姆雷特》劇中的角色，為丹麥王后，哈姆雷特的親生母親，在國王死後被迫改嫁國王的弟弟克勞迪（Claudius）。在莎士比亞的時代，這種關係被視為亂倫，因此哈姆雷特仇視葛楚。

「西登斯夫人就演過，莎拉．伯恩哈特也演過，所以我在我的演藝生涯中也要做到這件事，你懂我的意思嗎？當然，還有無韻詩台詞這個問題需要解決。」

「我聽說有些演員可以把無韻詩念得像散文一樣。」查爾斯表示。

「這話說得沒錯，但無韻詩畢竟和散文不同，不是嗎？」

「妳有好好地回應羅傑嗎？」

茱莉亞沒想到查爾斯突然又繞回剛才的話題，但是她依然面帶笑容地回答。

「噢，我對他的態度好極了。」

「我們面對年輕人的荒謬言行時很難有耐性，他們會告訴我們二加二等於四，彷彿我們完全不知道答案，而且如果他們剛剛發現母雞會生雞蛋，但我們沒有和他們一樣表現出驚訝，他們就會大失所望。雖然他們的義憤填膺與夸夸其談大部分都只是胡說八道，但也不見得全部都是廢話。我們應該同情他們，盡量理解他們。我們應該要記得，當我們剛開始面對人生時，有多少事情需要遺忘、有多少事情需要學習。要一個人放棄理想並不簡單，我們每天面對的冷酷現實必須苦澀地往肚裡吞。青少年時期在精神上遭遇的矛盾衝突非常強烈，我們想解決那些衝突但卻無能為力。」

「可是你總不會真心認為羅傑的那些話有什麼道理吧？我相信那是他從維也納學來的共產主義謬論。真希望我和麥可當初沒有送他去維也納。」

「也許妳說得對。也許過了一兩年之後，他就不會再死盯著榮光的雲彩，學會接受世俗的枷鎖。也許他能找到自己追求的目標，如果不是憑靠信仰，就是在藝術領域。」

「假如你說的藝術領域是指戲劇圈，我可不希望他成為演員。」

「不，我不認為他想當演員。」

「他也當不了劇作家，因為他沒有幽默感。」

「那麼他應該會樂於到外交部工作。在外交部工作，缺乏幽默感可以變成他的長處。」

「依你看，我應該怎麼做才好？」

「什麼都別做，就由他去吧。這可能是妳能賦予他的最大恩惠。」

「可是我不能不為他操心啊。」

「妳不用操心，妳應該滿懷希望。妳以為自己生了一隻醜小鴨，但說不定他將來會變成一隻擁有白色雙翼的天鵝。」

查爾斯的這番話並不是茱莉亞想聽的，她原本期望查爾斯會更同情她。

「我猜查爾斯真的老了，這個可憐的傢伙。」茱莉亞在心中暗忖，「他的腦袋已經不清楚了，還可能已經陽痿多年。真奇怪，我之前怎麼沒有想到這一點。」

她問查爾斯現在幾點了。

「我想我該走了，我今晚必須充分休息。」

當天晚上茱莉亞睡得非常好，她起床後心情無比暢快。晚上就是首演之夜了，她愉快地回想起昨天總彩排結束之後，她在離開劇院時看見售票亭和劇院門口都已經開始聚集人潮。此刻是早上十點鐘，劇院外面大概已經大排長龍。

「那些可憐的笨蛋，幸好今天天氣晴朗，他們排隊時不會太辛苦。」

以前她在首演之夜的演出前都會非常緊張，一整天忐忑不安，而且隨著時間一小時一小時地經過，她的心情會變得越來越糟，糟到讓她幾乎想要退出劇場界。然而在經過多年的磨難之後，她現在已經能夠無動於衷地迎接首演之夜。白天她只會覺得開心且微微興奮，到了傍晚才開始有一點點緊張。她會變得沉默，並且希望獨處。她也會變得焦躁。由於麥可早就已經摸透她的脾氣，所以會刻意離她遠遠的。她會手腳發冷，當她抵達劇院時，她的手腳會冷得像冰棒。儘管如此，這些緊張和焦躁並不會讓她有任何不愉快的感覺。

茱莉亞早上沒有特別的事情要做，中午再到西登斯劇院去對對台詞即可，因此她一直賴床，直到很晚才起床。麥可沒有回家吃午餐，因為他還要忙著確認最後的布景，所以茱莉亞自己一個人吃飯。吃飽後她又上床休息，舒舒服服地睡了一個小時。她原本打算睡一整個下午，晚上六點鐘菲利普斯小姐會來替她按摩，她預計七點鐘抵達劇院。不過她午睡醒來之後精神奕奕，不想繼續躺在床上，便決定出去散步。這天風和日麗，茱莉亞一向喜歡城市多過於鄉下、喜歡街道多過於樹林，所以她沒有前往公園，而是在這個季節路人稀少的廣場上散步。她慵懶地看著廣場兩側的房子，心想她寧可要自己的那棟房子也不要這裡的任何一棟。她感到十分悠閒自得且輕鬆愉快。過了一會兒，她覺得應該準備回去了。當她走在史坦霍普廣場的轉角處時，突然聽見一個她立刻就能認出的聲音在呼喚她。

「茱莉亞。」

她轉過身，看見笑容滿面的湯姆。她從法國回來後一直沒有與湯姆見面。湯姆穿著整潔的灰色西裝，頭上戴著一頂棕色的帽子，看起來十分帥氣。他的膚色被太陽晒成了古銅色。

「我不知道你回來了。」茱莉亞說。

「我星期一才剛剛回來。我沒有打電話給妳，因為我知道妳正忙著最後的彩排。我今晚會去觀賞首演，麥可送我一張前排座位的票。」

「噢，我真開心。」

湯姆顯然很高興遇到茱莉亞，他臉上充滿了熱切的期待，兩眼閃閃發亮。茱莉亞很高興發現自己在見到湯姆之後沒有任何情緒反應，他們一邊交談，她一邊在心中暗忖，這個人之前到底憑什麼讓我如此神魂顛倒？

「妳怎麼會出來閒逛？」

「我只是出來散散步，馬上就要回去喝下午茶了。」

「到我家去吧，我們一起喝下午茶。」

湯姆的公寓就在轉角處，他正準備回去喝茶，才會巧遇茱莉亞。

「你怎麼這麼早就下班了？」

「噢，最近事務所的事情不太多。不過，妳知道，有一位合夥人在兩個月前過世，所以我的分紅變多了，這表示我有錢可以繼續住在那間公寓裡。麥可真的很大方，他之前說我可以不付房租，等我經濟狀況好轉再說。我實在不願意搬家。妳一定要到我那邊坐坐，我很榮幸能請妳喝下午茶。」

湯姆愉悅地說個不停，讓茱莉亞覺得十分有趣。如果旁人聽見他說這些話，絕對猜不到他和茱莉亞之間曾經有過情感方面的糾葛，因為他似乎一點都不覺得難為情。

「好吧，但是我只能待一會兒。」

「好。」

他們轉入小巷，來到公寓門前。她走在前面，率先踏上狹窄的樓梯。

「妳先在客廳坐一會兒，我去燒開水。」

茱莉亞走進客廳坐下並環顧四周。這間客廳看起來一如往昔，她多少喜怒哀樂曾在這裡上演。她的照片還放在原本的位置，可是壁爐架上多了一張放大版的照片，是艾薇絲·克萊頓的照片，照片上寫著：「致湯姆。艾薇絲贈。」茱莉亞看在眼裡，覺得這間客廳有如她曾擔任主角的戲劇布景，有種令她熟悉的感覺，但此刻對她而言已經不再有任何意義。她當時沉溺的愛情、壓抑的嫉妒、臣服的狂喜，都已經像她以前演過的角色一樣成為虛幻。茱莉亞因為自己現在對這一切毫無感覺而沾沾自喜。

湯姆手裡拿著她以前送給他的小台巾走進客廳，然後將她送的茶具整整齊齊地擺放在台巾上。不知什麼緣故，看到湯姆依然若無其事地使用她送他的小禮物，讓她差點笑出來。接著湯姆又端著茶走進來，兩人肩並肩坐在沙發上喝茶。湯姆告訴茱莉亞，他現在的經濟狀況比以前好多了。他以愉悅且友善的方式承認，由於她幫忙介紹客戶，事務所給他的分紅增加了。他還與茱莉亞分享他之前去度假的見聞。茱莉亞看得出來，他完全沒有察覺到自己曾讓她陷入極大的痛苦，這一點也讓她忍不住想笑。

「聽說你們今晚的演出將會非常成功。」

「如果真的如此，那一定很棒。」

「艾薇絲說，妳和麥可都對她非常好。妳可要當心，別讓她輕易搶走妳的鋒頭。」

雖然湯姆是帶著開玩笑的口吻說這句話，但茱莉亞忍不住懷疑，艾薇絲是不是真的對他說過她打算壓倒茱莉亞。

「你和艾薇絲訂婚了嗎？」

「沒有。她喜歡自由自在。她說訂婚會影響她的演藝生涯。」

「她真的這麼說嗎？」茱莉亞脫口說出這句話，來不及收回。不過她立刻又補上一句：「嗯，當然囉，我理解她的想法。」

「我不願意影響她的前途。我的意思是，如果她今晚亮相之後，有人重金禮聘她前往美國演戲，我認為她有充分的自由接受邀約。」

她的演藝生涯！茱莉亞不禁竊笑。

「為什麼這麼說？」

「妳知道嗎？看妳對她這麼體貼，我覺得妳真是大好人。」

「噢，難道不是嗎？妳也知道女人都是什麼樣子。」

湯姆說這句話的時候，同時也伸出手臂摟住茱莉亞的腰，並且親吻了她。茱莉亞因此放聲大笑。

「你真是小渾蛋。」

「要不要給我一點愛情？」

「別胡鬧了。」

「我哪有胡鬧？我們分開夠久了。」

「我是那種分手之後就不會回頭的人。再說，你這麼做，艾薇絲會怎麼想？」

「噢，她和一般女人不同，她不會介意的。來吧。」

「難道你忘了今晚是首演之夜？」

「還有很多時間。」

湯姆以雙臂環抱住茱莉亞，溫柔地親吻她。她以嘲弄的眼神看著他，突然做了一個決定。

「好。」

他們兩人從沙發起身，走進臥室，她脫掉帽子和洋裝，他像從前那樣將她擁入懷中，親吻她緊閉的雙眼以及她自豪的小乳房。茱莉亞讓湯姆盡情享用她的身體，可是她的心靈保持冷漠。她基於禮貌回應了湯姆的親吻，然而她的腦中卻想著今晚要飾演的角色。她似乎分裂成兩個人，一個是躺在情人懷中的情婦，另一個是已經透過心靈之眼看見黑漆漆的觀眾席在她出場時發出熱烈掌聲的女演員。過了一會兒，茱莉亞和湯姆並肩躺在床上，雖然她枕在他的手臂上，可是已經完全忘了他的存在。當他打破長長的沉默時，她還因此嚇了一跳。

「妳是不是不愛我了？」

她輕輕抱他一下。

「當然，寶貝，我很愛你」

「可是妳今天表現得不太一樣。」

她看得出他很失望。可憐的小東西。她不想傷害他，因為他真的很可愛。

「待會兒就要首演了，我當然會有一點心不在焉，你不能因此責怪我。」

茱莉亞心裡有了個結論：她已經完全不在乎湯姆了，而且這一次非常篤定。她不禁對湯姆心生憐憫，於是溫柔地摸摸他的臉頰。

「小可愛。」（不知道麥可記不記得派人送一些茶點給那些排隊的觀眾？只需要花一點點小錢，就能讓那些觀眾感激涕零。）「你知道，我現在得走了，菲利普斯小姐六點鐘會來替我按摩，而且伊芙一定緊張死了，以為我出了什麼意外。」

茱莉亞邊穿衣服邊愉快地閒聊。雖然她沒有看著湯姆，可是能感覺到他隱約有些不自在。

她戴好帽子，然後伸出雙手捧著他的臉頰，親切地吻他一下。

「再見了，我的小親親，祝你今晚看戲愉快。」

「祝妳演出成功。」

湯姆臉上的笑容不太自然，茱莉亞看得出來他不理解她到底是怎麼回事。茱莉亞以輕快的步伐走出公寓。如果她不是全英國最偉大的女演員、不是年近五十歲的成熟女性，她肯定會蹦蹦跳跳地穿越史坦霍普廣場，像個小女孩般一路跳回家。她的情緒相當亢奮，自己拿鑰匙開了門進屋，並隨手將門甩上。

「依我看，有件事情羅傑說得很對：愛情這種東西，根本不值得像大部分的人那樣大驚小怪。」

第二十九章

四個小時之後，一切都結束了。這齣戲從頭到尾都非常順利。雖然上檔的時機錯過夏天，可是來看戲的觀眾（全部都是上流社會人士）在度假結束後都很高興能夠再次回到劇院，好好娛樂一下。這齣戲可說從一開始就充滿吉兆，每一幕結束時都贏得觀眾熱烈的掌聲，而且落幕後的演員謝幕多達十二次，其中茱莉亞獨自謝幕了兩次。觀眾如此熱情，連茱莉亞都感到意外。她為首演之夜的必要儀式支支吾吾地說了幾句事先準備好的謝辭，然後再次與全體劇組一同謝幕，接著樂團就開始演奏國歌。茱莉亞滿足、興奮且喜悅地走回更衣室，整個人充滿著前所未有的自信。她從來沒有演得如此優異出色，如此千變萬化、如此自得其樂。茱莉亞在這齣戲的結尾處有一段慷慨激昂的長篇獨白，她飾演已經從良的妓女，痛批婚姻使她陷入輕浮、無用、放蕩且遊手好閒的生活。那段台詞長達兩頁，全英國沒有哪個女演員能表現得像茱莉亞一樣好，說出這種長篇大論還能自始至終深深吸引觀眾。她以精準的節奏、優美的聲調、控制自如的情感變化，成功地展現出奇蹟般的演技，使得那段獨白成為全劇最令人興奮甚至可說令人嘆為觀止的高潮，就算是激烈的動作場面也無法比這種結尾更令人驚歎。整個劇組的演出都精采非凡，除了艾薇絲．克萊頓之外。茱莉亞輕聲哼著歌走回更衣室。

麥可幾乎緊跟著茱莉亞的腳步走進了更衣室。

「這齣戲看起來一定會大受歡迎。」麥可伸出雙臂摟住茱莉亞並親吻她，「老天，妳演得實在太好了。」

「你自己也表現得相當出色，親愛的。」

「我也只能演這種角色。」他隨口回答，就像平常一樣對自己的演技相當謙虛，「當妳說出那篇長長的台詞時，妳有沒有發現觀眾席裡鴉雀無聲？劇評家們一定會留下深刻的印象。」

「噢，你也知道那些劇評家都是什麼樣子，他們只會把全部的注意力放在該死的劇本上，寫到最後三行才會提到我。」

「親愛的，妳是全世界最了不起的女演員。不過，天知道，妳真是個賤人。」

茱莉亞露出錯愕的表情，對著麥可睜大了眼睛。

「麥可，你這句話是什麼意思？」

「別裝出那種清白又無辜的樣子，妳自己心知肚明。妳以為騙得過我這個老演員嗎？」

麥可以閃爍的眼神看著茱莉亞，茱莉亞好不容易才強忍住笑意。

「我就像剛出生的嬰兒一樣清白無辜。」

「鬼話連篇！妳處心積慮毀掉艾薇絲的演出。可是我沒辦法生妳的氣，因為妳做得太漂亮了。」

茱莉亞這時才掩藏不住嘴角的笑意，畢竟藝術家都喜歡聽到讚美。艾薇絲最重要的一場戲是第二幕，那是她與茱莉亞的對手戲。麥可在排練這場戲的時候是以艾薇絲為主軸，因為劇本是這麼寫的。茱莉亞在彩排時完全聽從麥可的指導，沒有表示過任何意見。為了襯托出艾薇絲湛藍色的雙眸和金黃色的秀髮，劇組安排她穿淺藍色的戲服。而為了與艾薇絲呈現對比，茱莉亞選擇了一套不太搶眼的黃色洋裝，她在最後的總彩排時就是穿著那套黃色洋裝。然而她私底下又訂製了另一套洋裝，顏色是光采奪目的銀色。當茱莉亞穿著那套銀色洋裝在第二幕出場時，麥可大吃一驚，艾薇絲更是目瞪口呆。那套銀色洋裝在舞台燈光下氣勢非凡，吸引了全場觀眾的目光。相形之下，艾薇絲那套淺藍色的戲服根本黯淡無光。當劇情發展到她們兩人最重要的對手戲時，茱莉亞突然拿出一條鮮紅色的雪紡手帕，俐落的手法就像魔術師從帽子裡變出兔子。她開始玩起那條手帕，一會兒揮舞手帕、一會兒又將手帕攤開，彷彿想仔細看清楚它。她扭擰那條手帕、用手帕擦拭額頭，或是拿著手帕輕輕擤鼻涕。觀眾的目光都被那條鮮紅色的雪紡手帕所吸引。茱莉亞還故意走到舞台後側，以致艾薇絲對著她說台詞時，不得不背對觀眾。當她們兩人一起坐到沙發上時，茱莉亞突然握住艾薇絲的手。由於她要詮釋情緒激動的模樣，因此觀眾覺得她的動作相當自然。然而她接著往沙發椅背一靠，迫使艾薇絲不得不只能以側臉對著觀眾。茱莉亞在排練時已經注意到艾薇絲的側臉看起來像隻綿羊。劇作家為艾薇絲的角色所寫的台詞非常幽默，劇團第一次彩排時每個人都被逗得哈哈大笑，不過今晚在舞台上，觀眾還來不及消化那些台詞的妙趣之處，茱莉亞就已經馬上接著說出自己的台詞，觀眾為了聽清楚茱莉亞的台詞，原本想笑但只能立刻安靜下來，以致那些意圖逗觀眾發笑的橋段變成像是只得到觀眾的冷笑，也讓艾薇絲的角色變得有點討人厭。舞台經驗不足的艾薇絲未能博得她預期的笑聲，開始覺得窘迫不安，不僅聲音變得刺耳，連手勢動作也變得不自然。茱莉亞不僅搶走了艾薇絲的鋒頭，而且她的演技無比精湛。她使出的最後一擊更是出人意料：當時艾薇絲有一段長長的台詞，茱莉亞在一旁聽著的時候，她緊張不安地將紅手帕扭成一團，這個小動作完全表達出劇中角色的心情。她以一種憂慮的眼神看著艾薇絲，兩顆大大的淚珠從她的臉頰滑落，讓你覺得艾薇絲輕率無禮的言論傷害了她，使她心生羞愧。你也會看見她因為對正義懷抱渺小的理想、對良善充滿了嚮往，卻遭到無情地嘲笑，因此深受煎熬。雖然這段小插曲不到一分鐘，可是在那一分鐘裡，茱莉亞憑著她的眼淚和痛苦表情，完整呈現出這個女人一生悲慘的苦難，同時也讓艾薇絲徹底玩完了。

「我之前真傻，竟然還想和她簽經紀約。」麥可說。

「現在不簽了嗎？」

「在妳這樣摧毀她之後，我當然不會與她簽約。妳真是個淘氣的小東西，嫉妒心這麼強。妳該不會真的以為我看上她了吧？妳應該很清楚，我心裡只有妳。」

麥可還以為茱莉亞教訓艾薇絲是因為他近來經常與艾薇絲調情的緣故。雖然艾薇絲因此倒了大楣，但這讓麥可有點小小的得意。

「你這頭老蠢驢。」茱莉亞面帶微笑地說。她知道麥可誤會了，便順水推舟讓他開心一下，「誰叫你是全倫敦最帥的男人呢！」

「即便如此，妳出手也太重了。不知道劇作家會怎麼說？他那麼驕傲自負，妳把他寫的劇本演得面目全非了。」

「噢，交給我來應付吧！我會解決這個問題的。」

這時有人敲了更衣室的門，開門進來的人正是他們提到的劇作家。茱莉亞故作驚喜地大叫一聲，走向他並伸出雙臂環抱住他的脖子，熱情地親吻他的雙頰。

「你還滿意嗎？」

「看起來演出相當成功。」劇作家回答時語氣有點冷淡。

「親愛的，這齣戲一定可以上演一整年。」她將雙手放在他的肩膀上，與他面對面相視，「可是你真是很壞，你是大壞蛋。」

「我？」

「你差點毀了我的表演。我演到第二幕那場戲的時候，才恍然明白它的意義。我差點就崩潰了。你應該最清楚那場戲，畢竟劇本是你寫的。在我們排練過程中，你怎麼能夠放任我只依照劇本表面上的意思去演，完全無視那場戲所要表達的深層意義？我們只是演員啊！你怎麼能夠指望我們有辦法深入領會你劇本裡的奧祕精義呢？那是你這齣戲裡最精采的一幕，卻差一點被我搞砸了。這世上除了你之外沒有人能寫出這麼棒的劇本，這齣戲實在太出色了。那場戲不僅讓人看出你才氣縱橫，更顯示你是天才。」

劇作家臉紅了。茱莉亞恭敬地看著他，讓他有點害羞，同時覺得開心又驕傲。

（這個笨蛋大概會馬上以為自己原本就打算把那場戲寫成今天演出的樣子吧？）

麥可在一旁眉開眼笑。

「要不要到我的更衣室去喝杯威士忌加蘇打水？你現在情緒這麼激動，我相信你現在需要喝點酒。」

麥可和劇作家走出茱莉亞的更衣室時，湯姆走進來了，他似乎因為興奮而滿臉通紅。

「親愛的茱莉亞，這齣戲真的太棒了，妳非常了不起，老天，妳的演出精采絕倫。」

「你喜歡嗎？艾薇絲演得不錯，是吧？」

「不，她糟透了。」

「親愛的，你這句話是什麼意思？我覺得她演得很出色呢。」

「妳輕輕鬆鬆就壓倒她了。她在第二幕看起來真蠢。」

哼，艾薇絲的演藝生涯！

「妳待會兒有任何計畫嗎？」

「朵莉要為我們舉辦一場派對。」

「妳不能找個藉口推掉，然後和我去吃宵夜嗎？我愛妳愛得快發狂了。」

「噢，我怎麼可以讓朵莉失望呢？」

「算我求妳吧。」

湯姆的眼中透出饑渴的眼神，茱莉亞看得出他對她有著前所未見的強烈欲望，不禁為自己的勝利感到雀躍。然而她堅決地搖搖頭。這時走廊傳來一陣吵鬧的喧嘩聲，他們知道正有大批朋友沿著狹窄的走道前來向茱莉亞道賀。

「那些傢伙都去死吧。老天，我真想吻妳。明天早上我再打電話給妳。」

更衣室的門「碰」地一聲被打開，身材肥胖的朵莉因亢奮而全身是汗，熱情洋溢地搶在其他人之前直衝而來。那群人將更衣室擠得水洩不通，茱莉亞讓每個人親吻她，其中包括三四位知名的女演員，她們都對茱莉亞讚美不已，茱莉亞也優雅地裝出無比謙虛的樣子。走廊上站滿了想看茱莉亞一眼的人，朵莉必須費盡力氣才能擠過他們離開更衣室。

「不要太晚到喔。」朵莉在離開前提醒茱莉亞：「這將會是一場不同凡響的派對。」

「我會盡量早點到的。」

最後茱莉亞終於擺脫了來向她道賀的人群，她換下戲服，開始卸妝。麥可這時穿著梳化時所穿的長袍走進來。

「茱莉亞，聽我說，妳恐怕得自己去參加朵莉的派對了。我必須去每個戲票代售處看一下，盯緊他們的作業狀況。」

「噢，好啊。」

「他們已經在等我了。明天早上見。」

麥可離開後，更衣室裡只剩下茱莉亞和伊芙。伊芙替茱莉亞準備好去參加派對的晚禮服，並將那件晚禮服放在椅子上。茱莉亞將卸妝乳液抹到臉上。

「伊芙，明天如果芬納爾先生打電話來，妳就告訴他我不在，好嗎？」

伊芙望向鏡子，與鏡中的茱莉亞四目相接。

「如果他又打來呢？」

「我不想傷害他。那個可憐的年輕人，但我想我最近都會很忙，不會有空接他的電話。」

伊芙大聲地吸吸鼻子，然後以她那種討人厭的習慣，伸出食指在鼻孔下方擦了幾下。

「我知道了。」她冷冷地回答。

「我總說妳不像外表看起來的那麼傻。」茱莉亞繼續塗抹乳液，「椅子上的那件晚禮服是做什麼用的？」

「妳說妳要穿那套禮服去參加派對。」

「收起來吧，我不能在沒有葛斯林先生的陪伴下獨自前往派對。」

「我怎麼不知道有這種事？」

「閉嘴，妳這個醜老太婆。快去幫我打電話，說我因為頭痛必須回家休息，並告訴他們葛斯林先生如果有時間就會去參加派對。」

「那場派對是為妳舉行的，妳不能這樣對待那個可憐的女人。」

茱莉亞生氣地跺了跺腳。

「我不想去參加那場派對。我絕對不會去。」

「可是家裡沒東西給妳吃。」

「我沒打算回去，我要去飯店吃宵夜。」

「跟誰去？」

「自己一個人去。」

伊芙懷疑地看了茱莉亞一眼。

「今晚的演出不是很成功嗎？」

「沒錯，一切都很成功，我開心極了，我感覺通體舒暢，因此我準備自己一個人好好慶祝一下。替我打電話到柏克利飯店，叫他們替我在小包廂留張桌子，我一人用餐。妳這麼說他們就會明白的。」

「妳到底怎麼了？」

「我這輩子從來沒有這麼高興過，所以我不打算與任何人分享這一刻。」

茱莉亞卸完妝之後就素著臉，不塗口紅也不抹胭脂，然後穿上她來劇院時所穿的棕色外套和裙子，並且戴上她的帽子。那是一頂有邊的氈帽，她將帽緣往下拉，遮住她的一隻眼睛，盡量不讓別人看見她的臉。一切準備就緒之後，她在鏡子前打量自己。

「我看起來像一個被丈夫拋棄的縫紉女工，而且沒人會責怪那個丈夫變心。我就不相信有哪個人可以認出我來。」

伊芙在劇院後門旁邊打了電話。她回到更衣室之後，茱莉亞問她後台入口處有沒有很多戲迷在等著看她。

「我看大概有三百個人吧？」

「該死。」茱莉亞突然希望自己不要看見任何人，也不要被任何人看見。她希望自己能夠隱身一個小時，「妳叫門房讓我從前門出去，我要搭計程車。等我離開之後，妳再去叫那些戲迷不要再等了。」

「老天，為什麼我要忍受妳這麼多事？」伊芙抱怨道。

「妳這頭老母牛。」

茱莉亞伸手捧住伊芙的臉，親吻了她乾澀的雙頰，然後就溜出更衣室，走到舞台上，穿過演員出入門，進入黑漆漆的觀眾席。

茱莉亞這身簡單的偽裝顯然非常高明，因為當她走進柏克利飯店那間她最喜歡的小包廂時，飯店領班一下子沒認出她來。

「可以替我安排角落的座位嗎？」她故作羞怯地問。

飯店領班聽見她的聲音，抬起頭看了一眼才認出她來。

「您最喜歡的位子正等著您，蘭伯特小姐。電話上說您要獨自用餐，是嗎？」

茱莉亞點點頭。飯店領班帶她到位於角落的座位。

「蘭伯特小姐，我聽說您今晚的演出非常成功。」看來好消息傳遞得十分迅速，「您想吃點什麼？」

儘管飯店領班很訝異茱莉亞自己一個人來吃宵夜，但是基於工作該有的本分，他唯一的表情就是非常高興見到她。

「安吉洛，我今天累壞了。」

「那麼前菜就來點魚子醬或生蠔，可以嗎？」

「生蠔好了。安吉洛，挑肥美一點的給我。」

「我會親自為您挑選，蘭伯特小姐。接著需要什麼主菜？」

茱莉亞長長嘆了一口氣。現在她終於可以毫無顧忌地大吃她從演完第二幕就決定要吃的東西了。她覺得自己應該好好吃一頓，慶祝自己大獲全勝。她要把謹慎和節制全部拋到九霄雲外。

「洋蔥煎牛排，還有炸薯條。安吉洛，再給我一大杯用銀杯裝的巴斯啤酒。」

茱莉亞大概已經十年沒有吃過炸薯條了，不過今晚意義非凡。她很幸運，因為今天她以一場光采奪目的精湛演出，確定了自己還能吸引觀眾，同時完成她的報復行動。她以巧妙的手法解決了艾薇絲，還讓湯姆看清楚自己多麼愚蠢。最重要的是，她證明自己已經掙脫那些可憎的枷鎖，這點毫無疑問。她腦中突然又閃過艾薇絲這個人。

「那個愚蠢的小女孩竟然還想蓋過我的鋒頭，她等著明天被大家恥笑吧。」

生蠔上桌了，茱莉亞津津有味地吃進肚裡。她還吃了兩片塗奶油的黑麵包，並且因為覺得這些食物會破壞身材而大呼過癮。接著她拿起大銀杯，痛快地大口喝啤酒。

「啤酒，真好喝的啤酒。」她喃喃自語道。

她可以想像，如果麥可看見她這麼放肆地大吃大喝，一定會不高興地擺臭臉。麥可真傻，竟以為她毀掉艾薇絲的那場戲是因為他太關心那個愚蠢的金髮小妞。沒錯，男人實在笨得可憐。男人總說女人虛榮又自負，但是和男人比起來，女人其實非常謙虛。她想起了湯姆，忍不住覺得他非常可笑。今天下午他需要她，今天晚上他更饑渴地想要擁有她。一想到湯姆在她心中只不過像一個舞台上的工作人員，就讓她感到無比痛快。一個人只要擺脫了情欲的羈絆，就會更有自信和自尊。

茱莉亞身處的小包廂與大餐廳之間隔了三道拱門，餐廳裡的客人們正在吃飯和跳舞，其中有一些人顯然是看完戲之後才來用餐的。倘若他們知道位於角落的包廂裡這個以氈帽遮著半張臉且沉默不語的嬌小女子就是茱莉亞・蘭伯特，一定會大呼驚訝。茱莉亞坐在小小的包廂裡，沒有人知道也沒有人注意她，使她有一種逍遙自在的快感。小包廂外的那些人就像正在為她演戲，而她是觀眾。當他們從拱門前經過時，在那短短一瞬間，她會看見他們的模樣，包括年輕的男人和年輕的女人、年輕的男人和不怎麼年輕的女人、禿頭的男人和頂著大肚腩的男人，還有故意濃妝豔抹想裝年輕的醜老太婆。他們有些人親密恩愛，有些人心懷妒意，有些人則互動冷淡。

她的牛排端上來了，煎得讓她相當滿意，略帶焦黃的洋蔥也酥脆可口。她以手指優雅地拿起炸薯條，一根一根地細細品嘗，彷彿希望時光能暫時停止。

「在洋蔥煎牛排面前，愛情算得了什麼？」茱莉亞自問。可以獨處且盡情胡思亂想，讓她感到怡然自得。她再次想起了湯姆，心裡覺得可笑，不禁聳了聳肩，「那真是一次非常有意思的經歷。」

那次的經歷將來有一天會對她很有用處。她從拱門看著在舞池跳舞的人，覺得那彷彿是一齣戲的場景，使她想起自己剛到聖馬洛度假時，慘遭湯姆拋棄的痛苦讓她回憶起小時候年邁的珍・黛布指導她詮釋拉辛所寫的《費德爾》。茱莉亞重讀了那個劇本，忒修斯的王后所承受的折磨[136]，就是茱莉亞所承受的折磨，她不禁感嘆她們兩人的際遇多麼相似，因此她絕對可以演好這個角色，畢竟她深知被心愛的年輕人拋棄是什麼感受。老天，她一定會演得非常精采。她也知道今年春天自己表現太糟以致麥可決定停演那齣戲的原因，因為她當時懷著劇中角色的情感，這是行不通的。你應該要體驗過相同的情緒，但是在克服那些情緒之後才表演出來。她想起查爾斯曾經對她說：詩的起源乃是來自冷靜回想的情感。雖然她對詩一竅不通，不過這句話套用在演戲上無疑也相當正確。

「可憐的老查爾斯竟然有這種獨到的見解，這顯示輕率地對別人做出評論可能會大錯特錯。有些人覺得上流社會都是一群笨蛋，然而他們之中的某人卻偏偏發表了如此令人驚嘆的卓越見解。」

不過茱莉亞始終認為拉辛一直等到第三幕才讓女主角出場是個天大的錯誤。

「當然，如果由我來寫劇本，我絕對不會安排得如此荒謬。依我看，只需要用半幕戲的時間來醞釀我出場的時機就相當足夠了。」

她可以找個劇作家以這種題材為她撰寫劇本，台詞可以用散文或押韻不太頻繁的短詩寫成，因為她擅於表達這一類的台詞，能夠以生動有力的方式說出來。這毫無疑問是個很棒的主

136 法國劇作家拉辛創作的《費德爾》講述雅典國王忒修斯（Theseus）出遠門未歸，據聞已戰死疆場，王后費德爾在不知不覺中愛上王子希波呂托斯（Hippolytus，忒修斯與亞馬遜女王所生之子，費德爾的繼子），但被希波呂托斯拒絕。這時忒修斯突然意外歸來，費德爾對希波呂托斯由愛生恨，便向忒修斯誣告希波呂托斯侵犯她，忒修斯因此將希波呂托斯放逐。在希波呂托斯死後，費德爾良心發現，因此羞愧自盡。

意，而且她連戲服都想好了。她不要莎拉·伯恩哈特那種披披掛掛的戲服，她要穿她和查爾斯參觀大英博物館時看到某尊雕像身上的那種希臘式短袖束腰外衣。

「世事真是有趣，你去逛博物館和美術館，覺得裡面的展覽品無聊至極，但是在意想不到的時刻，竟又突然發現你看過的東西大有用處。這證明了從事藝術活動絕對不是浪費時間。」

茱莉亞的腿很適合穿古希臘式的短袖束腰外衣，然而她能夠穿那種衣服演悲劇嗎？她認真思考了兩三分鐘。當她為了冷酷無情的希波呂托斯而悲傷得撕心裂肺時，如果不穿那種披披掛掛的戲服，有辦法表現出戲劇上的效果嗎？（她一想到總是穿著塞維街[137]訂製西裝的湯姆被打扮成希臘獵人的模樣，就忍不住笑了出來。）她激動地思忖這個難題，但這時又有一個念頭從她腦中一閃而過，讓她感到意冷心灰。

「這些主意雖然很棒，可是我要去哪裡找劇作家來寫劇本？莎拉有她的薩爾杜[138]，杜斯有她的鄧南遮[139]，而我可以找誰寫劇本呢？『蘇格蘭女王有孩子了，我卻膝下無子[140]。』」

茱莉亞沒有被這種令她沮喪的想法困擾太久。此刻她情緒高昂，覺得自己有辦法像杜卡利翁[141]用地上的石頭創造出人類那樣憑空創造出屬於她的劇作家。

「羅傑那天所說的一切根本是胡說八道，可憐的查爾斯似乎還很認真地看待那些言論。羅傑只是假正經，就是這樣。」茱莉亞朝著舞池的方向做了一個手勢。當時小包廂的燈光已經調暗，因此從她的座位望去，眼前的舞池看起來像極了舞台的戲劇場景，「這個世界就是一座舞台，世間男女只是演戲的人[142]。」可是穿過了那道拱門，一切都只是幻覺，而演員才是真實的。這就是回應羅傑那番話的答案，「世間男女是我們的素材，我們是他們人生的意義。我們將他們愚蠢又微渺的情感轉化成藝術，並且創造出美的一切。世間男女的重要性，在於他們是我們這些演員充實自我所不可或缺的觀眾。世間男女就是我們演奏的樂器，如果沒有人演奏，樂器還有什麼用處？」

這些見解讓茱莉亞感覺興奮不已，她花了一兩分鐘的時間自鳴得意地沉浸在這些想法中，並覺得自己的腦袋宛如出現神蹟般變得明智又清晰。

「羅傑說演員根本不存在，但是他錯了，存在的只有演員，而其他人都是影子，是我們賦予了影子的實體。那些混亂、無常的掙扎，被世間男女稱為『人生』，而演員就是人生的象徵符號，唯有我們這些象徵符號才是真實的。他們說演戲只是虛構，但只有虛構才是唯一的真實。」

---

137 塞維街（Savile Row）：位於倫敦中央梅費爾（Mayfair）的購物街區，以訂製傳統男士西服業聞名。

138 維克托里安．薩爾杜（Victorien Sardou，一八三一—一九〇八）：法國劇作家。

139 加布里埃爾．鄧南遮（Gabriele d'Annunzio，一八六三—一九三八）：義大利詩人、記者、小說家、劇作家、軍人、政治活動家和冒險者。

140 根據《詹姆斯．梅爾維爾爵士回憶錄》（The memoirs of Sir James Melville of Halhill）記載，英格蘭女王伊莉莎白一世（Elizabeth I，一五三三年九月七日—一六〇三年三月二十四日）曾說過這句話。句中的蘇格蘭女王是指瑪麗．斯圖亞特（Mary Stuart）。原文為「The Queen of Scots hath a bonnie bairn and I am but a barren stock.」。

141 杜卡利翁（Deucalion）：古希臘傳說中為人類帶來火種的普羅米修斯（Prometheus）的兒子。他與他的妻子皮拉（Pyrrha）依照神諭將石頭向後拋，皮拉拋出的石頭變成女人，而杜卡利翁拋出的石頭變成男人。

142 此句出自莎士比亞的《皆大歡喜》（*As You Like It*）第二幕第七景，原文為「All the world's a stage, and all the men and women merely players.」。

茱莉亞在自己的腦子裡重新建構了柏拉圖的思想理論，這些想法讓她得意洋洋，使她突然對眾多且無名的觀眾萌生一股親切感，因為他們賦予她表現自我的機會。她就像站在與世隔絕的山頂上，思忖著人類各式各樣的行為。她有一種掙脫種種世俗枷鎖的美妙感受，任何事物與這種狂喜相比，都顯得毫無價值。她覺得自己就宛如天堂裡的精靈。

飯店領班帶著奉承的微笑走過來。

「蘭伯特小姐，一切都還滿意嗎？」

「好極了。你知道，每個人的喜好都不相同，真是一件有趣的事。西登斯夫人喜歡吃豬肋排，但我和她不一樣，我特別鍾愛牛排。」

毛姆年表

麥田編輯部整理

一八七四年　生於法國巴黎，父親 Robert Ormond Maugham（1823-1884）是英國大使館派駐巴黎的律師，母親 Edith Mary née Snell（1840-1882）自幼便罹患肺結核。

一八八二年　母親死於肺結核。

一八八四年　父親死於癌症，毛姆被送回英國由叔叔 Henry MacDonald Maugham（1828-1897）照顧，入坎特伯里國王學校（The King's School, Canterbury）就讀。

一八九〇年　赴德國海德堡大學（Heidelberg University）研讀文學、哲學及德文，於此邂逅大他十歲的 John Ellingham Brooks（1863-1929），兩人發展同性戀情。

一八九二年　於英國倫敦的聖湯瑪斯醫院（St. Thomas' Hospital）研讀醫學。

一八九七年　獲得外科醫生資格，但從未執業。發表第一本小說作品《蘭貝斯的莉莎》（*Liza of Lambeth*）大獲成功，從此棄醫從文。

一九〇三年　發表首部劇作《體面的男人》（*A Man of Honour*）。

一九〇七年	劇作《弗雷德里克夫人》（*Lady Frederick*）大獲成功，此後毛姆創作了包括《傑克・斯特洛》（*Jack Straw*）、《忠實的妻子》（*The Constant Wife*）等近三十齣劇作，事業如日中天。
一九一四年	結識美國青年 Gerald Haxton（1892-1944），兩人成為伴侶，相伴三十年，Gerald Haxton 並擔任毛姆的祕書，協助處理工作事務。
一九一五年	出版四大代表作之一的小說《人性枷鎖》。
一九一七年	與 Gwendolyn Maude Syrie Barnardo（1879-1955）結為夫妻，兩人婚前即生有一女 Elizabeth Mary Maugham（1915-1981）。
一九一九年	出版四大代表作之一的小說《月亮與六便士》。
一九二九年	與 Gwendolyn Maude Syrie Barnardo 離婚。
一九三〇年	出版四大代表作之一的小說《尋歡作樂》。
一九三四年	《人性枷鎖》首度改編電影。
一九四二年	《月亮與六便士》改編電影，並獲奧斯卡獎提名。
一九四四年	出版四大代表作之一的小說《剃刀邊緣》。同年，Gerald Haxton 死於肺結核，

一九四六年	Alan Searle（1905-1985）取而代之成為毛姆的祕書兼情人。
一九四七年	《人性枷鎖》兩度改編電影。《剃刀邊緣》首度改編電影。
	成立毛姆文學獎（Somerset Maugham Award），鼓勵英國三十五歲以下的小說創作者。
一九五四年	獲女王名譽勳位（Queen's Companion of Honour）。
一九六一年	獲母校德國海德堡大學授予名譽理事（Honorary Senator of Heidelberg University）。
一九六四年	《人性枷鎖》三度改編電影。
一九六五年	十二月十六日於法國逝世。

GREAT! 67 劇院

作者	威廉・薩默塞特・毛姆（William Somerset Maugham）
譯者	李斯毅
封面設計	鄭婷之
主編	徐 凡
責任編輯	丁 寧
國際版權	吳玲緯、楊 靜
行銷	闕志勳、吳宇軒、余一霞
業務	李再星、陳美燕、李振東
總編輯	巫維珍
編輯總監	劉麗真
事業群總經理	謝至平
發行人	何飛鵬
出版	麥田出版 地址：115020台北市南港區昆陽街16號4樓 電話：(02)2500-0888　傳真：(02)2500-1951
發行	英屬蓋曼群島商家庭傳媒股份有限公司城邦分公司 地址：115020台北市南港區昆陽街16號8樓 網址：www.cite.com.tw 客服專線：(02)2500-7718｜2500-7719 24小時傳真專線：(02)-2500-1990｜2500-1991 服務時間：週一至週五09:30-12:00｜13:30-17:00 劃撥帳號：19863813　戶名：書虫股份有限公司 讀者服務信箱：service@readingclub.com.tw
香港發行所	城邦（香港）出版集團有限公司 地址：香港九龍土瓜灣土瓜灣道86號順聯工業大廈6樓A室 電話：+852-2508-6231　傳真：+852-2578-9337
馬新發行所	城邦（馬新）出版集團【Cite(M) Sdn Bhd】 地址：41, Jalan Radin Anum, Bandar Baru Seri Petaling, 57000 Kuala Lumpur, Malaysia. 電話：+603-9056-3833　傳真：+603-9057-6622 電郵：services@cite.my
麥田部落格	http://ryefield.pixnet.net
印刷	前進彩藝有限公司
初版一刷	2025年2月
定價	420元
ISBN	978-626-310-790-8
電子書ISBN	978-626-310-788-5（EPUB）

國家圖書館出版品預行編目資料

劇院／威廉・薩默塞特・毛姆（William Somerset Maugham）著；李斯毅譯. -- 初版. -- 臺北市：麥田出版：英屬蓋曼群島商家庭傳媒股份有限公司城邦分公司發行, 2025.02
面：　公分. --（Great!；RC7067）
譯自：Theatre
ISBN 978-626-310-790-8（平裝）

873.57　　113016325

城邦讀書花園
www.cite.com.tw

Printed in Taiwan.